TAYLOR CALDWELL

Ist niemand da,
der mich hört?

Roman

R. BROCKHAUS

R. Brockhaus Taschenbücher Bd. 834

Aus dem Amerikanischen von Josef Tichy
Titel des amerikanischen Originals: »THE LISTENER«
Verlag Doubleday & Company, Inc., Garden City, New York
© copyright by Reback & Reback
Lizenzausgabe mit freundlicher Genehmigung
des Paul Neff Verlages, Wien, Berlin, Stuttgart

3. Taschenbuchauflage 1991

R. Brockhaus Verlag Wuppertal und Zürich
Umschlaggrafik: Carsten Buschke, Solingen
Gesamtherstellung: Breklumer Druckerei Manfred Siegel KG
ISBN 3-417-20834-3

DER ZUHÖRER

Denn wer hört je uns in aller Welt,
ob Freund und Lehrer, Bruder, Vater, Mutter,
ob Schwester, Nachbar, Sohn, ob Herr, ob Knecht?
Hört der Berater uns? Die eigne Frau,
der eigne Mann, die uns am nächsten stehn?

Wenn wir enttäuscht uns von den Menschen wenden,
hör'n uns die Sterne dann, der Sturm, das Meer,
die Bergeshöhn? Zu wem kann jemand sagen:
Hier bin ich! Sieh die Nacktheit, sieh hier Wunden,
geheimes Leid, Enttäuschung, Zagen, Schmerz,
unsagbar'n Kummer, Angst, Verlassenheit!
Hör einen Tag mich, eine Stunde bloß,
nur einen Augenblick, auf daß ich nicht
vergeh im Grauen wilder Einsamkeit!

O Gott, ist niemand da, der je mich hört?

Ob niemand sei, der je dich hört, fragst du?
's ist einer, der dich hört, stets hören wird.
Eil hin zu ihm, o Freund! Er harret dein
auf jenem Berg. Auf dich nur wartet er.

Seneca

Dieses Buch schildert lebenswahre Begebenheiten. Eine davon mag deine Geschichte sein; sicher aber ist es die deines Nachbarn. Vielleicht wirst du darin deine eigenen Gesichtszüge finden und dich darüber ärgern. Hoffentlich. Ärger läutert.

Was der heutige Mensch am dringendsten braucht, ist nicht ein neuer Impfstoff gegen irgendeine Krankheit, nicht eine neue Religion oder eine neue »Lebensart«. Der Mensch hat es nicht nötig, zum Mond oder gar in andere Sonnensysteme zu gelangen. Er bedarf nicht größerer und wirksamerer Bomben und Raketen. Er wird nicht zugrunde gehen, wenn ihm bessere Wohnverhältnisse oder höhere Vitaminmengen versagt bleiben. Er wird keineswegs vor Herzeleid sterben, wenn er sich nicht die raffiniertesten und neuesten technischen Kinkerlitzchen kaufen oder nicht alle seine Kinder auf höhere Schulen schicken kann. Seine grundlegenden Bedürfnisse sind, den Werbefachleuten zum Trotz, gering an Zahl und leicht zu befriedigen. Er kann mit einem bißchen Brot und in dem bescheidensten Unterschlupf sein Leben fristen. Er hat es immer gekonnt.

Was er wirklich, was er unumgänglich benötigt, ist jemand, der ihm sein Ohr leiht, nicht als einem »Patienten«, sondern als einem menschlichen Wesen. Er braucht jemanden, dem er seine Gedanken mitteilen, dem er von der Wirrnis reden kann, in die er gerät, wenn er zu ergründen versucht, warum er zur Welt gekommen ist, wie er sein Leben einrichten soll und worin seine Bestimmung liegt. Die Fragen, die er dem Psychotherapeuten stellt, sind nicht die Fragen, die ihm auf der Seele brennen; und die Antworten, die er bekommt, sind nicht die Antworten, deren er bedarf. Er ist, selbst unter Einwirkung von Alkohol oder sonstiger Rauschgifte, ein dicht verschlossenes Gefäß. Seine Verhaltensweise ist durchaus verschieden von der irgendeines anderen Menschen, auch des Psychotherapeuten.

Unsere Geistlichen würden uns anhören, wenn wir ihnen Zeit dazu ließen. Aber wir haben ihnen Obliegenheiten aufgebürdet, die unsere eigene Sache bleiben sollten. Wir verlangen nicht nur, daß sie unsere Seelenhirten sind, sondern auch, daß sie sich unsere Alltagssorgen, unsere gesellschaftlichen Ehrgeizeleien, die »Kurzweil« unserer Kinder auf die müden Schultern laden. Wir verlangen von ihnen, daß sie erfahrene Geschäftsleute, Politiker, Buchhalter, Spielgefährten, Gemeinschaftsleiter, »gute Kameraden«, Richter, Anwälte und Beileger örtlicher Streitigkeiten sind. Wir lassen ihnen wenig Zeit zum Zuhören und hören auch sie selbst nicht an. Wir sollten ihnen handfeste Hilfe leisten und unsere eigenen Verantwortlichkeiten selber tragen. Wir vergessen, daß auch sie Menschen sind, häufig sehr abgespannt, immer unterschätzt, manchmal entmutigt, sehr oft verschreckt, verwirrt, verängstigt, einsam, bekümmert. Sie sind keine Übermenschen, frei von menschlicher Qual und menschlichem Sehnen. Wir sind achtlos und gleichgültig zu ihnen — falls wir sie uns nicht gerade in materiellen Dingen dienstbar machen wollen, während sie doch ausschließlich Gottes Wege gehen sollten. Wir verlangen von ihnen Dinge, die wir niemand anderem zumuten würden, nicht einmal uns selbst. Wir lassen ihnen keine Zeit, uns anzuhören, wo doch unsere Seelen darnach lechzen, sich auszusprechen, ohne Hast, ohne das Ticken einer Uhr.

So lange, bis wir unsere Seelenhirten von der Verpflichtung entbinden, unsere Diener zu sein, müssen wir selbst der Tatsache eingedenk bleiben, daß es immer jemanden gibt, der uns anhört. Er hält sich uns zur Verfügung, uns allen, zu jeder Zeit, unser ganzes Leben hindurch. Als Zuhörer.

Wir brauchen uns ihm nur anzuvertrauen. Jetzt. Heute. In dieser Stunde. Er kennt unsere Sprache, unsere Verhaltensweise, unsere Ängste, unsere Geheimnisse, unsere Sünden, unsere Verbrechen, unseren Kummer. Er hält uns nicht für Weltschmerzler, wenn wir im Alter von der Vergangenheit schwärmen. Er weist uns nicht von sich, wenn wir Lügner, Diebe, Mörder, Heuchler, Verräter sind. Er hört uns an. Er wird nicht ungeduldig, wenn wir in Rührseligkeit verfallen oder vor Selbstmitleid weinen oder uns feige und töricht zeigen. Solchen Leuten hat er zeit seines Lebens zugehört. Er wird es weiter tun. — Während er zuhört, werden wir unsere Schwierigkeiten gelöst finden. Wird er auch zu uns sprechen? Wer kann das wissen? Vielleicht. Bestimmt dann, wenn wir ihn fragen. Und selbst zuhören.   *Taylor Caldwell*

INHALT

Die Zeitungsleute fieberten vor Neugier.

»Ach, sagen Sie uns doch!« bestürmten sie den alten John. »Wer ist dort hinter dem Vorhang? Ein Geistlicher? Geistliche, die sich ständig ablösen? Dieses . . . Dingsda — wie nennen Sie es nur? — ist vierundzwanzig Stunden am Tag offen, nicht wahr? Wieviel hat der Bau Sie gekostet? Stimmt es, daß Sie die Ersparnisse Ihres ganzen Lebens darauf verwendet haben? Echter Carrara-Marmor, was? Aber wer steckt dort hinter dem Vorhang?«

Der alte John Godfrey zählte achtzig Jahre. Ein mittelmäßiger Anwalt in einer großen Stadt bringt es — besonders, wenn er ehrlich ist — selten zu Reichtum, und John war ebenso mittelmäßig wie ehrlich gewesen. Er war Witwer. Bis auf wenige, sehr wenige treue alte Freunde kannte kaum mehr jemand seinen Namen. Übrigens wollte er selbst seinerzeit gar nicht Anwalt werden; aber die Eltern erwählten für ihr einziges, unter großen Opfern aufgezogenes Kind diesen Beruf. Sie waren Einwanderer gewesen; sie hatten nie lesen und schreiben gelernt. In ihrem Heimatlande war der rechtskundige Mann eine bedeutsame Persönlichkeit, noch angesehener als der Arzt. An ihn wandte man sich um Hilfe, wenn man das Land verlassen und nach Amerika gehen wollte. Er verfaßte die Eingaben, füllte die Formulare aus; er unternahm geheimnisvolle Reisen in die Kreisstadt, wo er zweifellos mit hohen Beamten und mit Konsuln Rücksprache pflog. Durch seine persönlichen Verbindungen konnte er leicht beim Pfarramt einen Taufschein oder bei der Polizei ein Schriftstück beschaffen, worin dem Auswanderungslustigen bescheinigt wurde, daß nichts Belastendes gegen ihn vorlag. Als Freund des Bürgermeisters oder Ortsvorstehers hatte er es nicht schwer, eine Ausreisegenehmigung oder einen Paß zu erwirken. Wenn er seinem Schützling oft die letzte Kuh oder das letzte Schwein als Entgelt für seine menschenfreundlichen, unerläßlichen Dienste abnahm, was lag schon daran? In Amerika wurde man reich, fast über Nacht.

John, dessen Familienname nicht Godfrey war, sondern et-

9

was für angelsächsische Zungen Unaussprechbares, erwähnte niemandem gegenüber, daß er immer ein Dichter hatte werden wollen. Er war hier in dieser großen amerikanischen Stadt schon zwei Monate nach der Ankunft seiner Eltern zur Welt gekommen. Eine seiner Lehrerinnen, eine scheue junge Person, hatte seinen Ehrgeiz und seine natürliche Begabung gespürt und ihn schüchtern ermuntert. Aber sie war damit allein geblieben. Seine Eltern hatten kein Verständnis dafür gehabt, und er war ihr einziges Kind, und er liebte sie; und vor allem hätte er sie um keinen Preis enttäuschen mögen. So wurde er Anwalt und bedauerte es jeden Augenblick seines Lebens.

Er hatte ein angemessenes Auskommen gefunden. Von Natur bedürfnislos, war er nie auf vielerlei materielle Annehmlichkeiten erpicht gewesen. Bücher — Prosa, Verse, Geschichte —, ein Harmonium; vier Joch Grund am Stadtrand, wo er sich ein unansehnliches Schindelhaus erbaute, aber einen prächtigen Garten hatte; ein Hund, eine Katze, zwei Kanarienvögel; und ein paar Freunde: das war mehr als genug für jeden, besonders für John Godfrey. Für die pompöse Seite des Anwaltsberufes hatte er nichts übrig und beschränkte sich auf eine nüchterne Praxis, die seinen Geist kaum in Anspruch nahm, sondern ihm Muße ließ, zu denken und zu beten und zu meditieren und seinen Garten zu gestalten. Seelische und geistige und körperliche Freiheit gingen ihm über alles, waren ihm Lebensgrundlage. Er wurde früh mit Emersons und Thoreaus Schriften vertraut und schuf sich auf seinen vier Joch Land nach Thoreaus Vorbild sein eigenes Waldensee-Idyll.

Mit dreißig heiratete er die Tochter alter, miteingewanderter Freunde seiner Eltern, und es gab keine Kinder. Wenige Menschen bekamen Mrs. Stella Godfrey zu Gesicht; sie ähnelte merkwürdig jener scheuen jungen Lehrerin, die in dem erst sechs Jahre alten John den Dichter erkannt hatte. Stella war zwar in Amerika geboren und zur Schule gegangen; aber ihre weiche Aussprache behielt zeitlebens einen starken ausländischen Tonfall. Sie war eine äußerst zurückhaltende, ebenso höfliche wie schüchterne Frau. Sogar Johns wenige Freunde fanden sie farblos. Als sie nach zehnjähriger Ehe starb, merkten die Freunde kaum etwas davon. John kam selten auf sie zu sprechen; man vermutete, auch er vermisse sie nicht sehr. Sie lag in der Nähe seiner Eltern auf dem »wunderlichen alten Ausländerfriedhof«; ob der Witwer die drei Gräber besuchte, wußten die Freunde nicht. Er hatte eine stille, ausgeglichene Art, ein gewinnendes Lächeln, und war nicht gesprächig. Er hörte lieber zu. Diese Wesenszüge änderten, verwischten sich durch den Tod seiner Frau nicht, und so stellte man erleichtert fest, die »arme Stella« habe in Johns Leben keine Lücke hinterlassen.

Eines war an John Godfrey seltsam. Niemand, nicht einmal sein engster Freund Walter Baker, nannte ihn je »Jack«. Immer war er John — bei aller Freundlichkeit, Hilfsbereitschaft und Rücksichtnahme stets würdevoll, nie aufgeregt, überstürzt, nie in Eile oder Unrast.

Die Stadt wuchs über seine vier Joch Land hinaus; doch er wollte sein Grundstück um keinen Preis verkaufen. Miethäuser schossen vor seinen Wohnzimmerfenstern auf; eine Schule erhob sich hinter seinem ummauerten Garten; eine verkehrsreiche Straße lärmte nicht weit von seinem Schlafraum. Aber er hielt an seinem Besitztum fest, tünchte sein altmodisches Haus, mähte den eigenen Rasen und pflegte die eigenen Blumen — bis zu seinem achtzigsten Geburtstag.

Niemandem, auch nicht seinem besten Freunde Walter Baker, dem früheren Urologen der Stadt, hatte er von einem Wunschtraum erzählt, den er seit fünfzig Jahren hegte. Aber am ersten Tage seines einundachtzigsten Lebensjahres sprachen vier Architekten mit Blaupausen bei ihm vor und blieben mehrere Stunden lang. Dann gingen sie wieder, lächelnd, schweigsam; kopfschüttelnd sahen sie einander an. Auch jetzt erfuhr noch niemand etwas, bis John Godfrey in eine nahe gelegene kleine Pension übersiedelte und das alte Haus abgerissen wurde. Freunde fragten; er lächelte bloß. Als jedoch feinster weißer Marmor, sorgfältig in Lattenkisten verpackt, ankam, wurden die Zeitungen aufmerksam. Höflich, aber entschieden verweigerte John jede Auskunft. Die Baugrube wurde ausgehoben. Leute kamen, starrten, staunten und mutmaßten. Eine Privatbibliothek? Ein Museum? Eine Musikschule? Niemand wußte Bescheid. John, der jetzt im Ruhestande war, stellte sich hin und sah zu — ein hagerer, weiß-haariger Greis, die Hände unter den Rockschößen, das Gesicht in gespannter Aufmerksamkeit, eine Zigarre im Mund. Zum erstenmal schien er von Geheimnis umwittert.

Bald zeigte sich, daß der Bau rechteckig wurde, mit einem großen Haupteingang und einer kleinen Hintertür, und nur zwei Räume umfassen sollte, einem etwa fünf mal fünf Meter messenden vorderen und, daran anschließend, einem zweiten, etwas längeren Raum. Die weißen Marmorplatten fügten sich zu Wänden, die ein flaches Dach trugen. Die Gartenanlagen verschönten sich; absterbende Bäume wichen schlanken Schößlingen; rote Kiespfade wurden ausgelegt, Blumenbeete vergrößert. »Eine Art kleine Kirche«, meinten einige Nachbarn geringschätzig. »Wird er dort drinnen Predigten halten?« Aber niemand wußte Bescheid.

Wenn Neugierige durch die Eingangstür spähten — Fenster gab es überhaupt keine —, sahen sie, daß der Fußboden des kleineren Raumes mit einem dunkelblauen, dicken und weichen Teppich belegt und mit bequemen Sesseln, Tischen und Lampen, alles recht wertvolle Stücke, ausgestattet wurde. In den nächsten Raum konnte man nicht sehen, da die breite, hohe, aus Eichenholz gefertigte Verbindungstür geschlossen war. Das bronzene Eingangstor — es stammte aus Johns Elternlande — wurde eingesetzt, und darüber, in einem Bogen, prangte bald in goldenen Lettern die Inschrift: »DER ZU-HÖRER.«

Und tief in den weißen Marmorfußboden wurde eine Messingplatte eingelassen: »Zum Gedenken an Stella Godfrey.«

Jetzt war alles fertig, und John Godfrey ließ die Presseleute kommen. Die Öffentlichkeit mußte ja in Kenntnis gesetzt werden. Die jungen Reporter strömten in den hübschen, freundlichen Raum mit seinen brennenden Lampen, seinen Glastischen, auf denen Zeitschriften lagen und Blumen in Töpfen oder Vasen standen, seinen weißen, schmucklosen Marmorwänden, seinem Fußboden mit dem dicken Teppich. Es war sehr friedlich hier und still und voll Erwartung. Aber auf wen wartete dieser Raum?

John lächelte und betätigte eine Glocke neben der Eichentür am Ende des Raumes. Es tönte sanft. Er wies auf einen

Schlitz nahe der Tür. »Für Anliegen, die man vorbringen will«, erläuterte er. Zehn Minuten lang mußten die Zeitungsleute rauchend ihre neugierige Ungeduld bezähmen; dann öffnete sich die Tür von selbst. Sie betraten den nächsten Raum und starrten vor Staunen.

Dieser Saal war völlig leer bis auf einen großen, mit blauen Samtkissen belegten Marmorsessel, der einer von dicken blauen Vorhängen verhüllten Bogennische gegenüberstand. Neben der Nische war eine Messingtafel angebracht: »Wenn Sie den Mann, der Ihnen zugehört hat, sehen wollen, so drükken Sie den Knopf über der Tafel. Sie werden das Gesicht des Mannes erblicken. Er wird sich freuen, wenn Sie ihm danken; aber nötig ist es nicht.«

Und so fragten die Zeitungsleute: »Ein Geistlicher? Geistliche, die sich ständig ablösen?« Sie wußten, daß dieses Gebäude nie gesperrt werden sollte. John antwortete nicht; er lächelte nur. Die Reporter zückten ihre Kameras auf ihn, auf den Warteraum, auf den leeren, von der weißen Decke her schräge mit mildem, gedämpftem Licht überfluteten Marmorsaal. Ein sehr junger und vorwitziger Zeitungsmann trat zu dem Druckknopf neben den dicken, blauen Vorhängen. Aber John rief in ungewohnter Schärfe: »Nein! Nicht jetzt! Das dürfen Sie jetzt nicht!«

Er zeigte den Berichterstattern ein Kästchen unter dem Wandschlitz. »Hier kann man die Anliegen einwerfen, denen Gehör geschenkt werden soll. Dann muß man die Glocke betätigen und zehn Minuten warten. Hierauf öffnet sich, mit einem Glockensignal, die Tür, immer nur für eine Person, die den Raum schließlich durch die Hintertür verläßt.«

»Ein Anwalt vielleicht? Oder ein Fürsorger? Oder ein Psychotherapeut?« versuchte der junge Reporter herauszubringen. Aber John lächelte bloß.

»Die Besucher werden uns ja doch alles erzählen«, behaupteten die Zeitungsleute. »Sehr lange wird sich das Geheimnis nicht halten — darüber müssen Sie sich im klaren sein, Mr. Godfrey.« John lächelte bloß.

»Was werden dann Ihrer Meinung nach die Leute hier vorbringen?« erkundigte sich ein anderer Reporter, während er noch eine Blitzlichtaufnahme von dem alten Manne machte.

»Das werden sie sich schon zurechtlegen, ehe sie herkommen«, erklärte John. Er hielt inne und fügte in freundlichem Tone hinzu: »Einer der schrecklichsten Aspekte der heutigen Welt ist es, daß niemand seinen Mitmenschen anhört. Selbst wenn man krank ist oder im Sterben liegt, hört einen niemand an. Wenn man bestürzt oder verschreckt oder verzweifelt ist oder einen lieben Menschen verloren hat, wenn man einsam oder verlassen ist, wenn man sich im Leben nicht mehr zurechtfindet — hört einen niemand wirklich an. Sogar die Geistlichen sind müde und gehetzt; sie tun ihr Bestes und werken ununterbrochen. Aber die Zeit scheint in Bruchstücke aufgesplittert zu sein; ihr ist offenbar alles Kernhafte, Beständige abhanden gekommen. Niemand hat Zeit, seinen Nächsten anzuhören. Auch jene Menschen, die einen liebhaben und für einen sterben würden, auch die Eltern, die Kinder, die Freunde, sie haben keine Zeit. Das ist doch ganz schrecklich, nicht? Woran liegt die Schuld? Ich weiß es nicht. Doch anscheinend gibt es keine Zeit mehr.«

»Und Sie glauben, dieser Mann hier — wer immer es sein mag — wird Zeit haben?« fragte der zudringliche Reporter.

John senkte den großen, alten Kopf und schien angestrengt nachzusinnen. Dann entgegnete er: »O ja! Ich glaube, er wird Zeit haben. Alle Zeit der Welt.« Er blickte die Berichterstatter an und wiederholte: »Alle Zeit, die der Welt noch geblieben ist.«

Die Journalisten dachten, er sei eben ein lederner, schrulliger Greis. Sie rechneten darauf, sehr bald den vollen Sachverhalt von jemandem zu erfahren, der hierher käme, um sich, allein in diesem weißen Marmorraum mit dem milden Licht und den geschlossenen Vorhängen, auszusprechen. Sie beguckten das Bronzekästchen unter dem Schlitz; es war nichts als ein schlichter Behälter. Hier hinein würden einfältige Menschen ihre unbeholfenen Brieflein werfen, und ein versteckter Geistlicher oder Fürsorger oder Psychotherapeut würde die Zettel lesen, sich hinter den Vorhang zurückziehen und lendenlahme Ratschläge erteilen. Ein paar ältere Zeitungsleute fanden, die Sache sei eigentlich recht nett und modern. Der Mann hinter dem Vorhang könne den Besucher nicht sehen, und so vollziehe sich alles in strenger Vertraulichkeit. Törichte alte Männlein und Weiblein würden, allein gelassen, frei von der Leber weg schwatzen und getröstet davongehen. Wer es aber war, der sich ihre Jeremiaden anhörte, das wollten die Reporter bald herausbekommen, versicherten sie sich gegenseitig. Einfach eine neue Form seelischer Heilbehandlung, um Gottes lohn.

Aber niemand verriet etwas. Zwei Monate nach der Eröffnung des Gebäudes starb John Godfrey. Er war fast bedürfnislos gewesen und hinterließ, da er für seinen alten Wunschtraum Börsengeschäfte getätigt hatte, ein großes Vermögen. Seine Freunde schmunzelten liebevoll und sagten: »Wer hätte gedacht, daß der alte John spekulieren würde?« Sein Vermögen war der immerwährenden Erhaltung seines Gebäudes gewidmet.

Neugierige Putzfrauen stellten fest, daß die blauen Vorhänge an der Nische sich nicht bewegen ließen. Es schien, als wäre der Samt aus Stahlfäden gewoben. Schließlich setzte sich die einigermaßen plausible Ansicht durch, die Stimmen der verzweifelt Ratsuchenden lösten irgendwelche elektrischen Impulse aus, durch die der Vorhang sich öffnete, wenn sie nach ihrem Bekenntnis den Knopf drückten. Leute aber, die aus bloßer Neugier falsche Bekenntnisse sprachen, mußten die Erfahrung machen, daß der Vorhang auch nach Betätigung des Knopfes geschlossen blieb. Wie sich Monate später herausstellte, hatte der alte John jahrelang Elektronik studiert. Nur der echte Klang von Kummer und Sorge und Einsamkeit vermochte den Vorhang zu öffnen. Der Knopfdruck war bloß ein zusätzlicher Antrieb.

Man bemerkte, daß die durch die Hintertür herauskommenden Besucher strahlende Gesichter hatten oder friedliche oder nachdenkliche. Manche Leute weinten. Andere schritten entschlossen aus, als wollten sie eine große Wanderung antreten. Einige riefen laut: »Ach ja! Ja! Das hatte ich vergessen!«

Die Reporter gingen zu den Geistlichen, den katholischen, protestantischen, jüdischen. »Was soll dieser ganze Mumpitz?« fragten sie. »Heißen Sie das gut?«

Manche Geistliche antworteten nur mit einem Lächeln. Einige erklärten, sie wüßten wirklich nichts über den Mann, der hinter den Vorhängen aus Samtstahl zuhörte. Andere runzelten die Stirn und sprachen von »abergläubischem Getue in diesem Zeitalter der Wasserstoffbombe und der Naturwissenschaften«. Ein sehr fortschrittsbeflissener Kleriker äußerte: »Ich weiß nichts darüber und bin absolut nicht neugierig darauf. Haben Sie Professor Blanks letztes Buch über das Weltbild der Physik gelesen? Sehr aufschlußreich. Aber natürlich nur für Gebildete. Er räumt ein für allemal mit dem Aberglauben auf. Verstehen Sie mich recht, ich bin natürlich nicht gegen die Religion«, betonte er rasch und zündete sich eine feine Havanna an. »Schließlich bin ich ja Geistlicher, nicht wahr? Aber alles ist im Fluß, und das Wissen wächst.«

Ein sehr alter Pastor entgegnete kurz: »Ich habe selbst zu dem Mann hinter dem Vorhang gesprochen. Er hat mir ausführlich Bescheid gegeben. Er hat mir die Kraft verliehen weiterzutun, als ich es schon für unmöglich hielt.«

»Was hat er Ihnen gesagt?« erkundigte sich der Berichterstatter.

Der Pastor blickte den jungen Mann nachdenklich an. »Je nun, allerhand Dinge hat er gesagt.«

Auch die ganz großen Zeitungen schickten ihre Reporter haufenweise in die Stadt. Sie erfuhren nicht mehr als die anderen. Der »Mann auf der Straße« wurde interviewt, und seine weisen Auslassungen wurden getreulich festgehalten. Also, der Unbekannte hinter dem Vorhang war bestimmt ein Psychotherapeut ... Die Mutter der Dame von nebenan war in dem Gebäude gewesen, und nachdem sie alles über ihren alten Bock von Schwiegersohn erzählt hatte, gab ihr der Doktor ein paar gute Ratschläge ... Und da war, zwei Häuserblöcke weiter in der Straße, die junge Frau, die in der Patsche saß. Der Fürsorger hatte ihr gesagt, was sie tun und wohin sie sich um Hilfe wenden sollte. Und da war diese Witwe mit ihren fünf Kindern, darunter einem schon straffällig gewordenen Halbstarken. Auch ihr hatte der Fürsorger geholfen. Und da war der krebskranke Mann mit seiner Todesangst. Den hatte der Berater in ein Spital geschickt, und er wurde kostenlos auskuriert ... Also, der Mann hinter dem Vorhang war bestimmt ein Geistlicher. Er hatte einem Besucher aufgetragen, seine Missetat der Polizei anzuzeigen ... Sagen Sie, war der alte John Godfrey Katholik? Irgendwer hat behauptet, er sei Jude gewesen, und hinter dem Vorhang lägen jüdische Schriftrollen. Was führen denn die Juden da im Schilde? . . . Glauben Sie doch das nicht! Der Mann hinter dem Vorhang ist von der Christian Science. Die heilen alles durch Gebet und mit der Bibel, verstehen Sie?

Auch noch andere, ebenso geistreiche Meinungen wurden geäußert. Ach, hinter dem Vorhang war ein Tonaufnahmegerät. Oder irgendeine Art von Kommunist. Oder vielleicht ein Sozialist, oder Republikaner, oder Demokrat. Bei solchen Dingen muß man heutzutage verdammt aufpassen, wissen Sie? Überall steckt Propaganda dahinter. Haben Sie übrigens von der Dame gehört, die aus dem Gebäude herausgekommen und plötzlich übergeschnappt ist? Man mußte sie in die Staatliche Nervenheilanstalt bringen. Ich? Nicht ums Verrecken würde ich dort hineingehen. Niederbrennen sollte man die Bude. Haben Sie eine Ahnung, was in dieser Gegend der Grund kostet? Wir brauchen eine neue Schule — oder sonst etwas ähnliches.

Ein Priester sagte zu einem Reporter: »Sind Sie in der richtigen seelischen Einstellung hingegangen?«

»Welches ist die richtige seelische Einstellung?«

Der Priester lächelte flüchtig. »Darauf werden Sie sicherlich eines Tages selbst kommen.«

Ein Rabbiner sagte zu einem Reporter: »Ich selber bin noch nicht dort gewesen. Aber ein paar von meinen Glaubensgenossen waren drinnen. Nein, befragen kann man sie nicht; sie geben keine Auskunft.«

Ein Psychiater sagte: »Ich weiß nicht, was hinter jenem Vorhang ist. Einer meiner schwierigsten Patienten war dort, und er will nicht einmal mir etwas darüber mitteilen. Eines aber steht fest: er ist jetzt geheilt.«

Man versuchte ein paarmal in das innere Heiligtum einzubrechen, weil Gerüchte umliefen, die Besucher hinterließen Geld »in dem Kästchen«. Aber irgendwie hielten die Türen jeder Art von Druck und Gewaltanwendung stand. Und Fenster, die man hätte einschlagen können, gab es ja nicht.

I

Die Bekennende

Da soll sie der Priester herzuführen und vor den Herrn
stellen.   4 Mo 5, 16

Mrs. Merrill Sloane betrat widerstrebend den Warteraum. Sie
trug ein schlichtes Tweedkostüm und eine Zobelstola und hielt
eine sorgfältig verschlossene Lederhandtasche. Sie war eine
Fünfzigerin, grauhaarig, mit scharfgeschnittenen Zügen und
einer hübschen, ebenmäßigen Gestalt, und hatte einen Hut
aufgesetzt, der mindestens fünf Jahre alt war und weitere
fünf Jahre seinen Dienst tun mochte, einen Filzhut mit her-
abgebogener Krempe. Ihre betont einfachen Schuhe traten
entschlossen auf den Teppich. Sie schritt mit beherrschten Bewegungen und musterte hochmütig die anderen Wartenden.
Niemand sah sie an. Mit abfälliger Miene, als schäme sie
sich ihrer eigenen Gefühle, murmelte sie vor sich hin, während
sie einen versiegelten Brief aus ihrer Handtasche nahm, zu
dem Schlitz in der Wand neben der Eichentür trug und dort
einwarf. Sie wartete. Nichts geschah. Männer und Frauen jeden Alters lasen die Zeitschriften und schmalen Gedichtbän-
de, die auf den Tischen ausgelegt waren. Mrs. Sloane setzte
sich, sehr steif.

Warum war sie so albern gewesen, hierherzukommen? Voll
Unrast streifte sie die Handschuhe ab und blickte auf den
großen Brillanten an ihrem Finger. Aber stärker beeindruckte
sie die Tatsache, daß ihre Hände verwelkt und klauenhaft und
verunstaltet schienen. Alle Frauen in ihrer Familie hatten
immer weiche, glatte, weiße Hände gehabt, auch noch als
Achtzig- oder Neunzigjährige. Wieso waren die ihren so trok-
ken und pergamentartig und hatten so dicke Knöchel?

Sie blickte wieder auf die anderen Wartenden. Obwohl
draußen unfreundlicher März war und es weder Fenster noch
eine sichtbare Wärmequelle gab, hatten die Leute es hier
drinnen warm und zugleich erfrischend. Wie an einem Frühlingstag! Plötzlich mußte sie an einen Frühlingstag denken,
und der Raum verschwamm vor ihren Augen, und sie senkte
den Kopf. Sie vergaß ihre stillen Gefährten. Wie durch einen

Schleier gewahrte sie, daß die Besucher einer nach dem anderen aufstanden und durch die Eichentür eingelassen wurden. Schließlich war sie allein. Dann hörte sie die Glocke wieder erklingen, diesmal für sie; auf plötzlich unsicheren Beinen erhob sie sich und betrat den zweiten Raum.

Nur ein weißer, milde beleuchteter Marmorsaal und ein mit blauen Samtkissen belegter Marmorsessel. Was bedeutete diese große, hinter blauen Vorhängen versteckte Nische? Mrs. Sloane runzelte die Stirn. Unsinn! John Godfrey — sie hatte ihn nie kennengelernt — war Europäer gewesen, und vielleicht ein Dunkelmann obendrein. Ihr fielen alle umlaufenden Gerüchte ein. Sie setzte sich in den Sessel, kerzengerade aufgerichtet. Sie wartete. Auch die sanfte Stille wartete. Ach ja, erinnerte sie sich, jetzt konnte sie sagen, was ihr am Herzen lag, und jemand hinter dem Vorhang würde ihr zuhören. Mit einem Male kamen ihr die Tränen.

»Verzeihen Sie, bitte!« flüsterte sie. »Ich bin ein bißchen erkältet. Geht in diesem Jahre um. Oder eine Nebenhöhlensache. Ich komme gerade von Dr. Bundy. Besonders tüchtig scheint er ja nicht zu sein. Sehr schmerzhaft, so eine Nebenhöhlensache. Immerfort Kopfweh. Manchmal habe ich das Gefühl, ich bestehe überhaupt nur aus Schmerzen. Dieses Kopfweh . . .«

Den Mann, der hinter dem Vorhang zuhörte, konnte ihre Nebenhöhlensache, eine Folge der jahreszeitlich bedingten Nebel und der Schneeschmelze, nicht interessieren. Man mußte Haltung zeigen. »Vor allem möchte ich feststellen«, erklärte sie in frostigem Tone, »daß ich nicht weiß, weshalb ich eigentlich hier bin. Mein Seelsorger wäre sicherlich nicht damit einverstanden. Ihm ist jeder Aberglaube ein Greuel. Bestimmt würde er meinen Besuch bei Ihnen nicht gutheißen. Ich weiß wirklich nicht, warum ich gekommen bin. So eine Dummheit!«

Die geduldige Stille wartete. Hier war kein Eilen, kein Drängen, kein Rascheln von Kleiderstoffen. Kein Lärm von Autos oder Düsenflugzeugen oder Schritten. Kein gedämpftes Öffnen oder Schließen von Türen. Keine Uhr. Kein Ticken. Keine Unrast. »Sehr friedlich«, lobte Mrs. Sloane. »Das erinnert mich . . .«

Der Mann hinter dem Vorhang wartete. Er hatte alle Zeit der Welt. Er hörte zu. Die Frau schneuzte sich, stammelte, rieb sich die Augen. »Das erinnert mich« — sie stockte wieder — »an einen Tag, Anfang Mai.«

Plötzlich weinte sie wieder; ihre Tränen strömten wie Gießbäche im Frühling. »Ich ertrage dieses Leben nicht mehr!« schrie sie. »Ich halte das nicht mehr aus!«

Sie verschränkte krampfhaft die Hände auf den Knien und war entsetzt über den Nachhall ihres lauten Ausbruchs. Sie blickte sich in dem Marmorsaal um und sank dann in sich zusammen. Mrs. Merrill Sloane kreischte so! Mrs. Sloane, die mit unerbittlicher Strenge ihre Vereine leitete; Mrs. Merrill Sloane, die darüber entschied, endgültig entschied, wer in die exklusivsten Zirkel der Stadt zugelassen werden sollte; Mrs. Merrill Sloane, deren Gatte die ganze Stadt kaufen und verkaufen konnte. Kaufen und verkaufen.

Der Mann hinter dem Vorhang wartete. Sie starrte diesen Vorhang an, der sich nicht regte und rührte. Aber sie spürte eine große Langmut, eine große Gewogenheit. »Sind Sie ein Bekannter von mir?« fragte sie. Der Mann wartete. »Wahrscheinlich nicht«, murmelte sie. Sie hielt inne. Dann rief sie: »Mich kennt niemand!«

Sie hatte die ganz merkwürdige Empfindung, der Mann hinter dem Vorhang kenne sie sehr gut, bringe ihr Zuneigung und Verständnis entgegen, und sie könne sich ihm anvertrauen. Sie sagte: »Hoffentlich darf ich Ihnen trauen. Schließlich habe ich eine gesellschaftliche Stellung . . . Kann ich mich auf Sie verlassen?«

Hatte eine Stimme »Ja« geantwortet? Die Frau wurde sich nicht klar darüber. »Wirklich, eine ausgesprochene Dummheit!« flüsterte sie, während die Tränen ihr über die grauen Wangen liefen. »Ich hätte nicht kommen sollen. Aber da wird so viel herumerzählt. Es heißt, Sie hören zu. Sonst hört einen kein Mensch mehr an. Meine Mutter tat es; aber die ist gestorben, da war ich erst zehn Jahre alt. Seither habe ich niemanden gefunden, der zuhören kann. Meine Kinder können es einmal bestimmt nicht!«

In drängender Gebärde beugte sie sich gegen den Vorhang. »Meine Geschichte ist recht albern. Ich habe mit meinem Arzt gesprochen. Er ist einsichtig. Einsichtig! Hat er eine Ahnung, wie mir seine Einsichtigkeit eine Tür vor der Nase zuschlägt? Auch mit meinem Seelsorger habe ich gesprochen. Ein sehr weltläufiger Mann. Er hält höchst gelehrte Vorlesungen . . . Predigten, meine ich. Sind Sie auch Geistlicher? Ich wollte Sie nicht kränken. Aber Vorlesungen . . . Ich habe versucht, mit ihm zu reden. Er hat etwas von ›kritischen Zeiten im Leben‹ gemurmelt. Gibt es Zeiten im Leben, die nicht kritisch und qualvoll sind? Nein!«

Sie zerknüllte die Handschuhe in ihren schwitzenden Händen. »Ich wollte Selbstmord begehen«, sagte sie und blickte angstvoll die Vorhänge an. Sie bewegten sich nicht; kein mißbilligendes Auffahren hinter ihnen, kein Tadel.

»Eine sehr törichte Geschichte«, betonte sie. »Ich weiß nicht, warum ich Ihre Zeit zwecklos in Anspruch nehme. Ich habe eine Verabredung in . . .« Der Mann hinter dem Vorhang sprach nicht. »Eine Verabredung«, wiederholte sie. Dann schrie sie: »Was liegt schon an einer Verabredung? Gar nichts, überhaupt nichts! Alle Leute haben Verabredungen! Mit wem? Mit dem Tode?«

Sie unterbrach sich. Mit sehr leiser Stimme fügte sie dann hinzu: »Ganz seltsam! Jetzt ist mir zu Bewußtsein gekommen, daß wir Menschen alle ein Stelldichein mit dem Tode haben. Das habe ich nie bedacht. Der Tod. Der Tod! Wenn man an ihn denkt, erscheint alles andere läppisch. Bis auf den einen Frühlingstag im Mai. Alles andere ist belanglos.«

»Wissen Sie«, fuhr sie fort, »meine Familie ist alteingesessen in Amerika, und sehr vornehm. Gelehrte, Professoren, Anwälte, Ärzte, Geldleute. Sogar drei Gouverneure waren in meiner Familie, und vier Senatoren. Mein Vater konnte im Weißen Hause nach Belieben ein- und ausgehen; er brauchte sich bloß anzukündigen. Ich habe seine Briefe der Kongreßbibliothek überlassen, und alle Briefe der Präsidenten an ihn auch. Meine Tante hat einen englischen Grafen geheiratet. Wir sind sehr vornehme Leute.«

Falls der Mann hinter dem Vorhang davon beeindruckt war, gab er es jedenfalls nicht zu erkennen. Mrs. Sloane wurde kleiner in ihrem Sessel, wie ein halbwüchsiges Mädchen. »Unsereins hat seine Verpflichtungen«, gab sie zu bedenken. Das blasse, warme Licht überströmte sie von der Saaldecke her. »Man hat Pflichten«, wiederholte sie. »Man darf nicht bloß an sich selber denken, wie?«

Hatte der Mann mit sehr freundlicher Stimme »Nein« geantwortet? Sie beugte sich wieder zu dem Vorhang. »Sie verstehen doch?« fragte sie. Dann setzte sie hinzu: »Wirklich, ich nehme Ihnen viel Zeit mit meiner törichten Geschichte. Was sagte ich vorhin? Ach ja, das Stelldichein mit dem Tode.« Sie überlegte. »Einmal habe ich irgendwo gelesen, wenn man liebt, mache man mit dem Tode Bekanntschaft. Ich rede sinnloses Zeug, nicht? Ich schäme mich nämlich. Mein Mann hat mindestens acht Millionen Dollar. Worüber kann ich mich schon beklagen?

Ja, also dieser Maitag. Wissen Sie, ich kenne Clyde Bennett seit unserer gemeinsamen Kindheit. Auch er stammt aus einer sehr vornehmen Familie. Er hat im Park unseres Sommersitzes ein Baumhaus gebaut. Wir sind oft hinaufgeklettert und haben geplaudert. Über ganz kindische Dinge. Etwa über ein Ulmenblatt. Voll von Aderwerk. Es war ganz herrlich, sich den Saft in diesen Blattrippen kreisend vorzustellen. Clyde hatte ein Vergrößerungsglas. Wir betrachteten damit dies und jenes. Das Blatt. Grün und lebend. Ein Insekt. Wir starrten es an, und es bekam Angst, ganz wie ein Kind; es tat uns leid, und wir ließen es frei. Was es wohl empfunden haben mag? Sicherlich muß es etwas empfunden haben. Auch das ist etwas, was mir bis jetzt nie zu Bewußtsein gekommen ist. Ich habe mir nie den Kopf darüber zerbrochen, ob Insekten — und auch Menschen — etwas Bedeutsames empfinden. Was ist denn überhaupt bedeutsam?«

Sie wartete. Kein Laut. Aber ein Kraftgefühl durchströmte sie, wie ein Nachklang ihrer Kindheit. Sie lachte unter Tränen. »Natürlich, alles ist bedeutsam, nicht? Bestimmt! Alles — in der Sicht . . . in der . . .« Sie barg das Antlitz in den Händen und flüsterte: »In der Sicht Gottes.«

Nach langem Zögern hob sie den Kopf und blickte die Vorhänge entschlossen an. »Ich weiß wahrhaftig nicht, warum ich mich beklage! Clydes Leute verloren ihr Vermögen; den unseren erging es ebenso. Eine Heirat kam also nicht in Frage! Ich erinnere mich an den Tag, als ich ihn zum letztenmal traf. Wir waren in dem Baumhause, und es war Frühling und Mai, und es regnete. Wissen Sie, wie der Regen in einem Baume klingt, wenn ringsum die Blätter rascheln und tropfen und glitzern, und wenn man gar nichts anderes hört als den Regen? Und alles grün ist, und eingelullt und wohlgeborgen? Clyde und ich waren damals achtzehn. Er bat mich, auf ihn zu warten.

Er hatte einen Onkel in Hartford, der ihm vielleicht helfen mochte. Davon wußte ich nichts. Ich wußte nur, was mein Vater am Abend zuvor gesagt hatte: »Clyde, geht weg, vielleicht auf lange. Unsere Familie ist sehr vornehm und hochangesehen. Du hast Pflichten. Du bist meine einzige Tochter, und du hast drei jüngere Brüder, die standesgemäß erzogen werden müssen. Alte Familien dürfen nicht aussterben; sie haben eine Verantwortung ihrem Lande gegenüber. Nur Geld kann sie retten, und wir haben keines. Aber da ist dieser Merrill Sloane in meinem Büro. Ein Provinztölpel. Sohn eines reichen Freibeuters. Keinen Stammbaum natürlich. Piraten, gemeines Pack. Aber Geld haben sie. Er will dich heiraten.«

Mrs. Sloane biß sich auf die Lippen. Ihre Tränen brannten wie Säure auf den Wangen. »Ich kannte Merrill. Ein stämmiger, schlaksiger, tapsiger junger Mann. Von einer Universität graduiert. Ich weiß einfach nicht, was man vom Studieren halten soll, wenn ein Merrill einen akademischen Grad erwerben kann — und mit Auszeichnung noch dazu! Stellen Sie sich das vor! Ich war immer überzeugt, daß die Hochschulen über Bestechungen erhaben sind; aber jetzt kenne ich mich einfach nicht mehr aus! Nebenbei bemerkt, hatte er weder Clydes Eleganz und taktvolle Lebensart noch seine seelische Feinfühligkeit. Ein dickfelliger Rüpel.«

Sie blickte die Vorhänge an. »Ein Mensch ohne Familie, ohne Hintergrund; eine Familie ohne Bildung und Tradition. Einfach Bauern. Mit Auszeichnung! Als ob er eine Leuchte der Wissenschaft wäre! Ist das nicht lächerlich? Merrill und eine Leuchte! So klug war er wenigstens, nicht den Klugen zu spielen. Er war sehr still, als ich mit ihm in Papas Kontor zusammenkam. Habe ich erzählt, daß Papa ein Sägewerk besaß? Sein Vater hat es sich sozusagen spaßeshalber zugelegt. Er war Bankier und wurde durch Pfandverfall Eigentümer eines schönen Bauernhofs mit einem großen Nutzholzstapel. So begann Papa sich für Holz zu interessieren. Auch das ist übrigens fraglich. Eigentlich war ihm Meißner Porzellan lieber; davon hatte er eine ganze Sammlung. Praktisch waren ja diese Sachen nichts wert. Ich persönlich habe mir nie etwas aus ihnen gemacht.

Merrill war als Papas fachmännischer Helfer eingetreten. Erst der Jux mit dem Sägewerk im Familienbesitz und dann die Geschichte mit Merrill! Allerdings muß ich zugeben, daß er ein Gefühl für Holz hatte ... das heißt, hat. Er schnitzt in seiner Freizeit beinahe hübsche Sachen. Gesellschaftliche Talente hat er überhaupt keine; er ist nur dem Namen nach Mitglied einiger Klubs. Trotzdem scheinen die Leute ihn gern zu haben; warum, weiß ich nicht.

Oh, verzeihen Sie, bitte! Ich vergaß zu erwähnen, daß ich mit neunzehn Merrill geheiratet habe. Seines Geldes wegen. Papas wegen. Er hat uns alle gerettet. Meine Brüder konnten Harvard besuchen und ausgezeichnete Ehen schließen. Merrill — wieder muß ich ihm etwas zugute halten — schien sich aus seinem ganzen Reichtum nicht viel zu machen. Er gewährte meinen Brüdern ausgiebige, ständige Zuwendungen. Errichtete Stiftungen zugunsten ihrer Kinder. Das war ja ganz überflüssig. Die Kinder hätten aus eigenem für sich sorgen können. Ein bißchen Unabhängigkeit muß der Mensch haben. Ich glaube, Merrill hat das eigentlich ...« Mrs. Sloane ließ ihr feuchtes Taschentuch fallen, und ihr graues Gesicht straffte sich bestürzt. »Ich glaube, Merrill hat das für mich getan! Um mir eine Freude zu machen! Das kommt mir erst jetzt zu Bewußtsein!«

Sie brach in Tränen aus und senkte den Kopf. »Nie ist mir das aufgefallen!« schluchzte sie. »Um mir Freude zu machen, um etwas zu tun, was er für meinen Wunsch hielt!« Sie sank tiefer in den Stuhl. »Merrill! Ich habe ihn geheiratet, weil er erklärte, mich zu lieben. Und ich habe ihn verachtet. Ich habe ihn verachtet — alle diese Jahre hindurch. Für mich war er nur ein dickfelliger Rüpel, der von seinem Vater schmutziges Geld geerbt hatte. Über nichts konnte ich mit ihm reden. Warum konnte ich das nicht? Mit Auszeichnung promoviert! Mir ist das wie ein Witz vorgekommen. War es vielleicht nur ein Scherz? O Gott, ist es ein Scherz gewesen?«

Sie stand auf und trat an den Vorhang heran; und sie zitterte. »So einsam war ich all diese Jahre! Aber jetzt frage ich mich plötzlich, ob Merrill nicht auch einsam war. Die Kinder ... Unsere Kinder — sie lieben Merrill; sie sprechen mit ihm. Das konnte ich nie. Ich sagte zu ihnen: ›Worüber könnt ihr denn mit eurem Vater reden?‹ Und ich lachte. Sie stimmten nie in mein Lachen ein. Sie blickten mich an ... Sie blickten mich an, als verachteten sie mich, als wäre ich gefühllos und dumm. O Gott, hören Sie zu?

Meine Kinder hassen mich! Sie haben mir nichts zu sagen. Die Mädchen meiden mich; die Buben sind unpersönlich. Aber mit Merrill stecken sie immer zusammen. Ich habe niemanden. Ich höre, wie sie mit ihm lachen, und wie sie reden, reden, reden! Ich bin so einsam! So schrecklich einsam!«

Sie stammelte, schluchzte, weinte. »Merrill — bist du auch einsam? Was hast du je von mir zu spüren bekommen außer Geringschätzigkeit? Merrill! Armer Merrill! Warum warst du so geduldig? Warum hast du mich nicht längst verlassen? Was bin ich dir?«

Sie trat noch näher an die Vorhänge, und sie waren in Reichweite ihrer Hand.

»Was bin ich dir, wo ich dich so gedemütigt habe? Kannst du mir jemals verzeihen? O Gott, kannst du mir verzeihen?«

Ihre bebende Hand streckte sich aus und berührte den Knopf. Die Vorhänge schwankten. Sie sah es durch ihre Tränen hindurch. Die Vorhänge bauschten sich, wie in einem leichten Wind. Sie gaben einen Spalt frei, und ein Licht leuchtete hervor. Jetzt schoben die Vorhänge sich rasch auseinander, und Mrs. Sloane stand da und blickte stumm. Das Licht umstrahlte sie rings.

»Ja, ja«, flüsterte sie und warf einen Blick auf den Mann, dessen Gestalt sich ihr ganz enthüllt hatte. »Du verzeihst. Ich hoffe, Merrill wird es auch tun.«

Sie blickte nochmals auf und murmelte. Sie ging durch die Hintertür hinaus. Und sie schritt dahin, wie ein Mädchen ausschreitet, das zu jemandem eilt, der dieser Begegnung harrt — ein Mädchen, unbeschwert, voll Freude und Liebe. In den Tagen des Frühlings.

II

Der Entrechtete

Den Menschen ist's versagt, das Glück zu zwingen; wir
wollen mehr, Sempronius: es uns verdienen.   Addison

»So, das wär's!« sagte Tab Shutts verdrossen und verschränkte die schwieligen Hände über den Knien. »Schön. Hören Sie
meinetwegen zu. Sie können sich zu Tode horchen, das ist
mir schnuppe, wissen Sie. Aber gearbeitet haben Sie keinen
Tag lang in Ihrem Leben. Euch kenne ich, ihr Bildungsmeier!
Ich bin über die siebte Volksschulklasse nicht hinausgekom-
men. Vielleicht verstehen Sie Leute wie mich gar nicht, he?
Na, immerhin heißt es, Sie hören zu. Verdammt noch einmal, wer macht denn das sonst noch? Ich weiß keinen. Also,
jetzt hören Sie sich mal was an! Sie werden die Ohren voll-
bekommen, mein lieber Herr — Sie mit Ihrer Hochschulbildung!

Ich hab nie Gelegenheit gekriegt, es zu was Rechtem zu
bringen. Nach der Schule gleich in die Arbeit. Wissen Sie,
was dann kommt? Das verfluchte Militär, das kommt dann.
Aber vielleicht erzähle ich Ihnen lieber zuerst von meinen
Leuten.

Auch mein Tatte hat's nie zu was bringen können. Hat
zwölf Stunden am Tag geschuftet, sechs Tage in der Woche.
Am Abend ist er ins Bett gefallen. Schluß. Acht Kinder. Weiß
Gott, wie er die zustandegebracht hat, bei so einer Racke-
rei.« Tab grunzte. »Mamm hat auch gearbeitet. Als Wäsche-
rin. Vielleicht haben die zwei sich im Flur hingelegt. Was
red ich von Flur? Überall hat es gewimmelt von uns Kindern,
auch im Flur.

Der Geistliche kommt daher und fragt: ›Warum gehen
die Kinder nicht in die Schule?‹ Mamm sagt: ›Hochwürden,
sie müssen arbeiten, genau so wie mein Alter und ich.‹ Und
der Geistliche macht ein trauriges Gesicht. Übrigens keiner
von den feisten Brüdern. Mager und jung, und blaß wie
der Tod. Und er sagt: ›Unser Herr Jesus hat auch gearbei-

tet.‹ Ziemlich albern, dieser Geistliche, nicht? Christus hat gewußt, daß er Gott ist; aber was wissen wir? Der Geistliche sagt noch: ›Zimmermann war er.‹ Eine dumme Bemerkung.

Ich heiße eigentlich nicht Tab. Mein richtiger Vorname ist Timothy. Ein Heiliger. Ich bin kein Heiliger. War jahrelang nicht bei der Beichte oder in der Messe. Wozu auch? Wofür lebt denn unsereins? Jetzt bin ich zweiunddreißig und pfusche in einer Fabrik herum, kann nicht einmal eine Maschine bedienen. Und außerdem gibt's jetzt die Automation. Für Leute wie mich ist kein Bedarf mehr. Was wird man mit uns machen?« Er kicherte. »Wird man uns unter den Teppich fegen? Vielleicht.«

Das milde weiße Licht strömte auf ihn herab, und er sah es und schob sich verlegen hin und her. »Ja, angeblich will man uns umschulen. Beschäftigungen für uns finden. Was brauche ich eine Umschulung, in meinem Alter? Ich brauche nichts weiter als arbeiten können, so wie immer, und so viel verdienen, daß man anständig leben kann. Ohne Luxus. Zum Teufel, wenn man sich's genau überlegt, wofür schuftet man denn überhaupt? Ein Fabrikskuli. Ein Niemand. Die Kinder quengeln, sie möchten einen Fernseher; und ich stecke bis hier herauf in Schulden für den Kühlschrank und die Waschmaschine. Mein einziges Vergnügen ist's, wenn ich auf ein Glas Bier weggehe und mit ein paar Bekannten kohlen kann, denen auch die Galle überläuft.

Ja, also meine Leute. Tatte ist gestorben, da war ich vierzehn. Nach dem Gesetz hab ich bis sechszehn in die Schule gehen müssen. Dann hab ich Zeitungen ausgetragen und an der Tankstelle Autos gewaschen. Und dann geht's mit dieser Göre an. Ihr Vater ist auch ein Fabrikskuli; aber sie hat Lippenstift und Röhrenhosen und ein Riesentrumm Vorderbalkon. Ich war siebzehn und sie fünfzehn. In derselben Klasse waren wir gewesen. Unter Schwester Maria Dominica. Ach, war die müde! Kein Wunder, bei den vielen Schulkindern. Nein, hungrig sind wir nicht gewesen. Wer bleibt schon hungrig, mit der ›Wohlfahrt‹ und so? Wir haben Orangensaft gekriegt und Vitamine und warme Mahlzeiten und Milch. Wir waren groß wie die Rösser; neben uns haben die Eltern wie Zwerge ausgeschaut. Maria Dominica ist uns kaum bis zu den Schultern gegangen. Mir scheint, auch sie hat's nie zu was bringen können.«

Tab hielt inne, und sein großflächiges, sonngebräuntes Gesicht verdüsterte sich und wurde noch verlegener. Ärgerlich rutschte er in dem Marmorsessel hin und her. »Niemand kriegt Gelegenheit, es zu was Rechtem zu bringen«, murmelte er. »He, Sie dort hinter dem Vorhang, haben Sie's zu was gebracht? Ihre Eltern hatten Geld, wie? Haben Sie auf die Hochschule geschickt? Natürlich! So können Sie jetzt dort hocken und sich grinsend solche Dreckkerle wie mich anhören. Wir sind Luft für Sie. Immerhin kriegen Sie bezahlt dafür, daß Sie zuhören, was? Sie haben ja, heißt's, ›alle Zeit der Welt‹!

Ja, also meine Eltern. Mamm geht weiter ins Waschen. Dann, ganz plötzlich, stirbt sie. Ich bin siebzehn. Niemand weiß, woran sie gestorben ist. Acht Kinder sind wir, etliche jünger als ich, etliche älter. Wer schert sich um uns? Nichts wie 'raus, heißt es. Ich krieg einen Posten, und ich verdien mir fünfzehn Dollar die Woche, mit Überstunden. Nicht genug zum Leben. Dann geh ich in diese Fabrik. Ein neuer Krieg kommt. Man scheffelt Geld. Haufenweise. Der Krieg wird immer weiter gehen — so sagt der Werkführer. Dann holen sie mich heraus zum Militär. Wozu kann es unsereiner schon bringen?

Warum sitz ich eigentlich hier, zum Teufel, und quatsche Sie an? Aber Fanny, das ist meine Frau — die mit den Röhrenhosen und dem Lippenstift und dem Vorderbalkon —, hat mir gesagt, ich soll mich ›aussprechen‹. Was habe ich schließlich zu verlieren, wenn ich drauflosschwatze? Sie dort hinter dem Vorhang, Sie hören wenigstens zu. Aber warum tun Sie das eigentlich? Zuhören! Was verstehen Sie schon von einem Simpel wie ich, der nie im Leben Gelegenheit hatte, es zu was zu bringen?

Also, da war ich beim Militär. Um was ging's im Koreakrieg? Wen interessierte das? Mir jedenfalls ist es verdammt gut gegangen. Tokio. Alle diese verschiedenen Städte. Wenn ich Schulen gehabt hätte, wär es möglich gewesen, daß ich dort in so einem Haus bleibe, mit Dienstmädchen und allem, und einem hohen Gehalt vom Staat. Aber ich hab's nie zu was Rechtem bringen können, und man hat mich nach Haus geschickt. Und da war diese Göre, hat auf mich gewartet. Ah, wir haben uns abgeknutscht. Sie war recht herzig, wenn man so eine gern mag, die ihre ganzen oberen Zähne zeigt, und die Zunge auch, und die Augen verdreht und sich so aufspielt wie die in Hollywood, im Film. Haste nicht gesehen, ist sie in der Hoffnung. Ich wollt mich aus der ganzen Geschichte herausdrehen. Aber sie schleppt einen Geistlichen daher, keinen von diesen jungen Kümmerlingen, die ich bisher kannte, sondern einen Mordskerl; der läßt sich auf kein Herumgerede ein. Riesenpratzen, die einem das Genick brechen können, wenn man sich muckst. Kurz, ich hab heiraten müssen.

Und dann sagt der Geistliche: ›Wie wär's mit einem Posten nach dem Landser-Gesetz?‹ Ja, wie wär's damit? Da steh ich jetzt, gegen meinen Willen verheiratet, und ein Kind unterwegs; und mein Tatte hat in meinem Alter schon drei solche Bälger gehabt. Und ich soll mich auf die Schulbank setzen und dann in einer Schreibstube herumknotzen, mit vielleicht dreißig Dollar die Woche? Ich kann in eine Fabrik gehen und das Dreifache verdienen, mit Urlaubsgeld, Kinderzulagen und so. Ich entschließ mich für die Fabrik, und Fanny heult, und ich hau ihr eine in die Fresse, und die Polypen kommen, und ich krieg ›bedingt‹. Wenn der Tatte die Mamm geprügelt hat, da hat niemand ein großes Geschrei gemacht, nur wir Kinder. Gott, haben wir gebrüllt! Ich denk noch dran, wie ich den Tatte in die Wade gebissen hab, und ich war erst vier Jahre alt.«

Tab grinste; dann machte er wieder ein finsteres Gesicht. »Warum hat er sie denn geschlagen? Sie hat alles gemacht, so gut sie konnte, nicht? Und sie war nur halb so groß wie er. Was bringt eigentlich die Menschen dazu, so dreckige Sachen zu tun? Vielleicht, weil sie nie Gelegenheit kriegen, es zu was Rechtem zu bringen.«

Er blickte sich streitlustig, die eine Hand auf dem Knie zur Faust geballt, in dem Raume um. Aber es war niemand zu sehen. Das Licht flutete auf ihn herab, warm und mild. »Hol's der Teufel!« murmelte er.

»Na also, jetzt hab ich drei Kinder, und sie möchten alles

mögliche. Fanny sagt, es geht nicht. Sie hat ihr Wirtschafts-
geld. Kindermädel bei fremden Leuten macht sie auch noch,
als wenn sie nicht schon genug zu arbeiten hätte. Sie behauptet, jeder sollte Geld auf der Bank haben. Wozu? Geld ist zum
Ausgeben da, und damit man sich's gut gehen läßt. Aber Fanny denkt anders. Übrigens ist sie gar nicht mehr so hübsch.
Wird alt, obwohl sie erst dreißig ist. Vielleicht ist das für
ein Frauenzimmer alt, kann schon sein. Und immerfort liest
sie und hört die Nachrichten. Sport mag sie nicht. Ist das nicht
zum Lachen?

Was ich mir verdiene? Eins kann ich Ihnen sagen: Ich bin
zwar nur ein ganz gewöhnlicher Fabrikskuli, aber ich verdiene mehr als ein Schullehrer. Ja, verehrter Herr! Schreiben
Sie sich das hinter die Ohren! Ist Fanny zufrieden? Woher
denn? So ist meine Alte nicht gebaut. Wenn's nach ihr ginge,
sollte ich in diese Automationsschule in der Fabrik gehen.
Etwas lernen, meint sie. Und sie schiebt mir ihre verdammten
Bücher aus der Leihbibliothek hin. Wissen Sie was? Diese
Weiber fallen mir auf die Nerven. Wollen immer noch höher
hinaus und denken sich dazu Wege aus, auf die unsereins
gar nicht käme! Die Frauenzimmer wissen einfach nicht, daß
Menschen wie ich es heutzutage zu nichts bringen können.«

Der warme, gedämpft beleuchtete Raum war still. Tab
starrte auf den Vorhang. »Sie sind wohl so ein Kopfjäger,
ein Seelenstierer, he? Zuhören und dann Bücher schreiben über
uns arme Kulis, die nie Gelegenheit kriegen, es zu was Rechtem zu bringen. Wozu bin ich eigentlich hier? Schön. Also,
ich hab die Nase voll. Ich drücke mich. Ich weiß mir Rat. Und
Fanny und die Kinder können sich an die ›Wohlfahrt‹ halten.
Warum nicht? Dafür sind ja die Steuern da, nicht? Und dann,
wenn das mit der Atombombenwerferei so weiterschlittert,
geht ohnedies bald die Welt unter. Oder vielleicht mit der
Wasserstoffbombe. Oder mit den Raketen. Warum soll man
nicht noch die kurze Zeit genießen? Na, Fanny spürt, glaub
ich, was ich im Sinn hab, und hat mir gesagt: ›Geh in das
Haus von John Godfrey!‹ Ich sage nein, und sie bettelt und
greint, und was macht man, zum Teufel, mit so einem Weibs-
bild?

He, sind Sie ein Geistlicher, Sie dort dahinter? Es heißt,

Sie sind ein Jude. Wissen Sie, was ich von den Juden denke? Da war beim Militär ... Verdammt noch einmal, wen interessiert denn das? Ich habe es satt bis hier herauf, so zu leben, ohne Aussichten und alles. Jemand hat mir erzählt, die Juden haben das ganze Geld gehamstert. Und die Fabrik ist voll von Niggern und Portorikanern. Ein Weißer kann es heutzutage zu nichts mehr bringen.«

Er warf einen verdrossenen, finsteren Blick auf den Vorhang. »Vielleicht machen Sie sich Ihre Gedanken wegen der Abfertigung, die ich vom Staat gekriegt hab. Dieses Geld ist Fanny nichts angegangen. Das hab ich verjubelt. Vierhundert Dollar. Einmal im Leben kann man sich's doch gut gehen lassen, nicht? Was hab ich mir sonst schon vom Leben erwarten können? Aber Sie haben Ihr Lebtag nie eine Drehbank gesehen und keine Säge und keinen Hammer. Was wißt ihr Studierte von Arbeit? Ich rackere mich vierzig Stunden in der Woche, und dann bin ich fertig.« Er hielt inne; dann grinste er verlegen. »Sakra, mein Tatte hat zwölf Stunden am Tag gearbeitet, sechs Tage in der Woche. So ein Simpel! Wie er das nur geschafft haben mag? Tatsächlich, das versteh ich nicht. Haben Sie schon einmal zwölf Stunden am Tag gearbeitet?«

Die Stille in dem Raum schien sich zu dehnen und den Mann im Marmorsaal zu umfassen. Er rieb sich das Kinn. »Sakra, Fanny ist ja kein schlechtes Ding. Ich kann mich über sie nicht beklagen. Die Sache ist nur die, daß ich es nie zu was bringen konnte. Vielleicht war's auch bei Fanny so. Sie hat auch gearbeitet, in diesem Speisehaus. Und jetzt sind die Kinder da. Molly ist ganz herzig; aber die zwei Buben brüllen die ganze Zeit.« Er lachte kurz auf. »Genau so, wie wir gebrüllt haben, ich und meine Brüder. Kein Wunder, daß Tatte und Mamm uns abdachtelten. Aber Molly ist recht herzig. Wirklich herzig war sie in dem Weihnachtsspiel in der St.-Alois-Pfarre. Als Engel. Sie schaut irgendwie ihrer Mutter ähnlich. Ja, ja. Wenn man sich's genau überlegt, haben's die Frauen gar nicht so großartig, wie? Sie werden hübsch, und dann heiraten sie ...«

Er blickte die Vorhänge an. Er war ein stämmiger, kräftiger junger Mann. Er stand auf. Die Arme hingen ihm schlaff herab, der Kopf war vorgestreckt. Leise sagt er: »Und dann heiraten sie einen Dreckkerl wie mich. Ja, genau das tun sie. Heiraten einen Dreckkerl wie mich.«

Seine Miene veränderte sich, wurde bedrückt und nachdenklich. Er rieb sich wieder das Kinn. Er sagte: »Arme Mamm. Arme Fanny. Arme Molly.« Er ging auf den Vorhang zu und murmelte mit ernster Stimme: »Aber wahrscheinlich haben Sie keine Mutter mehr, was? Und von Frauen werden Sie wohl nicht viel verstehen.«

Der Vorhang bewegte sich nicht. Tab blickte unschlüssig hin. Dann schrie er: »Warum reden Sie nichts? Warum sagen Sie mir nicht, was ich tun soll? Ich habe Fanny und Molly, nicht?«

Er lief zu der Nische und drückte wütend den Knopf. Die Vorhänge öffneten sich rasch, und von innen her ergoß sich Licht über ihn. Er schaute und stand in tiefem Schweigen da. Dann füllten seine Augen sich mit Tränen, und die Tropfen rannen ihm über die vollen Wangen, als wäre er wieder ein Kind.

»Ja«, flüsterte er, »mir scheint, Du verstehst was von Frauen, von Mamm und Fanny und Molly. Ja, ja, scheint so. Sag mir, glaubst Du, kann ich's noch zu was bringen? Ich meine, können es Dreckkerle wie ich überhaupt zu was Rechtem bringen? Ich hab irgendwie meine Mutter abgetan. Aber Du nicht, wie?«

Seine Hände streckten sich vor, und die mürrische, feindselige Miene entspannte sich. »Ich denke, ich geh jetzt«, sagte er. »Für Mamm ist's schon zu spät. Aber Fanny wartet. Du wirst mich nicht abtun, was? Bestimmt nicht abtun? Ich geh morgen in diese Automationsschule. Verzeih, daß ich gesagt habe, Du verstehst nichts von Arbeit. Du hast dich wirklich schwer geplagt, nicht wahr? Dein ganzes Leben lang. Für Dreckkerle wie mich.«

III

Der Verachtete

Verachtet war er, von den Menschen gemieden.

Isaias 53, 3

Es war ein außergewöhnlich heißer Tag. Aber den Warteraum füllte frische und kühle Luft. Ein junger Mann trat ein, in Schwarz gekleidet. Er blieb an der Schwelle stehen, während das Bronzetor sich knapp hinter ihm zu schließen begann. Er blickte auf die wartenden Männer und Frauen und wartete selbst auf das unausbleibliche Starren der Mißbilligung oder des Abscheus. Doch die anderen schienen ihn nicht zu beachten; sie waren in ihre eigenen Gedanken versunken, die sie voll in Anspruch nahmen. Ihn ekelte vor sich selber, als er, gleichsam um Nachsicht bittend, auf den Zehenspitzen zu dem Wandschlitz schlich und einen versiegelten Umschlag einwarf. Dann straffte er die Schultern, suchte sich bedachtsam einen Sessel, möglichst weit von den anderen Leuten, setzte sich und wartete. Niemand sah ihn an. Er nahm eine Zeitung von einem Tisch und blätterte darin. Er konnte sich nicht konzentrieren. Er hob den Kopf und musterte den Raum in kühler Haltung. Aber seine Augen waren furchtsam.

Er fragte sich, was wohl der Mann hinter der Eichentür von seinem Brief denken würde. Er lächelte geringschätzig. Welche Rolle spielte es jetzt noch, was jemand dachte? Weshalb war er hergekommen? Wegen einer zufällig aufgefangenen Bemerkung? Wegen einer halbvergessenen Zeitungsnotiz? Hier hatte er nichts zu suchen.

Wenn es wenigstens ein paar Bilder auf den nackten weißen Wänden gegeben hätte! Aber nein. Offenbar sollten die Besucher mit ihren Gedanken allein bleiben. Also, das war sehr unterhaltsam! Seine Gedanken. Sie starrten ihm, von den glänzenden Wandflächen zurückgeworfen, wie Fragen entgegen. Er versuchte, sie zornig zu beantworten; sie blieben. Er versuchte, seine zornige Stimmung festzuhalten; aber auch sie wurde zur Frage. Er musterte verstohlen die anderen Wartenden. Warum waren sie hier? Welche Sorgen hatte der rosige, dicke Mann dort in dem feinseidenen Sommeranzug? Oder die junge Frau mit ihrem hübschen weißen Gesicht und dem hellen Haar? Oder der Jüngling mit der Aktenmappe auf dem Knie? Oder die behäbige Matrone mit ihrem Strickzeug? Welche Seelennöte konnten sie haben, verglichen mit seiner Qual?

Die Glocke erklang, und einer nach dem anderen standen die Besucher auf und traten in den geheimnisvollen Raum hinter der Eichentür. Der junge Mann in Schwarz bemühte sich, Stimmen zu vernehmen, die eine in klagendem, die andere in selbstgefällig beschwichtigendem Tone. Es waren keine Stimmen zu hören. War dort drinnen der Andachtsraum einer Sekte? Dann wollte er sich lieber davonmachen. In einem solchen Andachtsraum hatte er nichts verloren; mit Heuchelei oder windigen Gemeinplätzen war ihm nicht gedient. Ihn ekelte vor sich selber. Er haßte sich und haßte alle, die ihn haßten.

Dann ertönte die Glocke für ihn. Er fuhr zusammen, blickte in dem leeren Wartezimmer umher und erhob sich. Die ersten Schritte machte er auf den Zehenspitzen; dann setzte er die Füße fest auf und hätte am liebsten bleibende Trittspuren in den Teppich gedrückt. Er hielt seinen Feiertagshut in der Hand. Er stelzte zu der Eichentür und stieß sie auf und sah nur mildes Licht und den Marmorstuhl mit den Samtkissen und die verhangene Nische. Beim Anblick der Nische lächelte er grimmig. Ein Psychotherapeut, vermutete er, oder einer von diesen geschäftigen Fürsorgern, oder ein Geistlicher. Er setzte sich.

»Guten Tag!« grüßte er mit angenehmer Stimme. Er vernahm keine Antwort, spürte aber, daß sein Gruß erwidert wurde. Na schön! Er hatte die Höflichkeit dieser Leute satt, dieses betonte Getue, als wäre er nicht, was er war.

»Ich bin Neger«, sagte er kühl. »Fünfundzwanzig Jahre alt. Ich heiße Gideon Cowles und bin hier in dieser Stadt geboren. Vor vier Jahren habe ich an der hiesigen Universität einen akademischen Grad erworben. Mit Auszeichnung.« Er hielt inne. »Ich arbeite in der Küche des besten Hotels — als Aushilfskoch und hauptberuflicher Geschirrwäscher.«

Die Stille wartete. Er spürte Frieden und Aufmerksamkeit um sich, und ein Horchen. »Ach ja«, versuchte er zu scherzen, »man nennt Sie den ›Zuhörer‹. So steht es über dem Eingangstor geschrieben. Ausgezeichnet. Ich freue mich, daß Sie mich anhören. Bisher hat das noch niemand getan, auch in dem Waisenhause nicht, wo ich aufgezogen wurde. Nicht einmal ein Geistlicher tat es. Hoffentlich sind Sie nicht beleidigt — falls Sie selber Geistlicher sind. Ich weiß, wie überlastet diese Männer sind; ein Mangelberuf. Manchmal frage ich mich, ob die Welt nicht daran krankt, daß es nicht genug Geistliche gibt.« Er senkte den Kopf und dachte mit einer Art Verwunderung darüber nach.

»Aber«, setzte er seinen Gedankengang laut fort, »wer will heute schon Geistlicher werden? Die Seelsorger sind jämmerlich bezahlt. Man schätzt sie gering; sie haben weder Geltung noch Geld; sie kennen keine einflußreichen Politiker. Sie gehen durch die Straßen ihres Pfarrsprengels und rufen ihre Schäfchen — die nicht auf sie hören. Verzeihung, ich entstamme einer dichterisch veranlagten Rasse. Wußten Sie nicht, daß die Neger von Natur aus Dichter sind? Wirklich, das sind sie.

Ihr Geistlichen klopft an die Türen, und niemand öffnet euch. Ihr laßt eure Stimmen von den Kanzeln herab erschallen, und die Leute gähnen. Ihr predigt von der Vaterschaft Gottes und vom Brudertum der Menschen, und sie nicken und eilen heim, um dem Nächsten ihren Haß zu bezeigen. Ihr geht hierher und dorthin, und niemand hört eure Schritte. Viele von euch sind entsetzlich arm — wie Christus arm war —, und niemand schert sich darum. Ihr steht an euren Altären und blickt auf leere Bänke. Ihr seid Rufer in der Wüste, und ihr könntet ebensogut stumm sein. Ihr spendet die Kommunion als Vereinigung mit eurem Gott, und die Lippen, die sich zum Empfang öffnen, sind gottlos. Ihr singt die Psalmen Davids, und die Frauen denken an das Sonntagsessen, und die Männer an das Baseballmatch. Die Kinder wetzen ungeduldig hin und her: das Fernsehen wartet. Draußen, jenseits eurer Kirchen, liegt eine vollblütige, frevelhafte, ungebärdige Welt mit Schellengeklirr und Horngeschmetter und Trommelwirbel und Rädergeknarr und dem Brüllen alberner Angeber. Was macht gegen diesen Lärm eure Stimme aus? Nicht mehr als das Piepsen eines Vogels.

Was wollen eure Schäfchen? Sie wollen alles, nur nicht euch und euren Gott. Ihr seid verachtet und von den Menschen gemieden.«

Er preßte die Hände an die Augen. »So wie ich verachtet und von den Menschen gemieden werde.«

Die Stille wartete. Der junge Mann seufzte und ließ die schlanken, dunklen Hände auf die Knie sinken. »Meine eigenen Leute lachen mich aus. Die Akademiker unter uns sind verdrossen und verärgert. Können Sie ihnen das übelnehmen? Mitsamt ihren Hochschulgraden finden sie keinen Posten. Außer ganz niedrigen Arbeiten. Welches achtbare Haus wird sie als Mieter aufnehmen? Welcher gebildete Weiße wird sie einladen und mit ihnen essen und trinken! Viele werden Kommunisten, aus Verbitterung, und weil die Kommunisten ihnen blauen Dunst vormachen und beteuern, in der künftigen Sowjetwelt würden sie gleichberechtigt sein. Gleichberechtigt worin? Mit wem? Wir sind die Verachteten und Gemiedenen. Wir wissen, wieviel die Menschen zusammenlügen.

Haben Sie eine Ahnung, was es bedeutet, verachtet und gemieden zu werden, zurückgewiesen, verlacht, verflucht, gehaßt? Hat jemals ein Mensch Sie so behandelt — wie es mir ergangen ist? Hat man Sie jemals geschlagen und mit Abscheu angesehen? Sind Sie ausgepfiffen und verhöhnt worden? Hat Ihnen einmal jemand gesagt, Ihresgleichen sei ärger als das liebe Vieh? Hat man Sie je fortgejagt oder Ihnen Nahrung und Obdach verweigert? Haben Sie je zu Ihrem Gott aufgeschrien und gefragt, warum er Sie verlassen hat?«

Gideon sprang auf. In äußerster Verzweiflung schlug er die Hände zusammen und erhob die Stimme laut.

»Haben Sie je Ihr Blut über Gesicht und Hände strömen gespürt? Und was ärger ist, haben Sie je die Empfindung gehabt, daß Ihnen das Herz hilflos blutet? Haben Sie Ausschau gehalten nach einem einzigen freundlichen Gesicht? Ich sage Ihnen, dieses Leben ist unerträglich!«

Über ihm schwebten die Stille und das Licht, wie eine Aura von Mitgefühl und Liebe und Verständnis. Er begann hemmungslos zu weinen.

»Verzeihung!« stammelte er. »Sie sind Geistlicher, Prediger. Das fühle ich, sogar durch die Vorhänge. Ich habe Sie gekränkt. Das tut mir leid. Aber immerhin können Sie als Weißer nicht nachfühlen, was es heißt, verachtet und gemieden zu sein.«

Langsam ging er auf die Nische zu und berührte schüchtern den Knopf. Die Vorhänge öffneten sich, und er sah das Licht und den im Lichte Stehenden.

Er brach in bitteres Schluchzen aus. Er streckte die Hände vor.

»Vergib mir!« stöhnte er. »Du verstehst mich allerdings, nicht wahr?«

Er wartete demütig.

Dann flüsterte er: »Immer habe ich gewußt, daß ich Seelsorger werden sollte, um zu meinen Leuten mit dem Gewicht des Glaubens und mit der Liebe Gottes zu sprechen. Aber ich habe mich gegen die Menschen aufgelehnt — und auch gegen Gott. Wie sollte ich den Meinen von Gottes Güte reden, wenn sie täglich die Schlechtigkeit der Menschen sahen? Hier in der Stadt ist ein Priesterseminar; dort wird man mich nicht abweisen. Du hast mir den Blick in mein eigenes Herz geöffnet und mir klargemacht, was ich wirklich will, und wo ich gebraucht werde. Denn Du hast uns nie verachtet.«

Er lächelte, und dieses Lächeln war weder überheblich noch scheu. Es war das Lächeln eines Sohnes, den der Vater stets geliebt hatte und nun voll Güte aufnahm.

IV

Der Verleugnete

Ich kenne diesen Menschen nicht, von dem ihr redet.
Mk 14, 71

Der Mann im Marmorstuhl war unbestimmten Alters. Er trug einen Winteranzug aus gutem, doch schon abgescheuertem Tweed. Die Schuhe waren Handarbeit, hatten aber bereits die ersten Sprünge bekommen. Die teure Krawatte zeigte Spuren ständigen Bügelns. Er saß würdevoll da, das graue Haar glattgekämmt, das ruhige Gesicht starr und streng.

Dann lächelte er etwas verächtlich die Vorhänge an. Dieser kindische Aberglaube! Diese Laien-Psychotherapie, diese Selbstdiagnosen! Er, Clive Summers, kannte den ganzen seelenärztlichen Jargon und die darin angepriesenen Methoden. Man sprach sich über seine Schwierigkeiten vor einem angeblich geneigten — jedenfalls nach hohem Stundentarif entlohnten — Ohr aus und fand im eigenen Zungendresch die Lösung seiner Probleme. Der moderne Beichtstuhl! Die neueste Art, sein albernes Ich zu entdecken, als wäre es eine Kostbarkeit! Hatte er das nicht schon versucht? Dreitausend Dollar hatte er auf diesen Versuch gewandt; aber jetzt konnte er sich, weiß Gott, eine solche Geldverschwendung nicht mehr leisten. Übrigens war es lange her, seit er sich überhaupt in irgendeiner Beziehung viel leisten konnte. Da waren Celias ständige Arztrechnungen gewesen für ihre Arthritis; und da war sein Sohn, der Idiot... Also nein, Idiot war George keiner, aber sehr nahe daran, mit seinen Schwärmereien.

Der weiße und völlig stille Raum wartete. Clive Summers sah sich neugierig um. Woher kam die Wärme, an diesem rauhen Wintertag? Und woher das Licht? Er hörte kein Surren ansaugender Ventilatoren und sah keine Warmluftauslässe. Er hatte nie John Godfrey kennengelernt, einen Dutzendanwalt, der sicher niemals das Tor der Summers-Metallwerke durchschritten hatte. Er wäre auch nicht weiter gekommen als bis zum Vorzimmer-Zerberus, außer mit einer gerichtlichen Ladung, und vielleicht nicht einmal dann. Aber er hatte das Geld gehabt, um diesen kitschigen Pseudotempel zu erbauen und dieses Milieu rührseliger Gläubigkeit zu schaffen. Für jammerfreudige Hausfrauen und gescheiterte Existenzen und kleine Beamte und Westentaschenmystiker, die ein hörwilliges Ohr brauchen wie andere Leute ein Abführmittel. Na, also schön . . .

In seiner knappen, gepflegten Redeweise sagte er: »Guten Tag!«

Niemand antwortete. Er fuhr fort: »Ich heiße Clive Summers. Wenn Sie hier in der Stadt wohnen, wird Ihnen der Name ein Begriff sein. Jeder kennt mich oder hat wenigstens von mir gehört.«

Er blickte die Vorhänge an und straffte die Schultern, die in den letzten fünf Jahren schlappzumachen anfingen. Die Vorhänge blieben unbewegt und geschlossen.

Summers dachte an die Nervenärzte, die er gesellschaftlich, und an den einen Psychotherapeuten, den er gesellschaftlich und beruflich kennengelernt hatte. Seine dünnen Wangen wurden rot. Ein solcher Typ also saß hinter diesem verdammten Vorhang! Konnte man ihm trauen? Trauen konnte man nur jemandem, den man sich gekauft hatte. Und oft nicht einmal dem.

»Ich hoffe«, betonte er kühl, »daß alles hier Gesagte unter uns bleibt. Übrigens habe ich zwanzig Dollar in Ihren . . . Opferstock gelegt, zusammen mit dem gewünschten Brief, den zu lesen Sie inzwischen zweifellos Zeit fanden. Der Betrag ist nicht als Honorar gedacht; ein solches wird ja, wie ich höre, nicht verlangt. Aber da ich Ihnen als einem berufsmäßigen Berater den Zeitverlust vergütet habe, sind Sie moralisch verpflichtet, vertrauliche Mitteilungen Ihres Patienten bei sich zu behalten. Nicht, als wäre ich, in irgendeinem Sinne des Wortes, ein Patient. Die Sache ist nur die, daß ich, was immer die Ärzte sagen mögen, vor der Erblindung stehe.«

Es kam keine Antwort. Summers wäre gern erbost gewesen; statt dessen mußte er feststellen, daß er entspannt dasaß. Aber er rief warnend: »Ich kenne Mittel und Wege, um einen Vertrauensmißbrauch zu entdecken — verlassen Sie sich darauf!«

Wieder wartete er. Dann lachte er kurz auf. »Den ›Zuhörer‹ geben Sie also hier ab! Wer tut das schon außer einem bezahlten Psychotherapeuten, für den ein Ratsuchender kaum ein menschliches Wesen ist, sondern nur ein Fall, eine seelische Störung, eine Gefühlsverwirrung, etwas außerhalb der gesunden Norm Liegendes? Sie sehen, ich bin über Ihren Beruf durchaus im Bilde. Also, hören Sie zu!«

Aber vorerst konnte er nicht reden. Er lauschte, ob er nicht in der tiefen Stille das Kratzen einer Feder, das Rascheln von Papier, das Schlurren von Füßen, das Knarren eines Stuhles vernehmen würde. Nichts. Auch kein Verkehrslärm drang in den Raum, kein Klang von Schritten, keine Stimme. Er saß in einem Schweigen, das wie die Stille der Ewigkeit war. Seine zu Fäusten geballten Finger öffneten sich.

Er sagte, und jetzt fiel ihm das Sprechen leichter: »Ich habe mich entschlossen, jemanden zu vernichten. Ganz und gar zu vernichten. So gründlich zu vernichten, daß er, falls mein Plan gelingt, diese Stadt verlassen muß, und zwar ohne einen Pfennig in der Tasche. Vielleicht wird ein Mann wie er, wenn ich ihm beikomme, was bald der Fall sein wird, sich umbringen. Hoffentlich! Das wäre für mich die höchste Befriedigung, die volle Genugtuung. Ja, hoffentlich! Er hat mich nämlich, müssen Sie wissen, verleugnet und verraten.«

Er blickte auf seine Uhr. »Ich nehme an, mit zwanzig Dollar ist wenigstens eine halbe Stunde vergütet? Wenn nicht, können Sie mir Ihre Rechnung schicken.« Er sprach anmaßend; doch seine Anmaßung trudelte so flau in die Stille wie eine Vogelfeder. »Ich wohne noch in der Humberson Avenue.« Er hielt inne. »Aber nicht mehr sehr lange, fürchte ich. Das Haus ist zum Verkauf ausgeschrieben wegen ... wegen ... Steuerschulden.« Jetzt versagte ihm einen Augenblick lang vor Verzweiflung die Stimme.

»Celia und ich haben das Haus gebaut. Sie war Lehrerin und hatte deshalb sehr wenig Geld. Ich war ein junger Ingenieur, Industriechemiker, mit fünfunddreißig Dollar Wochenverdienst. Damals herrschte die Depression. Wir waren noch recht gut daran: eine kleine Wohnung, ausreichend zu essen und gerade genug anzuziehen. Gerade genug. Wir haßten beide die Armut. Haben Sie eine Vorstellung davon, was es heißt, arm zu sein? Hoffnungslos arm? Unsere Eltern waren es. Wir wissen, was Armut ist, wie düster, zermürbend, aufreibend. Den meisten Menschen macht das nichts aus, weil sie keine Phantasie haben. Aber Celia und ich, wir hatten Phantasie. An Sonntagnachmittagen gingen wir durch die Humberson Avenue — sie ist immer gleich vornehm geblieben — und sahen uns die wenigen Baugründe an und planten für den Tag, da wir einen solchen Grund besitzen und darauf unser Haus bauen würden. Wir legten uns alles zurecht: jeden Raum, die Farbe jeder Wand, die Bäume im Hintergarten, die genaue Nuance des Steins, den wir verwenden wollten, den Springbrunnen, die Schlafzimmer, die Kinderstube, die Halle mit dem großen Kronleuchter.

Ich brauchte viele Jahre, aber schließlich verwirklichten wir unseren Traum. Ich hatte ein neues metallurgisches Verfahren erfunden — mit den für Sie bedeutungslosen Einzelheiten möchte ich Sie nicht langweilen. Man wollte mir von verschiedenen Seiten das Patent abkaufen, aber ich behielt es. Ich glaubte an meine Erfindung. Begonnen hat es mit einer Werkstätte, in der außer mir nur ein Mann arbeitete. Dann ging es aufwärts, und vor fünf Jahren beschäftigte ich fünfhundert Leute. Wir hatten unser Haus; wir hatten ein Kind, unseren Sohn George, der auch Industriechemiker ist. Er lehnt es immer wieder ab, sich mit mir zusammenzutun, und das war eine furchtbare Enttäuschung für mich. Er ist ein Narr, voll verstiegener Ideen. Er sagt, er will so anfangen, wie ich angefangen habe.«

Clive Summers' Stimme überschlug sich wieder, und er wußte nicht, daß sie einen Unterton widerwilligen Stolzes gehabt hatte.

»Celia und ich, wir konnten uns Nachwuchs erst leisten, als es fast zu spät war. Alle unsere Ersparnisse gingen für die erste Werkstätte und für Maschinen auf. Wir wünschten uns Kinder, hatten aber weder Zeit noch Geld für sie. Wir brauchten jeden Pfennig. Celia unterrichtete weiter; und ich habe Tag und Nacht gearbeitet, so daß ich oft zu schlafen oder zu essen vergaß. Plötzlich war Celia achtunddreißig und ich einundvierzig, und wir hatten unser Grundstück und das Geld für unser Haus. Und wir waren reich! Es war gerade Celias achtunddreißigster Geburtstag, als wir Zeit fanden festzustellen, daß wir auf einmal reich waren.

Wir stellten auch fest, daß Celia nicht mehr jung war und daß wir, wenn wir überhaupt Kinder haben wollten, uns gleich entschließen müßten. Und so bekamen wir George. Aber Celia durfte keine weiteren Kinder zur Welt bringen. Die Geburt des Sohnes hätte sie fast das Leben gekostet; sie war etwas zu alt gewesen für ihr erstes Kind. Das Haus war noch nicht ganz fertig, als wir einzogen. Aber Frauen sind sentimental. Celia wünschte, George sollte in unserem eigenen Hause geboren werden, für das wir so viele Jahre gearbeitet hatten.«

Er kicherte in sich hinein, schrak dann bei dem trockenen Klange auf und legte die sorgfältig gepflegten Finger an die Lippen, als hätte er etwas Unschickliches gesagt. Nachdenklich schüttelte er immer wieder den Kopf, und sein unfrohes Lächeln hob die Winkel des verbitterten Mundes. »Es war Winter, und nur vier Räume ließen sich heizen. Die Installation war noch nicht fertig und der Verputz noch feucht, und die Wände waren weder tapeziert noch getüncht. Es wurde irgendwie jenes Dasein, das wir als Kinder geführt hatten: der Wärme wegen aneinandergeschmiegt, mit einem großen, schwarzen alten Ofen zur zeitweisen Heizung des Schlafzimmers, einem kahlen Tisch in der Küche, vorhanglosen Fenstern. Eine notdürftige Behelfslösung. Nie zuvor habe ich Celia so viel lachen gehört. Nie hat sie seither ganz so gelacht.«

Er lachte selbst — ein raschelndes, rieselndes Geräusch wie das Knistern von Pergament. In der Erinnerung an diese Episode vergaß er, wo er war. Dann kam er zu sich und starrte die geschlossenen Vorhänge an. Mit etwas belegter Stimme sagte er: »Mir scheint, Sie sind sehr geduldig. Ich danke Ihnen dafür. Ich kann mich gar nicht entsinnen, wann ich das letztemal so geredet habe. Immer war ich sehr beschäftigt — zu beschäftigt für ein Gespräch. Celia muß es sehr einsam gehabt haben, trotz der Klubs, denen sie beitrat, nachdem wir reich geworden waren, und trotz ihrer Wohlfahrtstätigkeit und des einen Kindes, das ja von erfahrenen Hilfskräften betreut wurde. Nicht von ungebildeten Kindermädchen, wissen Sie. Ja, einsam muß sie es schon gehabt haben.«

Er unterbrach sich, betroffen und mit verfinsterter Miene,

und schüttelte wieder den Kopf. »Das war eine dumme Bemerkung«, berichtigte er. »Celia genoß jetzt alles, wovon sie im Leben geträumt hatte: Pelze, Autos, Muße, ein gemächliches Dasein, Reisen. Natürlich war ich zu beschäftigt, um viel mit ihr zu reisen; sie hatte eine ältere Schwester, eine Witwe, und reiste mit Ethel. Dann starb Ethel; das war vor etwa zehn Jahren. Und dann hatte Celia niemanden mehr.«

Wieder hielt er inne, und jetzt schob er sich heftig in seinem Sessel hin und her. »Unsinn! Mir scheint, ich verliere den Verstand. Celia hat alles gehabt. Und eine Menge Leute. Freundinnen. Das Haus summte wie ein Bienenkorb vor Damenkränzchen; Kirchenhilfswerke; das Philharmonische Frauenkomitee; die verschiedenen Spitalausschüsse. Allerdings hielt Celia immer ein bißchen Abstand; ›die geborene Lehrerin‹, pflegte ich zu sagen. Geselligkeit fiel ihr schwer. Außerdem war sie natürlich einigermaßen benachteiligt. Alle anderen Frauen staken seit ihrer Mädchenzeit in solchen Dingen, und Celia kam erst spät dazu; und ich glaube, es gab da mancherlei gesellschaftlichen Snobismus. Die Menschen sind ja Dummköpfe, nicht wahr? Das werden Sie sicherlich aus der eigenen Praxis nur allzugut wissen. Dummköpfe.«

Das Wort hallte von den schimmernden weißen Wänden wider, wie eine Anklage. Überstürzt erzählte Summers. »Celia zog sich eine Arthritis zu, oder vielleicht ist es eine Neuritis. Jedenfalls fällt ihr das Gehen schwer, und sie ist erst vierundsechzig. Der Teufel hole diese Ärzte! Sie reden viel von Wunderdrogen und neuen Behandlungsmethoden; aber anscheinend sind die Leute jetzt genauso oft und genauso unerklärlich krank wie in meinen jungen Tagen. Celia ist jetzt viel im Bett, die Arme. Und ...« Er zögerte und fuhr dann mit verlegener Stimme fort: »Und wir haben bloß ein Mädchen für alles, wie wir früher zu sagen pflegten, und auch das nur halbtagsweise. Nicht einmal diese Haushaltshilfe können wir uns jetzt eigentlich noch leisten.«

Er wartete auf ein überhebliches Murmeln aus der Nische, auf eine herablassende Bemerkung. Aber es kam kein Laut. Trotzdem spürte Summers plötzlich und stark ein aufmerksames Horchen, ein Erwägen, ein wohlwollendes Abmessen, eine Welle der Zuneigung. Er nahm die Brille ab und rieb sie, weil sie sich beschlagen hatte. »Ich hoffe«, sagte er etwas heiser, »ich werde nicht noch obendrein mein Augenlicht verlieren. Das würde wohl das Maß voll machen, nicht?« Er räusperte sich, und das Räuspern war wie ein Schluchzen.

Dann sprudelten die Worte aus ihm hervor. »Wenn ich nur etwas für Celia tun könnte! Verdammt noch einmal, wissen Sie, daß ich sie fast fünfundzwanzig Jahre lang nicht wirklich gesehen habe, bis in die letzte Zeit? Jetzt werden Sie glauben, ich bin übergeschnappt. Aber ich meine damit, ich war immer zu beschäftigt, um meine Frau wirklich zu sehen. Sie war einfach Celia für mich. Vielleicht ist es sechs Monate her oder weniger, seit ich sie richtig erblickt habe. Es war ein Schock für mich. Vierundsechzig ist heutzutage, das wissen Sie ja, kein hohes Alter, mit all den Vitaminen und Leibesübungen und Schönheitssalons. Aber als ich Celia erblickte, war sie alt, sehr alt. Nicht so sehr körperlich . . .« Er unterbrach sich. »Was rede ich denn, um Gottes willen? Nicht so sehr körperlich? Natürlich körperlich! Ihr Haar war gefärbt, und ihre Haut glatt — man weiß doch, alle diese Salben, die die Frauen verwenden — und ihre Gestalt war schlank. Aber sie sah alt aus.« Wieder hielt er inne. »Sogar älter als ich. Und das ist verdammt auffällig! Sie ist nämlich um drei Jahre jünger. Gewiß, Frauen altern rascher. Aber an der Sache war etwas ganz Merkwürdiges. Als wäre Celia leblos geworden. Das ist die richtige Bezeichnung: leblos. Und ich hatte das eigenartige Gefühl, sie müsse schon lange so sein. Mein Gott! Offenbar werde ich wirklich verrückt! Oder blind.«

Seine Stimme erhob sich, wurde rauh und hart. »Jetzt erkenne ich die Zusammenhänge. Es war die Sorge um mich. Celia hat Angst. Sie wagt es nicht, der Tatsache ins Auge zu sehen, daß wir von neuem arm geworden sind. Und das hat Henry Fellowes mir angetan . . . ihr angetan. Er hat uns wieder arm gemacht. Bedauernswerte Celia. Bedauernswerte Celia!«

In seinem glühenden Haß und Zorn sprang er auf und begann umherzugehen. Seine Schritte hallten auf dem Marmorfußboden. Der Aufruhr in seiner Seele erfüllte den Raum.

»Ich weiß nicht, warum ich soviel herumgeredet habe, ohne

von der folgenschwersten Wendung in meinem Leben zu berichten. Was hat Celia mit dieser Wendung zu tun? Oder George, dieser junge Idiot? Ich hatte gar nicht die Absicht, Ihnen von Celia und George zu erzählen und Ihnen Zeit zu rauben! Aber wenn ich mir nicht selbst Halt geboten hätte, wäre ich jetzt imstande gewesen, Ihnen zu sagen, daß ich nicht einmal die von uns angelegten Gärten je gesehen habe, Gärten, die in einer weitverbreiteten Illustrierten mehrfach abgebildet waren. Celia war so stolz auf sie und hat darin zusammen mit den Gärtnern gearbeitet. George und Celia waren mit auf den Bildern, und ich dachte mir damals — daraus können Sie entnehmen, welchem Eindruck alles das auf mich machte —: ›Ist das wirklich mein Sohn George, der da neben Célia steht und ihr den Arm um die Schultern legt?‹ Ich habe ihn zuerst nicht erkannt. Auch meinen Sohn habe ich jahrelang nicht gesehen, nicht wirklich gesehen. Ich hatte nie Zeit für etwas anderes als für meine Arbeit. Aber George bekam alles, was ich ihm nur bieten konnte. Alles. Von Dankbarkeit übrigens keine Spur. Nicht ein einziges Mal hat er mir Danke gesagt. Ein paar Jahre hat er geschmollt, weil ich keine Zeit hatte, zu seiner Harvard-Promotion nach Boston zu fahren. So undankbar sind die Kinder heutzutage. Ich versuchte ihm klarzumachen, daß mich ein Staatsauftrag festhielt; aber er ging mit einem Achzelzucken darüber hinweg. Jetzt hat er selbst einen Staatsauftrag — einen sehr kleinen, nichts von Belang . . .«

Er nahm die Brille ab und wischte nachdrücklich die Gläser. »Verdammt! Bekomme ich den Star? Alles ist ein bißchen verschleiert.«

Er setzte sich entschlossen in den Stuhl zurück. »Ich nehme Ihnen zu viel Zeit weg. Schicken Sie mir nur Ihre Honorarnote! Aber es ist eine solche Erleichterung, sprechen zu können. Eigentlich habe ich seit Jahren zu niemandem gesprochen. Ich bin in einem Zeitalter aufgewachsen, wo dem Menschen jede Stunde des Lebens wertvoll wurde, aus dem Bewußtsein heraus, etwas fertigbringen zu müssen. Ich erinnere mich, wie ich in der Sonntagsschule die Geschichte von dem Mann lernte, der seinen Knechten sein Vermögen übergab und dann den einen Knecht verdammte, der sein Talent zu verwerten nicht gewagt und es in der Erde vergraben hatte, wo es natürlich nicht andere Talente wecken konnte! Man mußte sich eben jede Minute zunutze machen.«

Er hielt inne. »Und jetzt kann ich mir nichts mehr zunutze machen.«

Er ballte die Hände zu Fäusten. »Henry Fellowes. Von dem habe ich Ihnen noch nicht erzählt. Er ist der Mann, mit dem ich mich von Anfang an zusammentat. Mein Kompagnon, ein Schulkamerad; wir haben gleichzeitig die Studien abgeschlossen. Industriechemiker, so wie ich . . . Habe ich übrigens erwähnt, daß meine Fabrik während des Krieges von der Regierung einen Ehrenwimpel erhielt? Wo der wohl sein mag? Ich weiß es nicht, und es ist mir gleich.«

Seine Stimme wurde tief, fast stöhnend. »Einen Ehrenwimpel für hervorragende Leistungen! Was für Leistungen denn? Alt werde ich, sonst nichts. Einerlei. Henry Fellowes. Die Einzelheiten sind für Sie uninteressant. Ich habe ihm vertraut, mehr als einem Bruder. Mein Kompagnon. Wir haben gemeinsam gearbeitet, haben uns nichts vergönnt. Gemeinsam sind wir reich geworden. Henry hat sein Leben verpfuscht. Hat ein albernes Frauenzimmer nach dem anderen geheiratet und sich wieder scheiden lassen. Fünfmal! Die Weiber hatten es nur auf sein Geld abgesehen. Ich habe mich bemüht, ihn zu warnen. ›Heirate eine Frau wie Celia!‹ sagte ich ihm. Aber nein. Henry stammt aus ärmlichen Verhältnissen wie Celia und ich. Er wollte recht aufgedonnerte Frauen, nichts als Rüschen und Falbeln. Er war wie ein Kind, das kein Geld hat, aber durch das Schaufenster einer Konditorei späht. Und wenn es Geld bekommt, stürzt es in den Laden und stopft die Süßigkeiten in sich hinein — bis ihm übel wird. Henry ist kein Dummkopf, wenigstens nicht im allgemeinen. Aber seine Frauen! Gebleichte Haare, grobe Züge, singend, schwatzend, herumflitzend. Er muß irgendwie einen Hang zum Niedrigen haben. Er konnte nicht genug kriegen von diesen Ludern.«

Summers lachte kurz auf. »Es ist sehr komisch. Jedesmal, wenn er heiratete, glaubte er anscheinend, die betreffende Frau würde so werden wie Celia. Sich in einem netten Haus heimisch machen und Kinder haben. Natürlich traf das nie zu. Die Frauen wollten sein Geld und teure Pelze und Juwelen und Reisen und Tanzunterhaltungen. Und Liebhaber. Immer wieder kam er ihnen dahinter. Aber seine Persönlichkeit war irgendwie jungenhaft unreif geblieben. Celia bemühte sich, ihm zu helfen, ihn mit einsamen Witwen ihrer Bekanntschaft zusammenzubringen. Ich sagte ihr: ›Misch dich nicht in fremde Angelegenheiten, Celia! Jeder weiß selber am besten, was ihm not tut. Henry ist nicht interessiert an deinen wohlerzogenen Freundinnen.‹ Ich hatte natürlich recht. Henry suchte etwas, was man ›Aufmachung‹ nennt.« Er unterbrach sich. »Zumindest nehme ich das an. Als junger Mensch hat er nie Pracht und Prunk erlebt. Er wußte nicht zu unterscheiden. Er hatte niemanden in der Art Celias, daß ihm ein Sinn für Werte beigebracht worden wäre.«

Ihm kam zu Bewußtsein, was er gesagt hatte, und er starrte bestürzt. Dann runzelte er die Stirn, und seine Miene verdüsterte sich. Er schlug mit der Faust auf die Armlehne des Marmorsessels.

»Was tut das alles zur Sache? Ich hatte gar nicht vor, diesen ganzen Unrat hier auszuleeren. Sie brauchen nur zu wissen, daß Henry mindestens an fünf, durchwegs kinderlose Frauen Alimente zahlen mußte. Solche Frauen sind teuer. Sitzen wie Egel auf dem Mann. Saugen ihm das Blut aus. Natürlich geschieht Henry recht. Aber er war immer ein vertrauensseliger, lebenslustiger Typ, wie ein Kind.

Und dann passierte es, das Unausbleibliche. Vor fünf Jahren bekam ich Lungenentzündung, in arger Form. Ich war monatelang bettlägerig. Dann reisten wir nach Montego Bay, weil ich mich erholen sollte. Als ich zurückkam, stellte ich fest, daß Henry mich hintergangen, zugrunde gerichtet, praktisch um alles gebracht hatte. Er steckte sich hinter einen Klüngel sehr gefinkelter Anwälte. Die Einzelheiten sind belanglos. Wesentlich ist nur, daß er mich verraten hat, mich, seinen Freund, den Mann, der ihm die Laufbahn eröffnet, der ihm dazu verholfen hat, reich zu werden.«

Clive Summers schob sich mit einem Ruck in seinem Sessel vor; seine Miene war grimmig, aber auch gekränkt und bestürzt.

»Als ich Henry seinerzeit einlud, sich mit mir zusammen-

47

zutun, hatte er fünfundzwanzig Dollar Wochenverdienst. Führungstalent besaß er ja keines. Aber wir waren alte Freunde. Er war wie ein Kind. ›Werde mein Kompagnon! schlug ich ihm vor. Und wir wollen gemeinsam Großes leisten.‹ Er war unschlüssig. ›Uns steht die ganze Welt offen‹, sagte ich. ›Ich rechne mit deiner Hilfe beim Aufbau, Henry.‹ Schließlich muß ich zu ihm durchgedrungen sein. Denn er sah mich vertrauensvoll an. ›Du meinst, daß du mich brauchst?‹ fragte er. ›Mehr als alles andere‹, erwiderte ich. ›Komm, mach mit!‹

Er tat es. Und dann hat er mir die Treue gebrochen. Die Einzelheiten sind belanglos. Jetzt habe ich kaum fünftausend Dollar auf der Bank. Ich habe das Unternehmen verloren — mein Unternehmen. Alle meine Freunde haben sich von mir losgesagt. Ich bin ganz allein. Verraten und verleugnet. Von Henry, dem ich vertraut, auf den ich gebaut hatte. Wissen Sie, was ich kürzlich gehört habe? Er war in einem der Klubs, wo ich früher Mitglied gewesen bin — jetzt kann ich mir das nicht mehr leisten —, und jemand hat ihn gefragt: ›Was ist denn mit Clive Summers, Ihrem Kompagnon? Sie waren doch mit ihm liiert, nicht?‹

Und er hat geantwortet: ›Clive Summers? Clive Summers? Ach ja, Clive Summers. Weiß nichts von ihm.‹ Und damit ist er gegangen. So hat man es mir erzählt. Er wollte mich nicht einmal kennen, nach diesen langen Jahren und nach allem, was ich für ihn getan habe. Er hat sich allen Ernstes so gestellt, als wäre ich ihm ganz fremd!« Summers schlug wieder mit den Fäusten auf die Armlehnen seines Sessels. »Nicht einmal kennen wollte er mich, den Mann, den er hintergangen hat!«

Er sprang auf und schrie: »Meinen Sie, daß man ihm das geglaubt hätte? Nein! Einer meiner alten Freunde — er kennt mich jetzt auch nicht — hat ihm vorgehalten: ›Wieso denn? Sie und Clive waren doch viele Jahre beisammen! Jedesmal, wenn ich Sie getroffen habe, war er dabei.‹ Und er stritt das ab. Wir seien nicht befreundet gewesen; es habe sich nur um eine lose Geschäftsverbindung gehandelt. Um eine vorübergehende Zusammenarbeit. Wem wollte er das einreden? Ich habe ihn doch wie einen leiblichen Bruder geliebt; wir hätten nicht enger befreundet sein können.« Mit leiserer

Stimme, fast flüsternd, wiederholte er: »Wir hätten nicht enger befreundet sein können.«

Summers näherte sich den unbewegten Vorhängen bis fast auf Reichweite. »Aber was wissen Sie schon von Treulosigkeit?« rief er herausfordernd. »Ja, sicherlich kennen Sie den Begriff, rein akademisch. Als eine der Facetten menschlicher Persönlichkeit. Aber hat jemand Sie selbst verraten? Glauben Sie, mir geht es bloß um das Geld, das er mir veruntreut hat? Nein. Es handelt sich darum, daß er mich im Stich gelassen, mich verleugnet hat. Das war das Ärgste, das Schrecklichste. Nicht einmal kennen wollte er mich!«

Die Vorhänge blieben unbewegt. Der Raum schien in seiner Weiße hintergründig zu lächeln. Clive Summers rief: »Was wissen denn Sie? Von Treulosigkeit? Wer hat schon Sie verraten und verleugnet, Sie dort hinter dem schützenden Vorhang?«

Er stieß heftig mit dem Finger auf den Druckknopf, und blitzschnell rollten die Vorhänge auseinander, in überwältigendem Licht. Clive Summers wich zurück, starrte; und dann neigte er sich vor, wie gebrochen. Er konnte den Blick nicht wenden von dem, was er sah.

Nach langer Zeit sagte er: »Ja, ja, gewiß. Du kennst Treulosigkeit und Verleugnung bis auf den Grund. Wer hätte mehr davon erfahren als Du? Verzeih mir!«

Seine Beine wurden schwach, als wären sie knochenlos; und er fiel auf die Knie und bedeckte das Gesicht mit den Händen. Abermals verging lange Zeit. Er spürte, wie das Licht ihn rings umflutete. Dann sprach er wieder, flüsternd, mit Unterbrechungen.

»Henry tut mir leid. Ich könnte ihn jetzt zugrunde richten. Ich habe die Beweise. Anfangs war ich zu angewidert und niedergeschmettert. Jetzt habe ich die Beweise und die Anwälte. Ich könnte ihn vor Gericht und in den Kerker bringen, wegen Veruntreuung und Unterschlagung und eines Dutzends anderer Delikte. Aber ich werde es nicht tun.

Er hat von neuem geheiratet, und seine jetzige Frau ist, wie ich höre, ärger als alle anderen; und er ist verzweifelt, mitsamt dem Geld, um das er mich durch Veruntreuung und Unterschlagung gebracht hat. Fast von Sinnen soll er sein.

Vielleicht bereut er. Schließlich ist er so alt wie ich. Man wird nicht jünger. Er muß einsam sein. So einsam wie Celia und George.

Henry mag Arges angerichtet haben; aber er muß diese Last sein Leben lang mit sich schleppen. Von derlei Dingen bin ich wenigstens frei.« Summers nahm die Hände von den Augen. »Hörst Du mir noch zu?« fragte er demütig. »Aber Du hörst immer zu, nicht wahr? Wirst Du dessen nie müde?

›So einsam wie Celia und George.‹ Ein merkwürdiger Gedanke, nicht? Ich erinnere mich allmählich an Celia, wie sie war, bevor wir das Haus bauten. Sie lachte und sang damals in unserer kleinen Wohnung. Sie gab mir recht, daß es wunderbar sein würde, so ein großes Haus zu haben — später einmal. Mir scheint jetzt, sie machte sich eigentlich nichts daraus. Sie war bloß liebevoll und ging auf meinen Traum ein, weil sie glaubte, mir liege sehr viel daran. Vielleicht lag mir in meinen jüngeren Jahren wirklich viel daran. Und dann hatte ich das Haus. Aber ich sah Celia nicht mehr. Ich vermißte sie nicht einmal. Bis mein ganzer Besitz verlorenging. Auch von meinem Sohn nahm ich nicht Notiz, mit seiner Erzieherin und seinem Hauslehrer, und dann seinen Internatsschulen und später seiner Universität. Ich war stolz auf seine Zeugnisse, ja. Aber ich habe ihn nie wirklich gesehen. Mein einziges Talent habe ich in der Erde vergraben. Ob es wohl noch dort liegen mag?«

Er ließ die Arme sinken. »Es blieb nie Zeit, nein. Nie Zeit für unwichtige Dinge. Nie.«

Er stand entschlossen auf, wie ein junger Mann. Er lachte ein wenig. »George hat irgendwelche ausgefallenen Ideen über Energieumwandlung durch besondere Behandlung von Metallen. Er hat versucht, mich dafür zu interessieren. Er sucht einen Kompagnon. Ich werde mich mit meinen fünftausend Dollar beteiligen. Ich werde wieder in einer Werkstätte arbeiten, mit einem jungen Mann; und er ist mein Sohn und wird mich nie hintergehen. Nie. Mein Sohn. Mein Sohn wird mich nie verraten und verleugnen.

Ich muß heim und Celia davon erzählen. Mir ist gerade ein ganz sonderbarer Gedanke gekommen. Ich glaube, wenn ich Celia meinen Entschluß mitteile, wird sie aus dem Bett steigen und nicht länger krank sein. Ich wundere mich oft, wie geduldig gute Frauen sind. Und Deine Mutter? War sie nicht auch geduldig? Ja, ja. Sie muß die geduldigste aller Frauen sein. Ich entbiete ihr meinen ehrfurchtsvollen Gruß.«

V

Wußtet ihr nicht, daß ich an dem sein muß, was meines
Vaters ist?   Lk 2, 49

»Nu, Sie hören also zu, he?« begann Barney Lefkowitz in
klobigem Tone. »Ein Doktor. So jemand für Seelensachen.
Was gibt's da schon groß zu hören? Ich, ich hör schon vierzig Jahre zu. Ich hab diesen Metzgerladen, koscher. ›Barney
— Rindfleisch‹ steht über der Tür, ganz ähnlich, wie bei Ihnen
draußen. Ich kann übrigens bezahlen, wohlgemerkt. Ich laß
mir von niemandem nichts schenken. Hab mein ganzes Leben
gearbeitet, auch in Rußland. Waren Sie schon in Rußland?
Kommunismus. So heißt man das. Dieser Chammer, der
Chruschtschew. Wie die alten Zaren. Zar Nikolaus, Zar Niki-
ta. Wo ist da der Unterschied? Andere Namen, die gleichen
Leut'. So leg ich's meinen Kindern aus. Aber nein — sie lesen die Zeitungen. Dazu hab ich keine Zeit.«

Er war ein untersetzter, stämmiger Mann mit rundem, kah-
lem Schädel, grobem, rotem Gesicht und großen, ausdrucksvollen blauen Augen. »Jawohl, ich hör auch zu. Meinen
Kunden. Mein Kundenkreis sind lauter Nachbarn. Einmal
war da so eine Oper, drin kommt ein gewisser Figaro vor.
Figaro dort, Figaro da, Figaro, Figaro! Das bin ich. Ich hör
mir alle ihre Sorgen an, besonders von den Frauen. Haben
die Sorgen! Wer hat keine? Leute, die keine Sorgen haben,
kann man an den Fingern der Hand abzählen. Aber solche
Sorgen wie ich hat niemand.«

Er zog das Taschentuch hervor und wischte sich die Stirn.
»Ich hab wirkliche Sorgen. Das einzige Gute dabei ist, daß
meine Frau tot ist. Wär sie noch am Leben, wär's ärger. Ich
müßte mich um sie auch noch sorgen. Er handelt sich nämlich um unsern Jungen, um Morris.«

Er schob sich schwerfällig in dem Sessel herum. Wieder
trocknete er sich die Stirn, als dränge ihm aus allen Poren
die Feuchtigkeit.

»Jede jiddische Mutter möcht, daß ihr Junge ein Doktor
wird oder ein Advokat. Ein Dentist vielleicht auch noch. Aber

am liebsten ein Doktor. In dem alten Land haben wir diese Herren gesehen in ihren Kutschen mit Pferden, in Mänteln mit Pelzkrägen und Pelzhandschuhen. Ein Doktor. Das ist wie ein Rabbi, verstehen Sie? Der eine ist für die Seele, der andere für den Leib. Weiß nicht, was leichter Schaden nimmt, Seele oder Leib. Sie sind ja ein Psychotherapeut, was, so wie viele viele junge Juden? Na ja — eine neue Sach' das. Morris ist einfach Spezialist. Krebs. Eine Menge große Apparate, wie die Maschinen in einer Fabrik. Fünfunddreißig Jahre alt. Ledig. Viel zu beschäftigt damit, sich um alle anderen Leute zu kümmern.«

Er seufzte und blickte sich in dem weißen, schimmernden Raum um. »So eine Art Tempel!« fand er. Er senkte den Blick zu dem Hut auf seinem massigen Knie. »Also, es heißt, man kann herkommen, und Sie hören einen an. Zu jeder Tages- und Nachtstunde.

Bertha und ich, wir haben gearbeitet, damit Morris in dieses Doktor-College gehen kann. Bertha hat auch im Laden mitgeholfen. Jeden Cent in die Bank, für Morris und das College. Ein netter Junge. Ein guter Junge. Sogar die Lehrer in der Schule haben gesagt, er ist ein braver Junge. Und so gut gelernt hat er. Nicht wie ich. Nie ein böses Wort. Nie geschrien, so wie andere Kinder. Und schon als kleiner Bub ist er in den Laden gekommen und hat den Kunden das Fleisch ausgetragen. Höflich wie ein König. Und ein paar von den Frauen . . .

Jetzt könnt' ich Ihnen was vorjammern! Ohne diese Frauen wär Morris vielleicht nicht ins College gegangen. Jedes Jahr haben sie gefragt: ›Wie steht das Bankkonto für Morris?‹ Nein, jammern tun wir nie. Sind die Zeiten schlecht, geben wir auf Borg. Werden die Zeiten besser, zahlen die Leute. Arme Leut'. Aber da ist die große Galanteriewarenhandlung in der Shelton-Straße, wo die reichen Damen einkaufen. Die Inhaber zahlen, wenn's ihnen einfällt, und oft fällt's ihnen nicht ein. Bei ihnen spielt Geld keine Rolle.

Vielleicht haben Sie Zeit noch und noch. Ich nicht. Ich muß zurück zum Telefon. Also, es war drei Tage, bevor Morris promoviert hat, mit dem komischen Hut, den sie dabei aufsetzen. Und Bertha geht ein neues Kleid kaufen, und so ein junger Bursch kommt dahergefahren und stößt sie nieder; und schon war's geschehen. Sie sagt zu mir im Spital: ›Mach dir nichts draus, Barney! Du fährst zur Promotion, wie wenn ich noch da wär. Und vielleicht werd' ich gar noch da sein.‹ Und so bin ich nach dem Begräbnis ... Vielleicht wissen Sie das nicht, aber ich bin orthodoxer Jude. Wir begraben die Toten am selben Tag vor Sonnenuntergang. Morris ist tausend Kilometer weit, und er könnte erst in zwei Tagen ein Flugzeug kriegen. Feiertage. Ostern. Schön. Was liegt daran? Bertha ist jedenfalls nicht mehr da. So ein Engel! Es geschieht also, wie sie gewünscht hat; sie hatte ja ein Recht, das zu verfügen, nicht? Und ich bin hingefahren, und nach der Promotion bricht Morris zusammen, in meinen Armen. Und dann gehen wir in den Tempel, und er sagt Kaddisch.

Morris will Krebsspezialist werden. Das dauert noch acht Jahre. Ich arbeite, und er arbeitet, und die acht Jahre gehen vorbei. Dann sag ich: ›Wie wär's mit einem netten Mädel, Morris?‹ Und er lächelt nur. Er hat seine Aufgabe. Er hält keine Ordination; er geht in so ein großes Spital. Interne. Noch zwei Jahre. Dann wird er Stationsarzt, mit hübschem Gehalt.

Sie sollten ihn sehen, meinen Jungen! Hingegeben, wie man sagt. Augen wie ein Prophet. ›Wir werden uns durchbeißen, Papa‹, sagt er ganz aufgeregt. ›Dann werden wir die Ursachen kennen, und auch die Behandlungsweise. Wenn du die Kinder sehen könntest, Papa, die in dieses Krankenhaus kommen! Man glaubt, Krebs befällt nur alte Leute. Aber weißt du folgendes? Bis zum Alter von fünfzehn Jahren sterben mehr Kinder an Krebs als an allen anderen Krankheiten zusammen! Wir brauchen mehr Geld. Da sind diese Kobaltkanonen und die Isotopen. Wir werden uns durchbeißen.‹

Man möchte meinen, er muß das alles ganz allein machen. Er gönnt sich keine Ruh. Sein Gehalt steigt. Das meiste gibt er den Krebsstiftungen. Mir will er auch geben; aber ich nehm keinen Cent. Was hab ich jetzt noch außer Morris? Und ich hoffe weiter, er findet sich ein nettes Mädel, und es wird Kinder geben. Ein Mann soll Enkel haben. Ich mach immer wieder Andeutungen. Und er lächelt nur und redet von Kobaltkanonen und Geldnot. Spitäler brauchen immerfort Geld.

Und Morris sagt gar, mit dem, was die Leute jedes Jahr für Puffmais ausgeben, könne man große Krebsspitäler bauen! Puffmais! Komische Zusammenstellung: der Tod — und Puffmais. Aber, genaugenommen, war es immer so ähnlich, nicht wahr?«

Er hob den Kopf und streckte ihn vor. Er glaubte, ein Murmeln gehört zu haben, eine betrübte Zustimmung. »Wie meinten Sie?« fragte er höflich.

Er wartete. Seine Hände und sein Gesicht waren feucht, und er rieb sie mit dem Taschentuch.

»Ich weiß nicht, warum ich Ihnen die Zeit wegnehm, Doktor. Solche Sachen hören Sie jeden Tag. Eine alte Geschichte . . . Aber dadurch wird sie nicht schöner, was?

Und jetzt ist Morris fünfunddreißig. Wie er vor einem Jahr auf Ferien heimkommt, merk ich, daß er krank ausschaut. Aber er lächelt. Krank und mager. Wie von der Auszehrung. Ich krieg einen Schreck. Man gibt ihm nicht das richtige Essen im Spital! ›Nein, Papa‹, sagt er. ›Ich fühle mich tadellos.‹ Und er redet wieder vom Krebs. Als wenn's nichts anderes auf der Welt gäb'. Aber ich mach mir Gedanken wegen Morris. Und so stell ich einen jungen Burschen zu mir in den Laden und fahr ins Spital. Ich kenn den alten Doktor dort, den Chefarzt. Ich sag zu ihm: ›Mein Junge ist krank. Sagen Sie mir die Wahrheit. Lassen Sie mich nicht in dieser Ungewißheit!‹

Der Doktor ist ein alter Freund. Hat Morris gern wie einen Sohn. Und so erzählt er es mir.«

Im Raum lag Stille. Dann wurde sie plötzlich unterbrochen von leisem Schluchzen und Weinen. Lange Zeit hielt es an.

»Es ist das, was die Ärzte Berufsrisiko nennen«, stammelte dann Barney. »Verzeihen Sie! Ein Erwachsener soll nicht flennen wie ein kleines Kind. Aber Morris hat Krebs; im Gehirn. Man kann nichts dagegen machen. Alle diese Kobaltkanonen und Röntgenstrahlen. Vielleicht war er unvorsichtig. Niemand weiß. Der Krebs wächst langsam, haben sie mir gesagt. Vielleicht noch ein paar Monate, vielleicht noch ein Jahr. Sie haben mir auf die Schulter geklopft, und der alte Doktor hat sich nicht mehr beherrschen können, und ich hab ihn trösten müssen! Komisch, was? Dabei ist Morris mein Sohn.

Morris? Er lebt noch. Ich hab ihn vorige Woche besucht und zu ihm gesagt: ›Morris, komm doch heim. Du schaust aus wie ein Gerippe. Komm heim mit deinem Papa!‹ Und er hat mir geantwortet: ›Papa, weißt du denn nicht, daß ich an dem sein muß, was Gottes ist?‹ Das hat er gesagt. Und was sollte ich selber dazu sagen?

Ich kann nicht schlafen. In der Nacht steht das Telefon neben meinem Bett. Bei Tag halt ich im Laden den Blick darauf. Jede Stunde. Jede Minute. Die anderen wissen nichts. Und Morris arbeitet im Spital, wie wenn er kerngesund wär. Er muß ›an dem sein, was Gottes ist!‹ Jeden Augenblick. Er wird arbeiten, bis er zusammenbricht. Rettet anderen Leuten das Leben. Bei seinen Schmerzen! Und mit dem Gefühl, daß der Tod ihm ganz nah ist und immer näher kommt. Minute um Minute.«

Barney umschlang mit verschränkten Händen die Knie und beugte den Kopf bis zu den Knien und stöhnte wieder und wieder. Das Licht umflutete ihn heller Er blickte auf, völlig benommen.

Dann erhob er sich. »Jedenfalls fühl ich mich besser, schon, weil ich mich zu Ihnen ausgesprochen hab. Sie sind ja auch ein Doktor. Jetzt muß ich zurück. Vielleicht ist inzwischen ein Telefonanruf gekommen. Wer kann wissen? Ich sag Ihnen, wenn man so wartet, das ist, wie wenn innen was bluten würde. Nur ein Vater kann das verstehen. Sind Sie auch Vater? Nur ein Vater, der seinen Sohn leiden sieht und darauf warten muß, daß er stirbt. Daß er stirbt, weil er für andere gelebt hat und nicht für sich selber. Wissen Sie, ich kann jetzt nicht einmal in den Tempel gehen. Ich hab Angst, ich fang dort zu heulen an.«

Barney zögerte. Er blickte scheu auf die Vorhänge. Und auf den Knopf. Dann ging er langsam hin und drückte den Knopf.

Augenblicklich teilten sich die Vorhänge, und Barney trat zitternd zurück. Er stand da und schaute, mit den Tränen auf den Wangen.

Sehr herzlich sagte er: »Ja, ich glaub, Dein Vater hat gewußt, was das heißt. Genau wie ich. Ja, ich glaub bestimmt. Und so bin ich, scheint's, doch nicht allein.«

Feierlich setzte er den Hut auf. »Ich seh, Landsmann, sie haben Dir eine besondere Art von Käppchen auf den Scheitel gedrückt, nicht wahr? Das tun sie immer. Das tun sie immer.«

Er ging zur Tür, drehte sich um und blickte den im Licht Stehenden an. »Ich glaub, ich werd vielleicht meinen Rabbiner aufsuchen. Der Laden kann warten. Das Telefon ebenfalls. Ich muß auch an dem sein, was Gottes ist. Gott und ich, wir haben einiges miteinander auszumachen.«

VI

DIE REUIGE SÜNDERIN

Um dessentwillen, sage ich dir, sind ihr viele Sünden
verziehen; denn sie hat viel Liebe gegeben.   Lk 7, 47

Maria Lanska kam leise in den Warteraum, ihre Blumen in
der Hand. Es ging auf Mitternacht; und, wie sie gehofft hatte, war niemand anderer anwesend. Sie steckte ihr Brieflein
in den Schlitz, setzte sich und wartete. Es war so warm und
anheimelnd hier, in der heiligen Osternacht. Maria blickte
auf die Blumen in dem breiten Porzellanbehälter mit der
merkwürdigen Füllung — einer Art Watte, dachte sie, zum
Feuchthalten. Sie neigte den Kopf, um an den Blumen zu
riechen. Sie hatte dafür alle Trinkgelder aufwenden müssen,
die sie in der abgelaufenen Woche im Restaurant bekommen
hatte. So schön, diese Blüten! Sie liebte Blumen, die ihr weit
freundlicher schienen als viele Menschen. Nicht von allen
wußte sie die Namen; aber einige kannte sie: Narzisse und
Iris und Liebfrauenlilie und das bescheidene gefranste Maß-
liebchen. Sie verströmten einen süßen, starken Duft in die
beleuchtete Stille. Maria drückte die Blumen — sie waren sehr
teuer gewesen; doch so ging es nun einmal zu Ostern her —
mit liebevoller Gebärde an sich, küßte die kühle Blütenkrone
einer Lilie. Sie hoffte, daß auch der Zuhörer im nächsten
Raum Blumen gern hatte. Sie waren alles, was sie ihm geben
konnte.

Er mußte ein gütiger Mann sein, dachte sie. In den Zeitungen hatte sie von ihm gelesen. Niemand hatte ihn je gesehen oder, wenn er ihn gesehen haben mochte, davon erzählt. Jedenfalls war der Mann sehr wohlwollend und kan-
zelte nie einen Besucher ab. Er hörte bloß zu. Nun, das war
genug, mehr als genug. Er würde ihr helfen, sich darüber
klarzuwerden, was sie tun sollte. Davon war sie überzeugt.

Sie seufzte. Es wäre nett gewesen, heimfahren und zu Hause
morgen der Ostermesse beiwohnen zu können. Aber Pater
Stephan war tot. Übrigens wäre er zornig gewesen über
sie. Schon lange hatte sie ihre Osterpflicht nicht erfüllt. Wie

lange? Zehn Jahre! Volle zehn Jahre. Wie konnte sie einem Priester das sagen? Wahrscheinlich war sie inzwischen gar schon exkommuniziert! Und die Geistlichen hier in der Großstadt flößten ihr Angst ein; sie sahen so selbstsicher und scharfsichtig und hellhörig aus. Schon ihr Anblick genügte, um ein Landmädchen in tödlichen Schreck zu versetzen. Es waren lauter hochgelehrte Herren, nicht bedächtig und umgänglich und vertrauenerweckend wie Pater Stephan, der unbeschränkt Zeit gehabt hatte, einem zuzuhören und zu helfen. Wenn Maria jetzt zu einem dieser Großstadtgeistlichen ginge — nun, der würde sie wahrscheinlich davonjagen. Und sie verdiente ja nichts Besseres. Ganz recht hätte er damit. Trotzdem war es ihr sehnlicher Wunsch, alles wieder in Ordnung zu bringen. Nichts war mehr in Ordnung gegangen, seit ihrem sechzehnten Lebensjahr, als Mutti starb und Pa einfach verschwand und alle kleinen Kinder ins Waisenhaus gesteckt wurden. Vielleicht waren sie inzwischen von gutherzigen Leuten adoptiert worden. Hoffentlich! Sie, ihre Schwester, konnte ihnen nichts bieten. Immer hätte sie gern etwas zum Verschenken gehabt; doch dazu war es nie gekommen. Jetzt hatte sie wenigstens diese Blumen — für den Mann, der sie anhören sollte.

Sie war nun achtundzwanzig, mollig und hübsch, mit dichtem Blondhaar, hellblauen Augen und einem vollen, zarten, rosigen Gesicht. Daß sie hübsch war, wußte sie nicht. Sie hatte Phil ausgelacht, wenn er sie hübsch nannte, und auch Francis. Francis! Tränen traten ihr in die Augen, und sie suchte hastig ihr Taschentuch. Leise ertönte das Glockenzeichen, und sie stand auf und trug ihre Blumen in den weißen, leeren Raum.

Sie hätte nicht sagen können, was sie sich erwartet hatte, keinesfalls aber diese tiefe Stille, diese weißen Wände, die blauen Vorhänge an der Nische, den wartenden Marmorstuhl. Verschreckt setzte sie sich hin und hielt krampfhaft ihre Blumen.

»Ich hoffe«, murmelte sie, »es ist jemand hier. Man sagt, daß immer jemand anwesend ist. Ja, es scheint so. Wie können Sie die ganze Zeit hier sein? Haben Sie meinen Brief gelesen?«

Kein Laut erklang; es war wie in einer menschenleeren Kirche. Aber plötzlich wußte Maria, daß sie nicht allein war. Sie lächelte zaghaft.

»Ich hätte nicht herkommen sollen«, sagte sie. »Ich bin ein schlechtes Ding. Wenn ich Ihnen von mir erzähle, werden Sie mich nicht hier haben wollen. Ich heiße Maria Lanska. Irgendwie habe ich das Gefühl, ich sollte meinen Vornamen auf Maggie oder so ähnlich ändern. Es ist eine himmelschreiende Schande für mich, daß ich Maria heiße.«

Eine große Träne rann ihr heiß und brennend über die Wange. Sie schluckte.

»Das Unglück hat angefangen, als Mutti starb und die Kinder ins Waisenhaus kamen. Ich war sechzehn und sozusagen selbständig; und ausgesehen hab ich fast wie achtzehn. Mutti war eine gute Köchin gewesen und hatte mich in der Hauswirtschaft unterwiesen. So bekam ich einen Posten als Dienstmagd. Ach ja, das war in dem Städtchen, aus dem ich stamme, hundertzwanzig Kilometer von hier. Bei einer reichen Familie, Mallon. Er war Bankier, der Herr Mallon. Und ihm gehörte eigentlich alles in dem Städtchen. Er war kein guter Mensch — in dem Sinn, wie ich es verstehe. Ich will damit nicht sagen, daß er trank oder herumschwärmte; schließlich war er schon recht alt, an die fünfzig. Und er hat nicht seine Frau geschlagen, wie Pa es mit Mutti machte. Und er hat auch Phil nicht herumgeschubst. Aber Phil — sein Sohn — war neunzehn Jahre alt und schon zu groß dafür, denke ich. Vier Mädel in der Familie; aber Phil war der einzige Junge. Ich habe nie jemanden von der Familie gemocht, außer Phil. Er war der einzige Anständige unter ihnen. Das sage ich jetzt auch noch!« Und sie hob nachdrücklich ihr kantiges Grübchenkinn.

»Nein, ein guter Mensch war Herr Mallon nicht! Gehässig. Und nie ein Lächeln — außer in der Bank, wenn er einen guten Kunden vor sich hatte. Er hat, so hieß es, viel für seine Kirche getan. Aber den lieben Gott kann man nicht bestechen, wie? Schwester Benedikta hat gesagt, Gott ist das einzige, was man sich auf dieser Welt nicht kaufen kann. Da hat sie bestimmt recht gehabt!

Nun, Phil war nicht gerade der Kräftigste. Deshalb hat er

zuerst einen Hauslehrer gehabt und ist später in die Privatschule in dem Städtchen gegangen. Und dann wurde es Zeit fürs College. Hat die alte Dame, seine Mutter, geweint! Man hätte geglaubt, Phil geht zu seinem eigenen Begräbnis. Und ich hab auch geweint, wenn ich in der Nacht allein war. Was sollte ich tun ohne Phil?

Sie müssen nämlich wissen, Phil und ich, wir haben uns liebgehabt. Wirklich liebgehabt. Das kann mir niemand ausreden — nein, mein Herr!« Sie schüttelte heftig den Kopf. »Bei mir war's eine Liebe auf den ersten Blick. Wie eine richtige Puppe hat er ausgesehen. Groß und schlank, mit dunklen Mädelaugen und dichten schwarzen Locken. Und reden konnte er! Da haben einem im Herzen die Sterne gefunkelt. Wie er mich zum erstenmal geküßt hat — es war ein paar Tage, nachdem ich eingetreten war —, hab ich gemeint, daß ich sterben muß. So war es, wirklich!«

Die Tränen rannen jetzt rascher; aber sie achtete nicht darauf.

»Bis dahin hat mich niemand geküßt gehabt, außer Mutti, und das nur bei meiner Firmung. Kein Junge, kein Mann. Niemand außer Mutti und Phil. Ich hab gedacht, ich sterbe. Oh, ich habe die Kino- und Romanzeitschriften gelesen und mich mit der Liebe ausgekannt, wenn mir auch nicht alle die geschniegelten Worte in den Zeitschriften geläufig waren. Und doch war es mit Phil besser, als ich mir jemals hätte träumen lassen! Es war wie ein Märchen. Ganz im Ernst!«

Sie senkte die Stimme. »Wenn man's recht bedenkt, mag ja nicht alles in Ordnung gewesen sein. Aber das hat mir nie jemand gesagt. Mutti hat für zu viele Münder zu sorgen gehabt; sie ist nie dazu gekommen, uns aufzuklären. Ob Sie's glauben oder nicht, ich war ein großes Mädel mit sechzehn, und ausgeschaut habe ich fast wie achtzehn, und hab nicht einmal gewußt, wie eine Frau ein Kind kriegt! Mein Ehrenwort. Ich hab mir gar nicht den Kopf darüber zerbrochen. Da sehen Sie, wie dumm ich war, wo wir doch so ein Haufen Kinder zu Hause waren. Ich hab nie darüber nachgedacht.

Also, Phil hat angefangen, zu mir in meine Kammer hinauf zu kommen, sobald alle in den Betten lagen. Und es war wie ein Traum. Ich war so glücklich. Ich glaube, das kann man sagen: ich war glücklich. Vorher bin ich nie glücklich gewesen. In unserem Städtchen hat man früher die Kinder nicht wie jetzt so lange in der Schule gelassen, bis sie erwachsen sind. Besonders nicht Kinder wie uns. Ich bin mit dreizehn ausgeschult worden; Mutti hat mich gebraucht. Und jetzt auf einmal war Phil da, und Sterne im Herzen, und Glücksgefühl und Liebe. Manchmal dachte ich, das viele Glück müßte mir die Brust sprengen.

Gewiß, nach einiger Zeit hat mir gedämmert, daß die Sache nicht in Ordnung ist. Drum bin ich nicht mehr zur Beichte gegangen. Pater Stephan war ja inzwischen gestorben. Und ich konnte doch nicht in den Beichtstuhl knien und dem neuen Geistlichen sagen: ›Ich tue, glaube ich, etwas Sündiges.‹ Und ihm dann die Sache erzählen. Ich hatte Angst, daß er mir befehlen wird, damit Schluß zu machen, und dann wäre ich nie mehr glücklich geworden. Ohne dieses Glücksgefühl hätte ich nicht leben können, und ohne Phil, wie er mir auf dem Kissen das Haar gestreichelt und mir gesagt hat, daß ich hübsch bin und sein Alles und daß nie wer anderer für ihn existieren wird. Und ich bin überzeugt, er hat es ernst gemeint. Ja, mein Herr, ganz überzeugt! Wir wollten heiraten, sobald er einundzwanzig war und nicht mehr unter der Fuchtel seines alten Herrn stand und einen Beruf hatte. Ich habe ihm öfter gesagt: ›Dein Papa wird nicht damit einverstanden sein, daß du mich heiratest.‹ Und er hat immer wieder gelacht und gemeint: ›Das ist mir egal. Übrigens bin ich erst neunzehn und könnte vorläufig ohne seine Zustimmung gar nicht heiraten. Am besten, wir denken jetzt an nichts anderes als an uns.‹ Er hat selbstverständlich recht gehabt, so wie immer. Es war das einzig Vernünftige.«

Sie hielt inne. Ihre blauen Augen öffneten sich weit, während sie auf den Vorhang starrte, und sie sank erschrocken in sich zusammen. »Oh! Vielleicht sind Sie selber ein Geistlicher! Vielleicht jagen Sie mich hinaus, nachdem ich Ihnen das erzählt habe? Soll ich gehen?«

Das Licht umflutete sie ganz. Sie horchte gespannt. Keine Stimme erwiderte ihr; aber plötzlich spürte sie die Gewißheit, daß sie bleiben konnte. Erleichtert seufzte sie auf. »Also, da danke ich Ihnen«, murmelte sie.

Sie blickte auf die Blumen, die langstielig, frisch und duftend auf ihren Knien lagen, und lächelte traurig.

»Dann mußte Phil weg, ins College. ›Schreib mir nicht‹, sagte er. ›Sonst muß ich antworten, und die Sache kommt irgendwie auf. Behalte nur im Sinn, daß ich dich liebhabe und immerfort an dich denken werde!‹ Natürlich hat er recht gehabt. So bin ich in der Nacht gelegen und habe von ihm geträumt. Ich hätte gern auch gebetet für ihn; aber ich hatte Angst, Gott könnte darüber zornig werden. Mir ist ohnedies bang geworden vor Gott. Wahrscheinlich ergeht es einem so, wenn man das Gefühl hat, etwas Sündhaftes zu tun. Ich behaupte nicht, daß ich damals nicht dieses Gefühl hatte. Ich hatte es. Ich habe an diese Briefkastendame in der Zeitung geschrieben, nur als ›Polly‹, ohne vollen Namen. Und sie hat in der Zeitung geantwortet: ›Verlassen Sie sofort Ihren Dienstplatz! Wenden Sie sich an einen Verwandten oder eine gute Freundin oder Ihren Geistlichen!‹ Das hat sie geantwortet. Der Haken war nur der, daß ich keine Verwandten und keine guten Freundinnen hatte. Und wenn ich zu einem Geistlichen gegangen wäre, hätte er mir verboten, Phil wiederzusehen. Und wie hätte ich das aushalten können? Ich hab ihn liebgehabt; er war mein Alles.

Ich dachte, er würde zum Danksagungstag heimkommen. Aber da war dieses Fußballmatch, und die ganze Familie ist in die College-Stadt gefahren, um mit Phil beisammen zu sein und das Match zu sehen. Sie werden es nicht glauben! Er hat Fußball gespielt! Die Herrschaften sind zurückgekommen, und ich hab gehorcht, und sie haben gesagt: ›Wie der liebe Phil sich zu seinem Vorteil verändert hat!‹ Die Mutter und die Schwestern fanden das. Die Schwestern waren alle älter als ich und hatten einen Haufen Verehrer, und eine war verlobt. Es war übrigens höchste Zeit; sie war sechsundzwanzig, die älteste. Hat einen Beamten in der Bank geheiratet.

Nun, ich hab mich darauf gefreut, daß Weihnachten kommen würde und Phil. Weihnachten kam, aber kein Phil. Man hätte meinen sollen, die Familie würde sich furchtbar kränken darüber, nicht wahr? Aber keine Spur. Soviel ich hörte, hat er einen Sohn von irgendeinem hohen Tier aus Philadelphia kennengelernt, und die Leute haben ihn zu den Feiertagen eingeladen. Der Junge war Phils bester Freund. Und Vater Mallon hat gegrinst und sich in die Brust geworfen und gesagt, sein Bub kommt gut voran und es ist eine Ehre für ihn. Die alte Dame hat zwar geweint; aber die Mädel sind herumgesprungen, wie wenn sie Brillantbänder gekriegt hätten oder wer weiß was.

Und dann hab ich diese Schmerzen in der Brust bekommen; sie wollten nicht vergehen. E; hat die ganze Zeit weh getan, Tag und Nacht. Mutti ist an Herzbeschwerden gestorben, und so bin ich zu einem Doktor gegangen. Er hat mir fünf Dollar abgenommen, und ich hab nur zehn Dollar in der Woche verdient. Er hat festgestellt, mit dem Herzen ist nichts los. ›Das kommt alles nur vom Gemüt, kleines Fräulein‹, hat er gescherzt und mir in die Wange gekniffen. ›Da steckt wohl ein junger Mann dahinter, was? Na, gehen Sie ruhig heim zu Muttern und flirten Sie fleißig herum! Ich halte nichts davon, daß ein Mädel in Ihrem Alter schon ein festes Verhältnis hat. Siebzehn? Zu jung! Gehen Sie nur mit so viel jungen Burschen aus wie möglich! Tanzen Sie und unterhalten Sie sich und tragen Sie Ihre hübschen Fähnchen und bleiben Sie noch eine Weile unter den Fittichen von Papa und Mama!‹ Was er schon von mir wußte! Jedenfalls hörten die Schmerzen nicht auf. Wie wenn die ganze Zeit etwas an meinem Herzen nagte.

Haben Sie auch schon etwas Ähnliches gespürt, weil Sie jemanden ganz arg liebgehabt haben? Einen Freund vielleicht, oder die Mutter, oder den Vater? Und weil Sie sich schrecklich gesehnt haben, mit der betreffenden Person beisammen zu sein, und es ging nicht? Nun, so war es bei mir. Und auch zum Osterurlaub ist Phil nicht heimgekommen. Erst im Juni. Nach neun langen Monaten.

Aber als ich ihn wiedersah, wußte ich gleich, daß er mich noch liebhatte, und das war allein wichtig. Schon in der allerersten Nacht ist er zu mir heraufgekommen, als wenn er nie weg gewesen wäre. Und jede Nacht, die ganze Zeit, die er zu Hause war, wenn er konnte. Er war voll und stark geworden, ein Mann und kein Junge mehr — zwanzig Jahre alt. Ich bin so stolz auf ihn gewesen, und so glücklich. Ach, sogar in der Luft haben Funken getanzt! Und jetzt brauchten wir nur mehr ein Jahr zu warten, und dann konnten wir heiraten.«

Maria weinte in ihr Taschentuch. Lange konnte sie sich nicht beruhigen. Dann sah ihr Gesicht rot und gedunsen aus. Verstohlen blickte sie auf ihre billige Uhr. Ach, schon halb zwei! Ostermorgen. »O Gott!« flüsterte sie.

Sie glättete ein Blatt an ihren Blumen. »Dieser Junge, den er im College kennengelernt hat, der ist auch im Sommer gekommen. Und Phil war oft mit ihm aus und hat ihn ›stolz herumgereicht‹, so sagten seine Schwestern. Die jüngste hatte ein Auge auf ihn geworfen; und sie war wirklich keine Schönheit — wie eine gerupfte Henne. Sie hat immer mein Haar angestarrt und behauptet, ich bleiche es! Nie im Leben hab ich es gebleicht. Und dann ist die alte Dame auf mich losgefahren und hat meine Haarwurzeln untersucht. Wie wenn ich gar kein Mensch wäre, und sie könnte mit mir machen, was sie will. Am liebsten hätte ich ihr einen festen Fußtritt gegeben. Aber dann wäre ich entlassen worden; und neue Herrschaften wären vielleicht auf die Sache mit Phil gekommen und hätten nicht erlaubt, daß er mich besucht und bei mir bleibt.

Nun, so wie im ersten Sommer war es nicht. Phil war oft auswärts; die Familie hat es so eingerichtet. Und dann im August wurde er zu einer Segelfahrt auf der Jacht des Vaters seines Freundes eingeladen, und die Familie hat so viel Wesens davon gemacht, daß man gemeint hätte, er wäre zum Präsidenten gewählt worden. Aber vor der Abreise, in der letzten Nacht, ist er wieder zu mir heraufgekommen, und es war wie ganz am Anfang. Und er hat immerfort geflüstert, wie lieb er mich hat. Und ein Geschenk hat er mir gegeben — das erste, das ich überhaupt gekriegt hab. Eine ganz herrliche Puderdose. Ich wette, die hat gut ihre sechs Dollar gekostet, vielleicht sogar mehr. Wie Gold und Silber. Ich hab sie noch.

Zum nächsten Danksagungstag ist Phil auch nicht erschienen. Und dann wurde die ganze dumme Familie nach Philadelphia eingeladen. War das ein Getue! Gelacht und geschrien und gegenseitig umarmt haben sie sich. Das war für Weihnachten. Und auch im Frühjahr ist Phil nicht gekommen, und im Juni auch nicht. Die Familie hat herumgetuschelt; aber ich konnte nichts aufschnappen. Im Juli ist er gekommen, nur auf vier Wochen. Ich war damals achtzehn, und er einundzwanzig, und wir hätten heiraten können.«

Das Taschentuch war naß und half nichts mehr. So ließ Maria ihre Tränen rinnen — in die Blumen, auf ihren billigen, aber dichtgewebten Wintermantel und das nette dunkelblaue Kleid.

»Wieder wurde es wie am Anfang, in diesen vier Wochen. Und ich sagte zu ihm: ›Jetzt können wir heiraten, Phil.‹ Und er hat mich auf den Mund geküßt und gemeint: ›Nur Geduld!‹ Und ich hatte sie. Und dann, am Ende der vier Wochen, stand in der Zeitung seine Verlobung mit der Schwester seines Freundes.«

Marias Rouge rann von den Wangen, als sie an diese qualvollen Stunden dachte.

»Ich hab geglaubt, ich verliere den Verstand«, sagte sie mit heiserer, gepreßter Stimme. »Ich hab wirklich geglaubt, ich verliere den Verstand. Ich konnte nicht arbeiten. Ich hab mich krank gemeldet und bin in mein Zimmer gelaufen und hab mich aufs Bett geworfen. Vielleicht bin ich ohnmächtig geworden, vielleicht eingeschlafen. Ich weiß es nicht. Aber dann bin ich aufgewacht und hab mir gesagt: ›Oh, Gott sei Dank, es war nur ein Angsttraum!‹ Nur, leider, stimmte es nicht. Die Schmerzen kamen wieder, schnitten mir wie Messer in die Brust. Ich glaubte, der Tod kommt. Und da bin ich erschrocken, weil ich an Gott denken mußte und daran, wie Er mir zürnt, und daß jetzt die Strafe mich ereilt hat und ich bestimmt in der Hölle landen werde. Niemand wollte mich mehr, nicht Phil, nicht Gott. Niemand.«

Sie sah die Vorhänge durch einen Schleier von Tränen. »Also, an dem Tage war mir sterbenselend. Und ich konnte nicht zum Abendessen hinuntergehen. Und ich hörte die alte Dame schimpfen. Ich hob den Kopf und mußte ins Badezimmer laufen und mich übergeben. Phil zeigte sich nicht. Ich wartete und wartete, und es wurde finster. Und dann war das Haus voll Gäste. Ich hörte lachen und schreien. Ich hörte auch Phils Stimme. Ich setzte mich auf und sagte mir, das mit der Verlobung sei ein Mißverständnis. Wenn es aber stimmte und der alte Herr ihn zwang, dann konnten wir ja miteinander fliehen. Ich hatte mir ein bißchen was erspart, und Phil hatte ein hohes Monatsgeld. Ich mußte einfach auf Phil warten.

Und richtig, gegen ein Uhr früh kam er im Pyjama in meine Kammer, wie jedesmal, und ich lag in seinen Armen, und ich war wieder fast von Sinnen. Er legte mir die Hand auf den Mund und versuchte dann, ihn mit Küssen zu verschließen. Einmal über das andere sagte er: ›Beruhige dich! Es wird alles gut. Du wirst sehen.‹ Und ich war so matt und müde. Dann plötzlich hab ich mich wieder glücklich gefühlt: Phil wird alles in Ordnung bringen. Ich war gerade vor Müdigkeit eingeschlafen, da wird das Licht aufgedreht, und der alte Herr steht da.«

Maria erschauerte und duckte sich und kniff die Augen zusammen.

»Es war furchtbar«, flüsterte sie. »Ich raffte das Laken um mich, und Phil sprang aus dem Bett und schlüpfte rasch in den Pyjama, und der alte Herr sah aus, wie wenn er jeden Augenblick explodieren würde. Und angeschaut hat er mich! Nie hat mich jemand so angestarrt! Und dann fauchte er: ›Auf frischer Tat bei der Buhlerei ertappt! Elende Vagabundin, in den biblischen Zeiten hätte man dich zu Tode gesteinigt. Hinaus aus diesem Hause! Und zwar sofort, du Unflat!‹

Und Phil wollte beschwichtigen: ›Aber Papa! Bitte, Papa! Laß doch das, Papa! Schrei nicht so! Du weckst Mama und die Mädel auf, und sie werden auch heraufkommen. Bitte, Papa, laß das!‹ Und ich hatte nur eine Angst: daß der alte Herr ihn niederschlägt. Aber er tat es nicht. Er hat mich weiter angestarrt, wie jemanden, den man zu Tode haßt, und hat gesagt: ›Mein armer Junge! Von dieser feilen Dirne bist du verführt worden, die sich nicht geschämt hat, mit unschuldigen jungen Mädchen unter einem Dach zu schlafen. Mein armer Junge! Geh in dein Zimmer!‹ Ich konnte kaum das Lachen verbeißen. Nie im Leben hat es mich so zum Lachen gereizt; und dabei hab ich noch immer geheult. Und Phil beschwor ihn: ›Jetzt kannst du sie nicht hinausjagen, Papa. Mitten in der Nacht. Was würden die Leute sagen?‹ Und der alte Herr hat genickt und gesagt: ›Du hast ganz recht. Aber du‹ — und damit wandte er sich an mich —, ›verschwindest, bevor meine Töchter aufstehen!‹«

Maria schluchzte; das blonde Haar flatterte ihr um das Gesicht. »Wissen Sie, was ich ihm geantwortet habe? ›Mr. Mallon, ich habe meine Ersparnisse in Ihrer Bank. Dreihundert Dollar.‹ Und er knurrte: ›Komm in die Bank, sobald aufgesperrt wird! Und wenn du dich nach fünf noch in der Stadt blicken läßt, hetze ich dir die Polizei auf den Hals.‹ Das war in vollem Ernst gemeint. Und ich sagte zu Phil — er war ganz kreidebleich und fast grün um den Mund —: ›Ich bin um vier in der Bus-Station.‹ Und ich versuchte ihn anzulächeln, damit er nicht so verdattert dreinschaut.«

Wieder blickte Maria in unbestimmter Angst auf die Vorhänge. »Sie hören doch zu, nicht? Ich spüre es irgendwie. So etwas, halb drei ist es schon! Ostermorgen. Die Zeit, da unser Erlöser von den Toten auferstand. Oh, von Ihm sollte ich nicht reden! Ich habe kein Recht dazu, eine Frau wie ich. Er würde mich ja bestimmt von sich weisen, nicht wahr? Genau so wie Er . . . Ich hab doch da irgendwas in der Heiligen Schrift gelesen . . . Nein, Er hat die Frau nicht von sich gewiesen. Wenn ich mich nur erinnern könnte, wie die Geschichte geht!

Nun also, ich habe mein Geld behoben, und ich trug mein schönstes Kleid, mit kurzem weißem Mantel und Hut. Und ich hatte meinen Koffer, und ich war wieder glücklich. Phil würde bestimmt um vier zur Bus-Station kommen, und um fünf wollten wir zusammen die Stadt verlassen. Ich aß ein reichliches Frühstück; aber mir wurde wieder schlecht, und ich mußte mich in der Damentoilette übergeben. Trotzdem war ich glücklich. Den ganzen Tag bin ich in der Bus-Station gesessen und habe Zeitschriften gelesen. Und dann war es vier. Und ich ging zur Türe und schaute nach Phil aus. Und dann wurde es halb fünf und ein viertel vor fünf, und der Autobus hierher wurde schon beladen. Und Phil kam nicht. So lief ich zum Telefon, und die alte Dame meldete sich und erkannte meine Stimme, obwohl ich mich verstellte, und schrie etwas von Polizei und legte auf. Und ich wußte, daß Phil nicht kommen konnte. Vielleicht hatten sie ihn in seinem Zimmer eingesperrt und ließen ihn nicht hinaus. Ich stieg in den Bus und kam hierher in diese Stadt und nahm ein Zimmer in einem billigen Gasthof. Und dann schrieb ich Phil und teilte ihm mit, wo ich war.

Aber man muß meine Briefe geöffnet haben. Er hat mir nicht geantwortet und ist nicht zu mir gekommen. Und nach einem Monat wußte ich, daß ich ihn nie mehr sehen würde. Ich habe bald einen guten Posten als Kellnerin gefunden. Das war vor zehn Jahren.«

Erschöpft lehnte sie sich in den Sessel zurück. »Vielleicht wäre alles wieder gut geworden, wenn nicht . . . Nun, nach ein paar Monaten bemerkte ich, daß ich ein Kind zu erwarten hatte. Ich konnte es nicht glauben! Ich wußte noch immer nicht, wie das zusammenhing, so dumm war ich. Darum ging ich zu einem Doktor und fragte ihn. Und er sagte es mir. Dabei redete er mich an: ›Mrs. . . .?‹ Und blitzschnell ergänzte ich: ›Mrs. Mallon.‹ Und dann packte es mich. Ich weiß nicht einmal mehr, wie ich in das Logierhaus zurückfand, wo ich wohnte.

Ich grübelte und grübelte. Gott wies mich von sich. Phil konnte nicht zu mir. Ich wollte ihm keine Ungelegenheiten machen. Sein Vater hätte ihn umgebracht. Ich dachte sogar an Selbstmord. Dann fand ich diesen schönen Posten, wo ich jetzt noch bin; und ich sagte den Leuten, mein Mann sei beim Militär, und ich nannte mich Mrs. Mallon. Im Herzen war ich es. Immer. Und als Mrs. Mallon kennen sie mich die ganze Zeit. Und ich hab einen prächtigen Buben bekommen und ihn Phil genannt, nach seinem Vater. Und die Leute in der Frauenklinik haben Briefe aufgegeben, die ich an ›Mr. Phil Mallon, Feldpost‹ richtete. Aber ich schrieb keine Absenderadresse darauf. Inzwischen war ich schlau geworden. Und ich hab mir alles selbst gezahlt.

Ich habe meinen Buben aufs Land gegeben, wo alle kleinen Kinder leben sollten, in der frischen Luft, mitten unter Bäumen und Blumen und Gras. Ich zahle übrigens gut für ihn. Er ist ein herziger kleiner Kerl. Und alles wäre in Ordnung, wenn ich nicht vor einem Jahr den jungen Francis Lewis kennengelernt hätte. Er ist Landwirt und hat eine große Farm und wirtschaftet ganz allein darauf, seitdem ihm vor ein paar Jahren der Vater gestorben ist. Er hat Vieh in die Stadt gebracht und ist dann in dem Restaurant eingekehrt. Und wir waren uns sofort sympathisch, gegenseitig; und er ist wiedergekommen und hat mich ausgeführt.«

Maria erschauerte. »Und jetzt werden Sie sich wirklich ärgern über mich. Ich habe Francis erzählt, ich wäre eine junge Kriegerwitwe mit einem kleinen Jungen. Und er hat es geglaubt. Anfangs spielte es keine Rolle. Und dann hab ich angefangen, irgendwie an ihn zu denken. Er ist so gut und nett. Meine Gefühle für ihn sind anders als für den armen Phil, der mich nicht besuchen konnte und nicht einmal weiß, daß er einen fast zehn Jahre alten Sohn hat. Stellen Sie sich das vor! Jemand weiß nicht, daß er ein Kind hat! Mir tut wirklich das Herz weh, wegen Phil.

Dann hat Francis mir einen Heiratsantrag gemacht. Und ich hab mir das ausgemalt: als seine Frau auf der stattlichen Farm; wieder jemanden haben, der für einen sorgt; und wie wunderbar für den kleinen Phil! Und wir wären alle beisammen. Und dann ist mir zu Bewußtsein gekommen, was für eine Schwindlerin ich bin. Und so mußte ich es ihm sagen. Und es war mir klar, daß jetzt alles aus sein würde. Aber möchten Sie's glauben? Es war nicht aus. Nein, mein Herr! So ein Mann ist Francis. Er ist zweiunddreißig Jahre alt. Nur hat er jetzt einen Zorn auf Phil. Nicht auf meinen kleinen Jungen, auf meinen Phil. Und er hat gesagt: ›Macht nichts, Maria. Ich heirate einfach eine junge Witwe mit Kind. Das müssen wir aufrechterhalten, wegen des Buben und wegen uns.‹ So ein Mann ist Francis.«

Ihr junges Gesicht erglühte plötzlich, und sie lächelte. Dann erstarb ihr Lächeln. »Aber wie kann ich ihm das antun? Er verdient eine bessere Frau als mich, eine gute und anständige Frau. Wir sollen in der Kirche heiraten, und ich müßte beichten gehen. Und was wird der Geistliche sagen? Dasselbe, was Gott sagen würde, und was Phils Vater gesagt hat. So halte ich mich zurück und mag nicht einmal einen Ring nehmen. Und da bin ich jetzt.«

Sie wartete. Der Raum schimmerte noch immer im Licht, und schon neigte sich die Nacht dem Morgen zu. »Sprechen Sie!« rief Maria verzweifelt. »Sagen Sie mir, daß ich wirklich stark sein und Francis wegschicken muß, und daß Gott sich auch von ihm abwenden würde, wenn er mich heiratet. Sprechen Sie! Jetzt auf einmal spüre ich, wie lieb ich Francis habe. Aber ich kann ihm das nicht antun!«

Kein Laut ertönte. Maria erhob sich schwankend. Sie hielt die Blumen vor sich hin. »Das habe ich Ihnen mitgebracht. Hübsche Blumen. Auch Liebfrauenlilien sind dabei. Nehmen Sie!«

Sie schlich zu den Vorhängen und las die Messingtafel. Dann berührte sie, am ganzen Körper bebend, den Knopf. Die Vorhänge öffneten sich, und sie prallte zurück und schrie vor Schreck laut auf.

Sie blickte den Mann vor ihr an, und sie zitterte immer mehr. Das Licht schien stärker zu werden, sieghafter. Maria senkte den Kopf.

Sie flüsterte: »Willst Du meine Blumen nehmen? Es ist alles, was ich Dir zu geben habe. Vielleicht hätte ich, wegen aller meiner Sünden, das Geld einer wohltätigen Stiftung geben sollen. Aber ich möchte, daß Du sie hast. Willst Du sie nehmen? Bitte!«

Von Tränen blind, ging sie näher und näher an den Mann heran. Sie legte die Blumen sanft neben ihn hin. »Du hast mich angehört«, murmelte sie. Sie richtete sich auf und weinte demütig. »Oh, Du hörst immer zu, nicht wahr? Sieh nur! Es ist Ostermorgen! Draußen dämmerte es. Du ... Du ...«

Sie kniete hin und faltete die Hände. »Jetzt erinnere ich mich. Die Frau wurde nicht abgewiesen. ›Sie hat viel Liebe gegeben.‹ Mir fällt es jetzt ein. Ja, auch ich habe sehr viel Liebe gegeben, und ich tue es wieder.

Du willst, daß ich Francis und meinen kleinen Jungen habe, nicht wahr? Ja, das willst du! Oh, ich werde so gut sein, zu ihnen beiden!« Sie kämpfte die Tränen nieder. »Und einst war eine andere Maria, und ein Mann, den sie für den Gärtner hielt ... Und jetzt weiß ich, daß kein Geistlicher mich zurückweisen wird. Das kann er nicht. Er kann es nicht!«

Sie beugte den müden Kopf und schmiegte ihn an die Füße

des Mannes. Und plötzlich schlief sie ein und schlummerte eine kleine Weile.

Die Kirchenglocken begannen zu läuten: »Der Herr ist erstanden! Er ist erstanden!« Und Maria schlief, und der Duft der Blumen füllte den Raum. Und über die Schäferin, in ihrer Geborgenheit, wachte Er, und ihr goldenes Haar bedeckte seine Füße. Gemeinsam hielten sie die Festvigil.

VII

All Ding verleugnet dich, der Mich verleugnet.
Francis Thompson, »Der Jagdhund des Himmels«

»Ich will hoffen«, sagte der noch jugendliche Mann zurückhaltend, während er an diesem warmen Spätfrühlingstage
die Vorhänge anblickte, »daß Sie kein Psychotherapeut sind.
Wissen Sie, ich war selber über ein Jahr lang in Analyse und
bin mir jetzt — übrigens war ich es schon früher — hinreichend
klar darüber, daß ich den falschen Beruf ausübe, daß ich
›milieugestört‹ bin, ein überall aneckender Einzelgänger,
und daß ich, solange ich meinen . . . Beruf weiter ausübe, neu-
rotisch sein und meine psychogenen Kopfschmerzen haben
werde. Schmerzen übrigens, die einen, kann ich Ihnen ver-
sichern, wirklich arbeitsunfähig machen, auch wenn sie kein
körperliches Substrat haben mögen.« Er lachte verächtlich.

»Ich möchte also, falls Sie Psychotherapeut sind, Ihre Zeit
nicht überflüssigerweise in Anspruch nehmen. Offen gestanden, ich habe auch den ganzen Jargon einigermaßen satt. Im
Lichte dessen, was ich erlebt habe, erscheint mir dieser Jargon kindisch. Natürlich würde ich so etwas nie meinem . . .«
Er unterbrach sich unvermittelt. »Sind Sie ein Psychotherapeut?«

Die Wände umgaben ihn mit ihrer wohltuenden weißen
Stille. Er wartete. Dann nickte er beruhigt. »Also nicht. Da
bin ich froh. Dann müssen Sie praktischer Arzt sein. Oder
vielleicht ein Eheberater. Ich bin trotz meiner achtunddreißig
Jahre nicht verheiratet. Das Mädchen, mit dem ich verlobt
war . . . Wir hatten eine heftige Auseinandersetzung, und
das Verlöbnis ging in die Brüche. Die Vorstellungen der jungen Dame waren, gelinde gesagt, infantil. Natürlich gibt es
unter meinen Berufskollegen — besonders bei denen römischer
Observanz — Leute, die mein Verhalten mißbilligen würden.
Aber unter den jüngeren Standesgenossen verstehen heutzutage die meisten, daß wir über die Kindergartenzeit hinaus
sind.«

Er ließ den Blick abwärts gleiten, auf seine gepflegten Hände, die dunkelblaue Hose und die feinen Schuhe; und er wischte ein Staubkörnchen vom Ärmel seiner gediegenen, in Blau und Braun gehaltenen Sportjacke. Zerstreut betastete er eine neue Schwiele auf seiner rechten Handfläche. Er hatte in der letzten Zeit sehr viel Golf gespielt. In diesem Jahre waren die Golfplätze in besonders guter Verfassung; im Klub ging es flotter her als sonst, die Leute waren höflicher, gebildeter, manierlicher. Das kam natürlich von den neuen, jüngeren Mitgliedern. Bei ihnen erfreute er sich großer Beliebtheit; er traf sich oft mit ihnen, nicht nur im Klub. Eigentlich war er noch nie so beliebt gewesen wie jetzt. Wenn die Leute einen gern sahen, sprach das immer dafür, daß man eine ausgeglichene Persönlichkeit war, zumindest kein Neurotiker. Sogar Dr. Bergson hatte ihm das bestätigt. »Sie könnten«, hatte er gesagt, »noch viel Wertvolleres leisten, wenn Sie leitender Angestellter oder Sozialberater eines Unternehmens wären. Meiner Überzeugung nach sind Sie dafür hervorragend geeignet. Eine spezielle Begabung. Personalangelegenheiten. Sie kennen die Menschen und ihre Probleme. Solche Leute sind sehr gesucht.«

Der junge Mann im Marmorstuhl führte die Hand an die Stirn. Wiederum diese verdammten Kopfschmerzen! Er war ein schlanker, hochgewachsener, schmalgesichtiger Mann, der sein ausdrucksvolles, lebhaftes Mienenspiel ständig im Zaume halten mußte. Er kannte seinen geheimen Hang zu Überschwenglichkeit und Leidenschaft und all den anderen Gefühlsverwirrungen. In den letzten Wochen hatte er es im Klub das eine oder andere Mal — aber es waren wirklich Einzelfälle gewesen — verabsäumt, bei seiner Entgegnung die Stimme zu dämpfen, wenn irgendein Esel in liebenswürdigspöttischem Tone etwas von ›unfeinem Geschmack heutzutage‹ murmelte. Er hatte plötzlich Herzklopfen bekommen, das Blut war ihm in die kühlen Wangen gestiegen — und er hatte sich eines etwas zu lauten Tones schuldig gemacht. Das war die einzig richtige Bezeichnung: schuldig gemacht. Im Umkleideraum des Klubs hatten die älteren Mitglieder ungehalten, aber würdevoll dreingeblickt und zum Teil bedeutsam genickt. Die jüngeren jedoch, seine vertrauten Freunde, waren anscheinend betroffen und verlegen gewesen und hatten rasch ein anderes Gespräch in Gang gebracht, als wollten sie ihm die Beschämung ersparen und seinen Fauxpas, so gut es eben ging, bemänteln. Seinen Fauxpas.

»Haben Sie etwas gesagt?« fragte er, als ihm plötzlich eine Veränderung in der Atmosphäre des stillen Raumes zu Bewußtsein kam. »Hörte ich Sie nicht in zweifelndem Tone ›Einen Fauxpas?‹ sagen?«

Niemand antwortete ihm; aber er war überzeugt, daß er diese Worte gehört hatte. Er fuhr fort, als dächte er laut und vernehmlich: »Natürlich habe ich mich dort im Garderoberaum eines Formverstoßes schuldig gemacht. In gewisser Hinsicht. Dort war nicht der richtige Platz für Erörterungen dieser Art. Dafür ist mein Arbeitszimmer da. Und die Kanzel. Ich bin nämlich Geistlicher, müssen Sie wissen, und betreue einen der größten und begehrtesten Seelsorgesprengel in dieser Stadt. Ich bin Reverend Anson Carr. Falls Sie also auch Geistlicher sind, haben wir, wie sich herausstellen dürfte, viele Berührungspunkte.« Er lachte mit sorgsam ausgewogener Unbefangenheit.

Es war merkwürdig und bestimmt reine Einbildung; doch er hatte das Gefühl, als lächelte ihm jemand wohlwollend zu. Er spürte so etwas wie Kameradschaftlichkeit. Und nun lachte er wirklich unbefangen, wie in Gesellschaft eines älteren Amtsbruders, mit dem er offen reden konnte.

»Ich habe gut daran getan zu kommen«, gab er zu. »Ich ahnte, daß auch Sie zur ›Talarzunft‹ gehören, wie meine Großmutter sich auszudrücken pflegte. In meiner Pfarrgemeinde ist eine gewisse Mrs. Merrill Sloane, eine Dame, für die ich noch vor zwei Jahren wegen ihrer verschiedenen seelischen Mängel wenig übrig hatte. Inzwischen hat sich in ihr ein höchst bemerkenswerter Wandel vollzogen, und ich erwähnte ihr einmal so nebenher, es würde mich interessieren, wie es dazu gekommen sei. Sie erzählte mir nur, daß sie hier bei Ihnen war. Und dann — etwa vor einem Monat — meinte sie: ›Gehen Sie doch auch hin, Mr. Carr! Es ist genau das, was Sie brauchen.‹ Ich muß gestehen, daß diese Worte mich bestürzten. Ich hatte nicht die Empfindung, irgend etwas zu ›brauchen‹. Zumindest nicht etwas meinen Schutzbefohlenen Erkennbares. Wenn eine früher so ichbezogene Frau wie Mrs. Sloane derlei an mir bemerkte, mußte es höchst offenkundig sein. Ich hoffe, Sie sind mir nicht böse, aber der Grund meines Besuches ist der folgende: ich möchte mir darüber klarwerden, wie ich vor meiner Pfarrgemeinde gewisse . . . Gedanken verborgen halten kann.«

Er hielt inne. Seine Kopfschmerzen wurden sehr heftig. Er nahm aus der Tasche eine schön emaillierte Dose, schob sich eine Tablette auf die Zunge und schluckte sie mit einigen Schwierigkeiten.

»Übrigens darf ich auf die Dauer überhaupt keine Pfarrgemeinde mehr leiten«, erklärte er, sich räuspernd. »Ich habe kein Recht dazu. Ich bin nämlich ausgedorrt. Ausgetrocknet bis in das Mark meiner Knochen. Gleich David schreie ich aus den dunkelsten Tiefen zu meinem Gott; aber mir wird keine Antwort. Habe ich meinen Glauben verloren? Ich weiß es nicht. Vielleicht. Es ist, als mühte ich mich seit Jahren in einer Wüste damit ab, gebleichte Knochen auszugraben und als lebende Gebilde darzubieten. Eine Wüste. Dürre Knochen. Wenn ein Geistlicher diese Ausgedorrtheit spürt, hat er kein Recht mehr auf Kirche und Gemeinde, nicht wahr? Er ist, in einer höchst wichtigen Beziehung, rundweg ein Heuchler. Deshalb gedenke ich nicht bloß den Pfarrsprengel zu verlassen; ich will im September meinen Abschied nehmen und einen anderen Beruf ergreifen. Die Geldfrage ist nicht von Belang. Ich habe privates Einkommen aus dem Grundbesitz meines Vaters. Und die Mutter hat eigene Einkünfte; sie lebt in Florida bei meiner Schwester.«

Mit einem schmerzlichen Ausdruck der grauen Augen blickte er sich in dem Raume um. »Ganz seltsam!« sagte er. »Meine Angehörigen waren ausgesprochen fromm, obwohl mein Vater erfolgreicher Geschäftsmann war, sehr beliebt und Mitglied der besten Klubs in der Stadt — denen auch ich jetzt angehöre. Wir haben jeden Abend gebetet, ebenso vor den Mahlzeiten. Bei den Bibellesungen und den Gebeten hat Vater uns vorgesprochen. Er mag ein recht altmodischer Mann gewesen sein. Ich habe ihn verehrt.

Als ich ihm sagte, daß ich nicht seine Firma übernehmen, sondern Geistlicher werden wolle, da ist er . . . Ja, da wurde er ganz rührselig, wie das eben in der viktorianischen Zeit der Brauch war. Ich selber bin nicht aus der Fassung geraten; aber schließlich war ich damals erst siebzehn Jahre. Heutzutage erwartet niemand von einem Mann mit hoher Selbstachtung und einem Sinn für persönliche Würde, daß er vor Freude in Tränen ausbricht! Ich glaube, wir haben jetzt unsere Gefühle besser in der Hand. Meinen Sie nicht auch? Wenn ich beispielsweise ein Vater wäre, und mein Sohn käme zu mir mit der Eröffnung, er wolle Geistlicher werden, so würde ich ihm sagen: ›Das mußt du dir sehr reiflich überlegen und alles Für und Wider gewissenhaft abwägen. Wir sollten uns wohl an einen Eignungsprüfer wenden und dann an einen Psychotherapeuten, ehe du dich fürs ganze Leben festlegst auf irgendeinen . . . Beruf.‹«

Er wartete. Niemand erwiderte. Dann stieg etwas in ihm auf, wie ein hoher, brandender Wogenschwall. Er kämpfte es nieder. Und wie ein Ertrinkender schrie er: »Beruf! Ich habe es Beruf genannt! Aber es ist eine Berufung — eine Berufung, nicht wahr? So nannte es mein Vater: ›Eine göttliche Berufung!‹«

Er drückte die Handballen fest an die Augen. »O mein Gott!« flüsterte er. »Man kann sich kaum mehr vorstellen, daß es einst Menschen gab, die der Meinung waren, Gott habe sie ›berufen‹! Heute zergliedern wir unsere Neigung, Priester zu werden, und fragen uns, ob wir ausgeglichen genug sind und gründlich psychologisch geschult und hinreichend ›den Umweltsbedingungen angepaßt‹, um Verkünder des Evangeliums zu werden! Sind wir tüchtige Verwalter? Lieben wir die Menschen? Lieben die Menschen rein gefühlsmäßig uns? Sind wir wohlbeschlagen in Sozialethik? Fühlen junge Leute sich von selbst zu uns hingezogen? Sind wir erfahrene Geschäftsleute? Finden die Frauen uns sympathisch? Sind wir in unseren Ansichten weitherzig? Haben wir angenehme, Vertrauen einflößende Stimmen? Können wir mühelos und selbstsicher den Menschen auf deren eigenem Boden entgegentreten — mag es sich um den Golfplatz oder um die Börsenagentur, den Klub, den Familiensalon, den Pfarrsaal, das Gemeinschaftshaus, die Schulen, das Theater, die guten Restaurants? Kurz, sind wir ›gute Kameraden, nette Kerle, ordentliche Leute‹? Sind wir sportbegeistert und selber

Sportler? Sind wir ›aufgeschlossen‹? Menschen mit ›vielseitigen‹ Interessen? Fernsehfreudig? In diesem oder jenem Verein Mitglieder? Mit einem Wort, sind wir ›tätig‹?«

Er sprang auf und blickte in einer Art wilder Verzweiflung um sich. »Kurz«, schrie er, »sind wir alles mögliche, nur nicht Verkünder des Evangeliums?«

Von den weißen Wänden starrten ihm seine Fragen entgegen. Er starrte auf sie zurück. Er sank in sich zusammen. Er wankte zu seinem Stuhl und setzte sich wieder. Er atmete in kurzen Stößen. Er schaute auf die Vorhänge. »Sie wissen wahrscheinlich Bescheid«, sagte er. »Als Amtsbruder wissen Sie wohl Bescheid. Sie kennen bestimmt dieses Problem, das sich jedem Geistlichen, jedem Priester, jedem Seelsorger stellt.« Der Raum schien zu erkalten, das Licht eisig zu werden. »Ich bin nicht schuld daran«, wehrte Anson Carr ab. »Ich bin nicht schuld. Die Leute erwarten es so von mir. Ich gebe ihnen, was sie erwarten. Und es bringt mich um.« Stöhnend wiederholte er: »Es bringt mich um.«

Er wartete. Dann rief er barsch: »Wahrscheinlich sind Sie ein sehr erfolgreicher Geistlicher. Ihre Gläubigen lieben Sie, bewundern Sie; man redet von Ihren Vorträgen . . . Predigten, wollte ich sagen. Man ist zufrieden mit Ihnen. Sie bieten den Leuten, was sie sich wünschen, auf gefällige, seidenglatte Art. Nie sprechen Sie von ›Sünde‹. Nie tadeln Sie. Kein Geistlicher würde das heutzutage wagen.

Sie wissen doch, daß niemand mehr von ›Sünde‹ spricht? Ausgenommen natürlich die römisch-katholischen Priester und vielleicht hier oder dort ein vereinzelter orthodoxer Rabbiner. Im übrigen gibt es ›Sünde‹ nicht. Alles erklärt sich aus dem Milieu, aus den Umständen, aus dem Mangel an Chancen, aus sozialer ›Unterdrückung‹. Aus zerrütteter Häuslichkeit. Aus Rassendiskriminierung. Aus schlechten Wohnverhältnissen. Aus Elendsquartieren. Aus der elterlichen ›Liebesversagung‹. Aus körperlicher Untauglichkeit. Aus dem Unvermögen, sich der ›Elitegruppe‹ zu ›assimilieren‹. Aus dem Mangel an standesgemäßer Kleidung, an Geldmitteln, an Erholungsmöglichkeiten. Oder aus dem Einfluß allzu luxuriöser Schulen, unsympathischer Lehrer, Eltern, Nachbarn, Geistlicher. Kurz, ›Sünde‹ ist kein Versagen des betreffenden Menschen; sie fällt ihm nicht zur Last. Er hat ›Rechte‹ und ›Forderungen‹, aber keine Pflichten. Weder sich selbst gegenüber noch gegen Gemeinschaft, Kirche, Eltern, Weib und Kinder, Seelsorger, Heimatland. Er hat ›Rechte‹. Aber« — sagte Anson Carr mit leiser, verzweifelter Stimme — »er hat keine Sünde. Sünde gibt es nicht. Der Mensch ist, wie Rousseau es ausgedrückt hat, sündenfrei. Nur die ihn umgebenden Einrichtungen reizen zu unsozialem Verhalten, dem wir Verständnis entgegenbringen müssen, indem wir dem Strauchelnden ›Hilfe‹ bieten. Aber nie dürfen wir ihn rügen. Nie dürfen wir sagen: ›Steh auf und sündige hinfort nicht mehr!‹ Nie dürfen wir böse Menschen ›Otterngezücht‹ nennen, wie Johannes der Täufer es tat. Nie dürfen wir sie Lügner und Heuchler heißen, wie Christus es tat. Das würde dem Opfer ein ›Trauma‹ versetzen. Wir müssen unter allen Umständen den Sünder davon überzeugen, daß an ihm gesündigt wurde.«

Seine Stimme wurde lauter, begann zu flackern. »Vor allem dürfen wir nie sagen: ›Du bist böse. Du hast eine unsterbliche Seele, die in Gefahr schwebt. Gott läßt Seiner nicht spotten. Du bist schwarz vor Sünde, ein Missetäter. Aber du kannst gerettet werden. Bereue und tu Buße, ehe es zu spät ist!‹ Nein, das dürfen wir unsern Schäfchen nicht sagen — unseren Gemeindemitgliedern, die sich sonntags versammeln, sorgfältig rasiert, mit sorgfältig gebürstetem Haar, sorgfältig gekleidet, in Pelze gehüllt, höchst zufrieden mit sich selbst. Und wer von uns Geistlichen in Armenvierteln arbeitet, darf seine Schutzbefohlenen erst recht nicht ›Sünder‹ nennen. Sonst kommen sofort die verdammten Fürsorgerinnen gelaufen, haufenweise mit ihren flatternden schwarzen Röcken und Tanzsandalen, mit grimmigen Lärvchen, und zetern über ›zweierlei Maß‹ und halten uns vor, welche ›Chance‹ denn unsere Kirchenmitglieder in der auf Wettbewerb abgestellten Gesellschaftsordnung hätten.«

Anson Carr stand wieder auf und näherte sich in gespannter Erwartung den Vorhängen, die unbewegt blieben.

»Wer zeichnet für das alles verantwortlich? Die Regierung als Treuhänderin? Mit ihren grünen Zertifikaten, die in der Bank mit grünen Geldscheinen berichtigt werden? Welcher

Wert liegt in diesen oder jenen Papierlappen? Wer wird uns unsere Welt ›berichtigen‹? Wer wird uns sprechen lehren, wie wir es tun sollten: ›Gott, sei mir armem Sünder gnädig!‹? Wie können wir Seelsorger unsere Pfarrkinder Otterngezücht heißen, Lügner oder Heuchler? Keine einzige Kirche stünde noch, wenn wir uns so etwas zu sagen erdreisteten!«

Er ließ den Kopf sinken. Dann fuhr er fort: »Aber zuerst müßten wir diese Schmähworte uns selber zurufen. Ja, zu allererst uns selber, uns falschen Hirten. Wir haben ja unsere Schützlinge in die Pappdeckel-Landschaft des Eigendünkels gelockt; wir haben ihnen, lebendes Wasser vortäuschend, auf die Erde Spiegel ausgelegt, in denen sie sich selbstgefällig betrachten können; wir haben ihnen dampfgeheizte Teppiche aus künstlichem Rasen hingebreitet, auf denen sie sich rekeln können, ohne der unter ihnen grollenden Erdbeben zu achten. Aber das alles wird keinesfalls ihren Hunger stillen.«

Er ging noch näher an die Vorhänge heran; sein Gesicht war feucht und unter der Bräune bleich.

»Wissen Sie, mit welcher Bemerkung ich im Umkleideraum des Klubs Verwirrung unter meinen Altersgenossen angerichtet habe, die sich anschickten, nach einer Dusche heimzugehen zu ihren Abend-Drinks, zu appetitlich angerichteten Dinners aus der Tiefkühltruhe, zum anschließenden Radiohören und Fernsehen, und zu ihren unmanierlichen, gottlosen Kindern? Und zu den großstädtischen Kinoprogrammen, die aufwendig und langweilig auf Breitleinwand unsere ›Welt‹ groß herausstellen: die Häuser, Juwelen, Möbel, Kleider; die grellen Ehrgeizeleien, lächelnden Grimassen und — Gott verzeih mir die Schmähung! — das üble, unsinnige Geschwätz und Getue von Schauspielerinnen, ›Persönlichkeiten des öffentlichen Lebens‹, Politikern, Sängerinnen und Tänzerinnen?

Ich sagte zu meinen Freunden: ›Auch an dieser Lebensform hier ist alles ganz eitel.‹ Ich weiß nicht, was mich dazu antrieb, so zu sprechen. Ich sagte: ›Was habt ihr heute für Gott getan? Was tatet ihr gestern für Gott? Was gedenkt ihr morgen für Gott zu tun?‹

Mochten sie entsetzt gewesen sein — schließlich ist es ja in der Tat gesellschaftlich unverzeihlich, heutzutage von Gott zu reden, außer in der Kirche; und auch dort darf man es nur nebenher tun —, so war ich noch entsetzter. Kein Wunder, daß sie meinen Ausfall als peinlich empfanden. Mir war er noch peinlicher, obwohl die älteren Männer bedeutsam nickten. Meine Freunde deckten rasch die Blöße, die ich mir gegeben hatte, wofür ich ihnen dankbar bin. Ich hatte mich als eine Art Erweckungsprediger produziert, was keineswegs dem Bilde entspricht, das ich selbst von mir habe.«

Er lehnte sich seitlich gegen den schweren Marmorstuhl. Ihm ging fast der Atem aus. In seinen Schläfen pochte es heftig. Es dauerte eine Zeitlang, ehe er wieder — und auch da nur mit schwacher Stimme — sprechen konnte. »Welches Bild habe ich denn von mir? Ein Gemeinschaftsführer, ein Sportler, ein ›netter Kerl‹, ein Händeschüttler, ein Besänftiger angriffslustiger Frauen, ein Berater in Fragen, von denen ich als geschulter Psychologe etwas zu verstehen glaube, ein Angleicher, ein Spendensammler, ein freundlicher Auf-die-Schulter-Klopfer. Ein angenehmer Bridgepartner, ein guter Kamerad für die heranwachsende Jugend, ein Veranstalter von Pfarrgemeinde-Unterhaltungen, ein Lächler. Gott verzeih mir! Ein unentwegter Lächler! Ein Lächler noch und noch!

Wie sagt Shakespeare? ›. . . daß einer lächeln kann und immer lächeln und doch ein Schurke sein.‹«

Er ließ sich in den Sessel fallen und sackte nach vorn, die Hände zwischen den Knien. »Ein Schurke«, wiederholte er. »So hat Alice mich genannt, als sie unser Verlöbnis brach. ›Was erzählst du den Leuten von Gott und von Gottes Geboten, von Reue und Buße und von ihren unsterblichen Seelen?‹ hat sie mich gefragt. ›Mahnst du sie je: Diese Nacht wird man deine Seele von dir fordern? Erklärst du ihnen je, wozu sie geboren wurden? Warum läßt du sie in der Meinung, daß für sie auf Erden alles stets eitel Sonnenschein sein wird, daß sie immer jung bleiben werden, ihre Kinder immer Kinder, ihre Gelder immer greifbar, ihre Körper immer gesund, ihre Beine immer stark und ihre Herzen immer tapfer, daß ihre Sicherheit unerschütterlich ist, daß ihr Leben stets voll Daseinsfreude, Prasserei, Unterhaltung und Tanz sein wird? Warum sagst du ihnen nicht, daß man vielleicht noch diese Nacht, sicher aber morgen ihre Seelen von ihnen fordern wird und daß dann alle Tänze und Vergnügungen, die sie genossen, alle Schießbudentreffer im Leben, an deren Klingeln sie sich erfreut, alles Geld, das sie sich gemacht haben, rein gar nichts sein werden, nicht einmal eine Erinnerung?‹«

Der Raum wartete, als heische er Antwort. Auch Anson Carr wartete. In seinem Geiste gewannen gewaltige Antworten Gestalt, und vor ihrer Gewalt sank er in sich zusammen.

»Ja«, bekannte er schließlich, »ich bin selbst an allem schuld: an der Wüste, in der ich lebe; an den dürren Knochen, die ich meinen Schützlingen biete. Denn ich selber bin die Wüste mit ihren dürren Knochen. Ich bin der Lügner und der Heuchler. Ich hatte nie die Redlichkeit, meinen Schützlingen die Wahrheit zu sagen, nie die Seelenstärke, nie den Mut. Ich trage alle Schuld. Ich hatte nicht nur nie eine Herde; ich bin nicht einmal ein Hirt.«

Mühsam erhob er sich, müde bis ins Mark, von Schmerzen geplagt wie ein Greis. Er sagte zu den Vorhängen: »Können Sie mich verstehen? Sie sind auch Seelsorger. Aber hatten Sie je eine Herde wie die meine — der Wahrheit abhold, unaufrichtig gegen sich selbst, hastend, raffend, gönnerhaft grinsend, sich brüstend, selbstzufrieden, habgierig, kaltschnäuzig, geltungssüchtig, Verleugner, Zweifler, Gottlose, Besserwisser, Heuchler, Ehebrecher, Sportfexe, dem Alltäglichen und Vergänglichen nachjagend, vor dem Namen Gottes blöde die Ohren verschließend? Hatten Sie jemals solche Schäfchen? Wenn nicht, dann können Sie mir nicht antworten und nicht helfen!«

Er lief zu den Vorhängen hin. In seinem Kopfe dröhnte es. Er führte den Finger zum Druckknopf.

Blitzschnell glitten die Vorhänge auseinander. Anson Carr stand da und starrte ins Licht. Dann wich er langsam zurück, tastenden Fußes, Schritt für Schritt.

Und dann fiel er auf die Knie.

»Ja«, murmelte er, »natürlich hattest Du die gleichen Menschen zu betreuen. Es ist die gleiche Herde, die Du hattest und die ich habe. Wir haben sie miteinander — miteinander. Bis ans Ende der Zeiten haben wir sie miteinander. Du und ich.

Aber Du brauchtest Dir nie zu sagen: ›Ich trage die Schuld‹, wie ich es mir jetzt sage. Ich trage die Schuld. Gott, sei mir armem Sünder gnädig!

Gib mir die Kraft, meinen Schutzbefohlenen die Wahrheit zu sagen! Wenn sie mich verwerfen, wie sie Dich verworfen haben, was verschlägt das? Nur die Wahrheit zählt. Vergib mir! Vor allem vergib mir. Vergib, daß ich Dich, in Nichtigkeiten befangen, verleugnet habe!«

VIII

DER TODGEWEIHTE

Da ich nicht stillhielt für den Tod,
Hemmt' er die Fahrt für mich.
Sein Wagen faßte nur uns selbst
Und die Unsterblichkeit.

Er fuhr mich langsam, ohne Hast,
Und ich schob weit von mir
Mein Mühn, und meine Muße auch,
Weil er so freundlich war.

Emily Dickinson

Eugene Emory schritt steif in den Warteraum, sah dort Leute schweigend sitzen und zögerte. Wie rinderhaft gleichgültig diese Menschen waren! Einige lasen Zeitschriften, andere starrten einfach ins Leere. Als wären sie Bittsteller im Vorraum eines Heilsarmee-Lokals! Wer hatte ihn veranlaßt, hierherzukommen? Ach ja, dieser Facharzt, der ihm unwiderrufliche, endgültige Klarheit gab. Was hatte er gesagt? »Ich glaube, Sie werden dort eine gewisse Beruhigung finden. Wir sind sehr stolz auf diese Einrichtung des alten John Godfrey. Ich habe da erstaunliche Dinge erlebt ... Nein, selbst drinnen gewesen bin ich nie. Aber Sie müssen davon gelesen haben.«

Allerdings. In einer der großen Zeitschriften hatte er davon gelesen. Ein schöner Vierkantbau, mitten in Parkanlagen mit Bäumen und Laubengängen, von den besten Architekten entworfen. Das Gebäude stand vierundzwanzig Stunden im Tag für jedermann offen. Über dem Tor die Inschrift: »Der Zuhörer«. Der Berichterstatter jener Zeitschrift und Verfasser des Artikels mußte ein sehr drolliger Bursche gewesen sein, ein Typ, der offenbar fast nur aus spöttischen Telleraugen, hochgezogenen Brauen und einem verächtlich gespitzten Munde bestand. »Nanu«, schien er in jedem seiner überheblichen Sätze zu sagen. »Nanu, nanu! Die Krüppel, die Lahmen, die Blinden — einer stolpert dem anderen nach. Jeder findet hier das gerade für ihn wirksame Wundermittel; er entdeckt hier sein eigentliches Gesicht, seine eigene Stimme. So behaupten die Leute. Ihr Berichterstatter ist kurzerhand in das Aller-heiligste eingedrungen und hat laut eine stattliche Reihe von Fragen gestellt. Dieser große, prächtige, bedeutungsschwere Vorhang wollte sich einfach nicht öffnen! Man konnte un-möglich hinter sein Geheimnis kommen. Ich weiß es; ich habe es versucht. Anscheinend ist der Samt über ein Stahldraht-netz gespannt, das nur durch elektrischen Impuls aufgeht; und die Herrschaften hatten den Strom abgeschaltet. Jeder-mann ist dort willkommen, nur ein Reporter nicht, zu des-sen Handwerk es gehört, Schwindel, Kitsch, Popularitätsha-scherei, Niveaulosigkeit und Angebertum zu entlarven. Wes-halb die Geistlichkeit gegen solche Dinge nicht Einspruch er-hebt, ist eine jener Fragen, die man sich immer wieder ver-wundert stellen muß.«

Die Farbaufnahmen waren indes außerordentlich hübsch gewesen, die abgebildeten Parkanlagen prächtig, die Wege gut gehalten, die Bäume in üppigem Wachstum. Keine Mau-ern oder Gitter schützten die vier Morgen Land; aber obwohl das Gebiet mitten in einem dichtbevölkerten Stadtteil lag, waren nie boshafte Sachbeschädigungen bekanntgeworden, nur einige über die Jahre verstreute Einbruchsversuche.

Den Reporter hatte besonders die Tatsache geärgert und mißtrauisch gemacht, daß man sich um Schenkungen weder bewarb noch solche annahm. Er ließ in seinen Bericht ein paar dunkle Andeutungen einfließen, die zu denken gaben. Der Gouverneur des Staates ordnete, nachdem er den Artikel gelesen hatte, eine »Untersuchung« an, obwohl er über die Stiftung des alten John genau Bescheid wußte, weil er selbst in einer stillen Nacht dort gewesen war. Aber, so rechtfertigte sich der Gouverneur, die Öffentlichkeit »fordere« eine solche Untersuchung; dabei übersah er, daß die »Forderung« nicht von der Stadt selbst und nicht einmal vom eigenen Staate ausging, sondern von Dörfern und Marktflecken und Städten in weit entfernten Teilen des Landes. Der Gouverneur fand »nichts zu beanstanden«. Es handle sich um einen ruhigen, friedlichen Zufluchtsort, wo man nachdenken konnte — so gab er bekannt.

Ein ruhiger, friedlicher Zufluchtsort! dachte Eugene Emory, während er Platz nahm. Genau das, was mir jetzt not tut.

85

Eine ruhige friedliche Örtlichkeit, die stark an eine Gruft erinnert! Und das dort sind meine Gefährten, diese stumpfsinnig wartenden Männer und Frauen. Er sah, daß sie sich, einer nach dem anderen, auf ein Glockenzeichen hin, schweigend und völlig beherrscht erhoben, die Eichentür öffneten und hinter ihr verschwanden. Das war alles. Mein Gott, was habe ich hier zu suchen? dachte Eugene Emory; und ihm fiel ein, was er morgen seiner Frau sagen mußte, und seinen Kindern.

Er war neunundvierzig Jahre alt. Sein ganzes Leben lang hatte er gearbeitet, schon in der Mittelschulzeit, schon während des Studiums auf der Universität seiner Heimatstadt. Sein Leben lang kannte er nichts als Arbeit. Früher hatte er das nie bedauert; erst vor einem Monat — oder waren es schon zwei Monate? — war er darüber ergrimmt, und sein Grimm hatte sich zur Wut gesteigert, zu solcher Wut, daß er zwei ganz leichte Prozesse verlor und der ihm wohlgesinnte Richter ihn besorgt ansah. Drei Tage darauf warf der Richter ihm einen strengen Blick zu und verwarnte ihn unter Androhung einer Strafe wegen Mißachtung des Gerichtes. Die Anwaltsfirma Emory, Dean & Hartford verlor damit Ansehen, durch ihn, den Begründer der Firma. Jack Dean, sein bester Freund, sagte ihm, er sehe krank aus und sei vielleicht übermüdet. »Ich fühle mich hundeelend«, gab er schließlich zu. »Wahrscheinlich brauche ich Urlaub. Habe seit acht Jahren nicht ausgespannt. Keine Zeit! Du solltest das doch wissen. Ich rede heute abend mit Emily. Vielleicht können wir uns etwas ausdenken, eine Kreuzfahrt von Hafen zu Hafen oder eine Europareise.«

Seine Frau hatte den Vorschlag freudig begrüßt, aber darauf bestanden, er müsse sich vorher vom Hausarzt gründlich untersuchen lassen. »Ich kenne den Mann kaum«, hatte er eingewandt. »Ich sehe nur seine Rechnung, das genügt mir. Was hast du denn vor? Willst du hier ein Spital aufziehen?« Aber Emily ließ sich nicht abwimmeln, und er ging wütend zum Arzt.

»Ich habe nur eine Stunde Zeit«, erklärte er sofort beim Betreten des Sprechzimmers. »Ich habe sehr viel zu tun, müssen Sie wissen. Wie geht's übrigens?« fügte er etwas verspä tet hinzu. War er diesem sachkundig tuenden, jungen Mann schon begegnet? Irgendwie kam er ihm bekannt vor. Vom Klub her? Von daheim her?

»Mir geht es gut. Aber Ihnen, glaube ich, nicht«, meinte der Doktor, während er das gespenstige Gesicht seines Patienten, die grauen Linien unter den lebhaften blauen Augen, die tiefen Furchen in der Mundgegend, die aschfarbenen, dünnen Lippen betrachtete. »Na, das werden wir bald herausbekommen.«

Abklopfen, Abhorchen, tiefes Einatmen, Kniebeugen, Herztöne, Harn- und Blutproben. Die Stunde war vergangen, ohne daß der Arzt fertig geworden wäre. »Ich muß fort«, drängte Eugene.

»Ja«, erwiderte der Arzt nachdenklich und ernst. »Aber um wirklich sicherzugehen, würde ich Sie bitten, Dr. Hampshire aufzusuchen, hier im gleichen Haus. Er ist Blutspezialist, wissen Sie. Ich möchte absolute Gewißheit haben.«

»Worüber?«

»Über meine Vermutung. Natürlich kann ich mich irren. Ich hoffe es. Wie lange ist es übrigens her, seit Sie diese Mandelentzündung hatten?«

»Zwei Monate. Wie haben Sie denn von dieser Unpäßlichkeit erfahren?« Eugene stutzte.

Der Arzt ging darauf nicht ein und fragte weiter: »Und Sie hatten auch Schwellungen in der Unterkiefergegend?«

»Ja! Was war das? Sepsis? Ich habe ein paar Penicillintabletten geschluckt, die Sie für eines der Kinder gebracht haben. Sagen Sie, muß ich denn unbedingt zu diesem Dr. Hampshire gehen?«

»Ja. Und zwar gleich. Sie können, wenn Sie wollen, von hier aus Ihre Kanzlei anrufen und mitteilen, daß Sie aufgehalten wurden. Und ich rufe Dr. Hampshire an.«

»Kann ich das nicht nächste Woche machen? Oder nach unserer Rückkehr von der Urlaubsreise?«

Der Doktor sagte nicht: »Wahrscheinlich werden Sie von der Urlaubsreise nicht mehr heimkommen«, sondern tat, als überlegte er den Vorschlag, und erklärte dann: »Nein. Es wäre mir persönlich lieber, wenn Sie es gleich erledigen. Emilys wegen. Sie sorgt sich schon wochenlang um Sie.«

Eine neue Überraschung! Also waren der Arzt und seine Frau auf Vornamenfuß? Und weshalb sorgte sich Emily? Allerdings hatte er in letzter Zeit plötzlich abgenommen und bekam Anfälle von Erschöpfung und Herzklopfen; und eines Tages hatte er sich nach dem Frühstück übergeben und ein bißchen Blut erbrochen. Magengeschwüre. Nun, das war die Kennmarke des Erfolgsmenschen, hieß es.

»Geschwüre?« fragte er den Arzt.

»Wie kommen Sie darauf?«

»Ach, nur so.« Wenn er von dem Blutbrechen erzählte, gab es bloß weitere Verzögerungen, Bariumbrei und Röntgen. Das kannte er alles. Der junge Hartford litt an Ulkus und hatte die Prozeduren anschaulich beschrieben.

»Ich bin nie im Leben krank gewesen, keinen Tag lang«, betonte Emory, während er sich ankleidete.

»Das ist erfreulich«, meinte der Arzt. Er wartete, bis er sicher sein konnte, daß sein Patient unterwegs zu Dr. Hampshire war, und rief dann den älteren Kollegen an.

»Eugene Emory«, sagte er. »Ich kenne ihn seit Jahren, aber er merkt sich die Leute kaum. Er ist hart im Nehmen, verträgt einen Stoß. Leukämie. Aber ich möchte sichergehen. Akut, fürchte ich.« Er machte einen schwachen Versuch zu lachen. »Trachten Sie, die Diagnose ›chronisch‹ herauszukriegen, nicht wahr, Ed? Dann können wir ihn vielleicht noch eine Zeitlang am Leben erhalten.«

Der Arzt dachte an alle in der Leukämie-Behandlung erzielten Fortschritte. Manchmal konnte man das Leben verlängern, sogar in solchen verheerend akuten Fällen. Aber es war ein Leben, völlig im Schatten eines Todesurteils. Natürlich, dachte der Doktor, leben wir alle im Schatten eines Todesurteils; solange wir jedoch nicht ständig daran gemahnt werden, können wir es vergessen. Leukämiekranke können es allerdings nie vergessen. Bei aller Einbildungskraft nicht.

Nach weniger als einer Stunde kam Eugene Emory zurück. Er setzte sich an den Schreibtisch des jungen Arztes, und in seinem Gesichte stand der Tod. Er sagte: »Ich glaube es nicht.«

»Sie müssen es glauben, Eugene. Wenn Sie Angelegenheiten zu ordnen haben ... Sie dürfen sich der Tatsache nicht verschließen, daß Ihre Lebensspanne knapp bemessen ist.

Sehr knapp sogar, fürchte ich.«

Emory sagte nichts. Er zündete sich mit blassen, dünnen Fingern eine Zigarette an. Er starrte über den Kopf des Arztes hinweg.

»Wir beginnen in dem Augenblick zu sterben, in dem wir gezeugt werden«, stellte der Doktor fest. »Früher oder später kommt der Tod. Ich kann heute abend unter den Rädern eines Autos sterben oder nächstes Jahr an einer Koronararthrombose oder morgen, indem ich diese verdammt steile Treppe in unserem Klub hinunterpurzle. Dem Tod können wir nicht entrinnen. Das einzig Schlimme daran ist, daß wir unsere Söhne und Töchter nicht schon in der ersten Kindheit mit dieser Tatsache so vertraut zu machen beginnen, daß sie mit ihr aufwachsen, regelmäßig an sie zu denken, sie als selbstverständlich empfinden und nicht als etwas Schreckliches oder als etwas, dem sie sich durch eine geheimnisvolle Glücksfügung entziehen können. Einem kleinen Kinde nicht reinen Wein einzuschenken über den Tod — der Teufel hole das sogenannte ›psychische Trauma‹! —, ist so ziemlich die größte Grausamkeit, die man dem Kinde antun kann. Ihm beschwichtigend vorzumachen, daß nur die sehr alten Leute sterben, heißt sich selbst zum Lügner stempeln; das Kind wird bald auf den wahren Sachverhalt kommen und den Lügner verachten. Kinder sind ja von Natur aus hart und elastisch; sie sind nicht zarte Pflänzchen, die man vor dem Leben schützen muß; sie nehmen die Tatsache des Todes leichter und natürlicher hin als wir. Mit jedem Jahr fällt uns das schwerer.«

Er fügte hinzu: »Der Tod gehört genau so zum Leben wie die Geburt.«

»Ich habe nie gelebt«, murmelte Eugene, als spräche er zu sich selbst. »Ich habe nie leben gelernt. Ich konnte nur arbeiten.« Er stand auf. »Wie lange?«

»Einen Monat, vielleicht. Wenn Sie Glück haben, möglicherweise zwei Monate. Länger keinesfalls.«

»Können Sie nichts dagegen unternehmen?«

»Verschiedenes. Aber in akuten Fällen nützen diese Sachen nicht viel; sie wirken hauptsächlich bei chronischen Zuständen. Was würden Sie dazu meinen, gleich heute ins Krankenhaus zu gehen — Bluttransfusionen, Bestrahlungen und so weiter?«

Emory überlegte. Sein Gesicht wurde jetzt noch gespenstiger. Er strich sich über das schütter gewordene Kopfhaar. »Wozu ist das gut?« erkundigte er sich.

»Nun, Sie würden sich vielleicht ein bißchen wohler fühlen . . .«

»Das ist alles? Und ansonsten einfach dort herumliegen und auf den Tod warten?«

»Ja.«

»Dann nicht. Ich will weitermachen, solange es geht. Damit erleichtere ich auch meiner Familie die Sache. Werde ich übrigens irgendwelche . . . Beschwerden haben?«

»Wahrscheinlich. Ich gebe Ihnen Schmerztabletten. Sie haben mir von Knochenschmerzen erzählt. Die können ärger werden, müssen aber nicht.« Der Arzt zögerte. »Wollen Sie nicht mit dem Geistlichen Ihrer Kirchengemeinde reden?«

»Ich kenne ihn nicht«, erklärte Eugene kurzweg. »Ich sehe ihn immer nur an Weihnachten und Ostern auf seiner Kanzel. Aber Emily und die Kinder kennen ihn gut.«

»Würden Sie nicht selber mit ihm darüber sprechen wollen?«

»Danke, nein. Ich krieche nicht zu . . . Sie wissen schon, was ich meine.«

Damals war in ihm eine wahrhaft rasende, aufbegehrende, hilflose Wut ausgebrochen; sie tobte doppelt schrecklich in einem Manne von seiner verhaltenen, beherrschten Wesensart, seinem logischen Denken, seinen praktischen Erfahrungen. Immer hatte er das Leben zu zähmen und zu lenken, Fährlichkeiten zu bekämpfen und zu überwinden oder abzuwenden verstanden. Er wußte, daß seine jüngeren Kollegen ihn das ›Elektronenhirn‹ nannten, und das hatte ihm Spaß gemacht. Er brauchte nur im Gerichtssaal zu erscheinen, behende und leichtfüßig, das Gesicht zu einer Miene der Zielstrebigkeit gestrafft, und schon sank dem Gegenanwalt der Mut. Emory verlor selten und nur in ganz verzweifelten Fällen einen Prozeß. Leben und Beruf hielt er fest in der Hand; sie waren bis in die Einzelheiten geordnet, liefen wie am Schnürchen ab. Er haßte alle Verschwommenheit. Oft sagte er: »Es gibt nichts Unvermeidliches.«

Nun stand er vor dem Unvermeidlichen. Seine Wut steigerte sich. Es war keine ängstliche, zitternde, kleinmütige Wut. Es war die Wut eines Menschen, der noch nicht gelebt hat und dem an der Schwelle zum Leben der Eingang verwehrt wird.

In den letzten beiden Jahren war ihm klargeworden, daß er Emily mehr Gesellschaft leisten mußte. Die Kinder waren jetzt fast erwachsen und auf dem Sprung, das Haus zu verlassen. Wenn ein Sohn oder eine Tochter zum Studium weggingen, kamen sie eigentlich nur mehr als Besucher heim. Eugene war nicht, wie man es anerkennend nannte, ein ›Arbeitsfanatiker‹. Geld hatte er nur verdienen wollen, um sich und seiner Familie einen angemessenen Zehrpfennig zu sichern; und so weit war es jetzt. Als nächstes sollten nun Vergnügen und Reisen und Muße kommen, für ihn und auch für Emily. Seine Frau hatte sich nicht einsam oder unglücklich oder vernachlässigt gefühlt. Sie wußte, wofür er so angestrengt arbeitete, und bewunderte ihn. Als er ihr vor einigen Tagen die Urlaubsreise vorgeschlagen hatte, war ihre Antwort gewesen: »Wirklich? Also, wunderbar! Da können wir jetzt anfangen, unser Leben zu genießen, nicht wahr, Liebling? Zu einer Zeit, wo wir noch jung und gesund sind.«

Stundenlang hatten sie in dieser Nacht Pläne für die Schiffsreise geschmiedet. Um ganz Südamerika herum. Abfahrt im Oktober, so daß ihnen zwei Monate zur Vorbereitung blieben. Das Mädel und der Junge waren dann schon im College. Rückkehr von der Kreuzfahrt erst knapp vor Weihnachten. »Und dann, im Februar, fahren wir nach Florida«, schlug Eugene vor. Er küßte seine hübsche Frau, deren dunkelbraunes Haar so glänzend und frisch war. »Es ist wahrlich nicht zu früh, daß wir zu leben anfangen! Aber wir haben alle Zeit der Welt vor uns. Ich werde gleich in der Kanzlei alles Nötige vorbereiten.« Jetzt hatte er gar keine Zeit mehr.

Einen Monat. Zwei Monate. Er sagte seiner Frau nichts. Er konnte sich so beherrschen, daß er, wenn sie von der Reise schwärmte und ihm neue bunte Prospekte zeigte, ein glaubhaftes, interessiertes Lächeln aufbrachte. Sie ließen sich

Paßbilder machen; sie besorgten sich Pässe. Eugene hatte nie eine sehr lebhafte Gesichtsfarbe gehabt; seine zunehmende Blässe bestärkte Emily nur in der Überzeugung, daß es mit der Urlaubsreise wirklich sehr eilte. Mager war er immer gewesen. Sie kaufte zusätzliche Vitamine für ihn und gab ihm vor dem Schlafengehen eine Tasse Chaudeau. Er ließ sie gewähren. Er konnte seine Rührung nur mit einem Blick oder einem Streicheln und einer raschen, verlegenen Umarmung bezeigen; aber sie wußte, wie sehr er sie liebte. Sie bemerkte nie die kleinen Tabletten, die er jetzt gelegentlich, wenn das körperliche Unbehagen übermächtig wurde, nahm; sie erfuhr nicht, daß er gelegentlich mit seinem Arzt ein Privatkrankenhaus aufsuchte, zu einer Blutübertragung, um ›sich vielleicht ein bißchen wohler zu fühlen‹. Sie glaubte, er schlafe in der Nacht. Manchmal, wenn er ein Mittel genommen hatte, schlief er wirklich.

Und dann stellte er eines Tages fest, daß zwei Wochen vergangen waren. Oder waren es drei? Wieder kamen Blutuntersuchungen. »Wir halten uns recht brav«, erklärte der Doktor.

»Eine Gnadenfrist?«

»Bei dieser verdammten Sache kann man nie etwas sagen.«

»Es wird nicht drei Minuten vor dem Hinrichtungstermin der Gouverneur anrufen?«

»Kaum. Haben Sie es Emily schon gesagt?«

»Nein. Ich will nicht, daß sie es erfährt. Erst in der allerletzten Stunde; vielleicht schon in der letzten.«

»Sie können einschlafen und nicht mehr aufwachen.«

»Um so besser für Emily.«

Er ging täglich in die Kanzlei, wie gewöhnlich. Wenn er sich dort dann und wann für ein bis zwei Stunden auf die Couch legte, machte man kein besonderes Aufheben davon. Er hatte seinen Teilhabern gesagt: »Bei mir ist so eine Art Blutarmut festgestellt worden. Ich bekomme Leberinjektionen. Nichts Ernstes, aber ich brauche viel Ruhe. Also, für Ende Oktober, da steht die Hadley-Causa an; und ich werde nicht hier sein.«

Ich werde nicht hier sein ...

Manchmal dachte er an Selbstmord, in einer Form, die als

Unfall erscheinen würde, Emilys wegen. Aber er war Anwalt und wußte, wie die Versicherungsgesellschaften in solchen Fällen herumschnüffelten. Auch mit der Polizei mußte man rechnen.

Er fand keine Zuflucht. Er hatte keine Liebhabereien und wenig Freunde. Er versuchte zu lesen; das war immer sein größtes Vergnügen gewesen. Aber er ertappte sich dabei, daß er, ohne es zu merken, fünf oder zehn Minuten lang blind eine Seite anstarrte. Emily war damit beschäftigt, ihre Garderobe vorzubereiten. Manchmal legte sie ein elegantes Kleid an und wollte von ihm bewundert werden. Dann nahm er ihre Hand, küßte sie rasch und ließ sie ebenso rasch wieder los. O Gott! rief er bei sich selbst; aber der Seufzer war eher ein Fluch.

Ein weniger beherrschter Mann wäre zusammengebrochen. Es fehlte nicht viel dazu, als Emily darauf drängte, er sollte sich einen Reiseanzug besorgen. »Besonders gut gefällt mir dieser dunkelblaue Köper«, meinte sie. Er tat ihr den Willen. Fast hätte er in seiner verzweifelten Wut gesagt: ›Leg mich in dem Anzug ins Grab!‹

Er versuchte — in dieser Beziehung hatte er bisher immer Maß gehalten —, stärker zu trinken. Aber er vertrug nicht mehr als zwei Gläschen; dann wurde ihm übel, und er fürchtete, erbrechen zu müssen und einen tödlichen Blutsturz hervorzurufen. Vier Wochen. Er lebte noch immer.

»Wir halten uns recht brav«, sagte wiederum der Doktor.

»Wie lange noch?«

Der Arzt antwortete nicht.

Dann las Emory von einem Hämatologen in einer anderen Stadt, der glänzende Erfolge bei der Lebensverlängerung von Leukämie-Opfern erziele. Er sagte seiner Frau, er müsse eine kleine Reise machen. »Mittwoch bin ich wieder zurück«, versprach er.

Er hatte den Spezialisten aufgesucht. Der Mann konnte ihm keine Hoffnung geben. Er mußte sterben. Er konnte jetzt jeden Tag sterben. Er dachte an Emily, die in ihrem hübschen Stadtrandhause auf ihn wartete. Er kam von Kräften. Er mußte es ihr sagen, sie vorbereiten. Bis zum Abflug der Maschine, die ihn heimbringen sollte, machte er in der Augustsonne einen kleinen Spaziergang durch die fremde Stadt, in der John Godfrey seinen Marmortempel errichtet hatte.

Emory blieb stehen, betrachtete den Park, sah dann das Gebäude und erinnerte sich an die Geschichte, die er vor einiger Zeit gelesen hatte. Seine blutleeren Lippen bebten vor Widerstreben. Aber gegen seinen Willen schritt er einen der gewundenen roten Kiespfade empor. Und dann saß er in dem Warteraum, zusammen mit diesen gleichmütigen, farblosen Leuten. Worauf wartete er? Der Spezialist hatte ihm empfohlen, sich hier auszusprechen; ihm war dieser Rat fast augenblicklich entfallen. Aber unbewußt mußte es ihn hergezogen haben.

Wenn ich so etwas tun kann, dachte er bei sich, dann steht es um meinen Verstand schon ziemlich schlecht.

Jetzt nickte er öfter für kurze Zeit ein. Plötzlich hörte er ein Glockenzeichen und fuhr aus seinem Dösen. Er war nun der einzige in dem Raum und wußte, daß die Reihe an ihn gekommen war . . . ›Der Zuhörer‹! Eugene stand auf, wandte den Blick zur Ausgangstür und tat einen Schritt auf sie zu. Dann hielt er inne. Zu verlieren hatte er ja nichts. Und vielleicht fand er ein bißchen Aufheiterung.

Er betrat den weißen Raum mit dem Marmorsessel und der verhangenen Nische. Was? dachte er. Keine Kristallkugel? Kein Idol? Keine mystischen Beleuchtungseffekte und verschwebenden Posaunenklänge? Und weshalb diese Fülle von Licht? Befürchtete man gar nicht, der ganze Schwindel könnte entlarvt werden?

Er hatte keinen Brief eingeworfen. Das hätte nur Anhaltspunkte geboten für den Bescheid der ›Geister‹, der dann in gebührlich gedämpftem Tone verkündet werden konnte.

»An Spiritismus«, sagte er zu der verhangenen Nische, »glaube ich nicht. Auch an ein Leben nach dem Tode nicht. Ich werde bald sterben und weiß, daß ich dann endgültig, gänzlich tot sein werde.«

Er setzte sich nicht. Er ging, die Hände in den Taschen, in dem strahlend weißen Raume auf und ab, wie er es im Gerichtssaal bei seinen Plädoyers zu tun pflegte.

»Ich weiß nicht, wer Sie sind, dort hinter den Vorhängen«, fuhr er fort. »Im übrigen ist es mir gleichgültig. Ein Arzt, ein Geistlicher, ein Psychotherapeut. Keiner davon kann jetzt noch etwas für mich tun. Ich muß bald sterben. Vielleicht heute, oder morgen. Bestimmt aber innerhalb eines Monats. Ich verstehe nicht, wozu ich hergekommen bin. Alle meine Angelegenheiten sind geordnet . . .«

Er unterbrach sich, machte eine plötzliche Wendung und starrte die Vorhänge an. »Was sagten Sie?« fragte er. Spielten ihm jetzt seine Sinne einen Schabernack? Er meinte gehört zu haben: »Wirklich?«

»Alle meine Angelegenheiten sind geordnet«, wiederholte er.

Draußen war ein heißer Augusttag. Aber hier schien es so erfrischend wie in einem Garten mit Springbrunnen. Man konnte seine Zeit ebensogut hier verbringen wie anderswo. Oder man konnte in den Park hinausgehen. Ungeachtet seiner eisigen Qual hatte Emory bemerkt, daß die Anlagen schön gepflegt und die Bäume trotz der Augusthitze auffallend üppig begrünt waren. Die Wege wurden offenbar mindestens einmal im Tag gründlich geharkt und führten manchmal durch eine Art Laubengang voll einladender Kühle. An solchen Gärten hätte Emily ihre Freude. Aber ehe die ersten Blätter von den Bäumen dort draußen fielen, war er . . . war er tot. Er sollte keine Gelegenheit mehr finden, seiner Frau diese Gärten zu zeigen; auch keine anderen Gärten übrigens, wo immer auf dieser Erde.

»Wenn ich überhaupt ein Hobby gehabt habe«, sprach er seine Gedanken laut aus, »so bestand es darin, Emily zu Hause bei der Gartenarbeit zu helfen. Vor allem an Sonntagnachmittagen. Ich habe immer ihren glänzenden Einfall bewundert, am Ende der Rasenfläche einen mächtigen Blickfang zu schaffen — aus hohen, schattigen Zypressen, mit einer Steinbank davor. Dorthin gingen wir miteinander, um uns auszuruhen, um zu trinken und zu rauchen. Manchmal, wenn es zum Schlafen zu heiß war, setzten wir uns abends dorthin und genossen die Kühle. Und jetzt taucht in mir das Bild eines anderen Gartens auf; aber ich kann es nicht einordnen. Ich sehe einen Garten vor mir mit Zypressen, im Mondlicht, und einen großen, flachen Stein . . . Ich glaube, im Hintergrund waren menschliche Gestalten, schlafend . . .

Und jemand . . .« Er schüttelte den Kopf. »Ich war damal noch ein Kind. Ich muß das Bild in irgendeinem Buch ge sehen haben.«

Plötzlich krampfte sich ihm das Herz zusammen, wie von einem plötzlichen Schreck oder Schlag, und er legte die Han auf die Brust. Sein logischer Verstand sagte ihm bald, da es sich diesmal nicht um ein körperliches Symptom handelte sondern um eine Gefühlsaufwallung. Er konnte sich nich entsinnen, je etwas derartiges verspürt zu haben. Es war wi Schmerz um jemanden, den man innig geliebt, mit dem ma sich innig verstanden hatte und der entschwunden war. Deut lich spürte er einen bitteren Geschmack auf der Zunge. Traue lastete ihm wie Übelkeit schwer im Körper.

»Na, was ist denn los?« stammelte er. Nach einer Weil begann er wieder auf und ab zu schreiten. »Ich versteh wirklich nicht, weshalb ich gekommen bin . . . Also, ich bi neunundvierzig Jahre alt, verheiratet, ein erfolgreicher An walt. Ich habe zwei nette Kinder, eine Frau, die mich liebt und Geld und ein hübsches Haus. Aber jetzt muß ich ster ben. Ich habe Leukämie.

Warum läßt man uns während des ganzen Lebens imme nur für das Leben rüsten und nie für den Tod? Warum ver meiden wir es, an den Tod auch nur zu denken? Unsere Freun de, Eltern, Ehepartner, Kinder reden nie vom Sterben. De Tod ist irgendwie anstößig, etwas, worüber man in guter Ge sellschaft nicht spricht. Und dabei streicht er immerfort um uns herum. Vielleicht würde ich jetzt nicht so reagieren – mit dieser verbissenen Wut –, wenn man mir von Kind au beigebracht hätte, daß der Tod allgegenwärtig ist. Als Man erfuhr ich es natürlich; aber wie alle jungen Leute war ich gegen seinen Anblick emsig abgeschirmt worden. Nicht einma meinen verstorbenen Vater durfte ich als achtjähriger Knab in seinem Sarge sehen.

Immer wieder starben Menschen in unserer Umgebung aber wir vertuschten es wie ein schreckliches Ärgernis. Wen meine Kinder Fragen darüber stellten, grinste ich sie an un tätschelte sie tröstend. War ich ein Tölpel! Ich hätte ihne sagen sollen: ›Ihr seid zur Welt gekommen, und darum könnt ihr jederzeit sterben.‹«

Er unterbrach sich und blickte herausfordernd auf die Vorhänge. »Die Kinderpsychologen würden das nicht billigen. Die kleinen Erdenbürger darf man nie einem ›Schock‹ aussetzen. Man muß sie beschützen, bis sie erwachsen sind. Und dann werden sie plötzlich aus der Kinderstube geschoben, nicht nur auf das Leben unvorbereitet, sondern vor allem auch auf den Tod. Nun, ich will meine Erfahrung zu etwas Gutem wenden. Ich werde morgen meinen Sohn und meine Tochter zu mir rufen und ihnen sagen: ›Ich muß sehr bald sterben. Betrachtet mich genau und prägt euch ein, wie ein Sterbender aussieht! Merkt euch: er haßt den Tod und fürchtet ihn und ist wütend über ihn. Das Sterben ist eine häßliche Sache. Auch an euch wird es herantreten, früher oder später. Der Tod ist nicht glorreich und schön und regt nicht zu hochgeistigen Gedanken an. Er ist abscheulich und das Ende; nach ihm ist nichts mehr, nur Dunkel und Stille, kein Denken oder Lachen oder Wirken mehr. Bereitet euch auf ihn vor und findet euch mit ihm ab! Ihr habt keine andere Wahl.‹«

Er ballte die eine Hand zur Faust und schlug damit heftig auf die Fläche der anderen Hand. »Keine Wahl! Schon bei der Geburt haben wir keine Wahl. Wir leben, ohne einen Grund dafür zu erkennen. Und wir sterben ebenso unwissend, wie wir es am Tage der Geburt waren. Aber wenn wir uns mit dieser Tatsache abfinden, sobald wir gehen und sprechen gelernt haben, verliert sie einiges von ihrem Schrecken. Meinen Sie nicht auch?«

Er hatte die Empfindung, in dem Raum habe sich etwas bewegt, ein Licht sei aufgeflammt und es sei heller geworden. Er schüttelte den Kopf, erst unwillig, dann verwundert.

»Ich bin nicht gesprächig, außer im Gerichtssaal. Warum rede ich so lange zu Ihnen, zu einem fremden Mann in einer fremden Stadt? Ich habe Ihnen nicht einmal meinen Namen genannt und gedenke es nicht zu tun. Ich bin nichts für Sie, weniger als nichts. Ich muß ja bald sterben und kann den Gedanken daran nicht ertragen. Denn gerade in dem Augenblick, wo ich es mir leisten könnte, zu leben und das Leben kennenzulernen, wird es mir genommen. Aber weshalb erzähle ich Ihnen das alles?«

Er wartete. Keine Antwort kam. »Ich muß sagen«, bemerkte er dann fast freundlich, »es ist verdammt nett von Ihnen, hinter diesem Vorhang zu sitzen und jeden wildfremden Menschen anzuhören, der das Bedürfnis hat, hereinzukommen und Ihnen von seinen kleinen Schmerzen vorzujammern. Ich höre in meinem Beruf auch zu; aber ich kriege wenigstens gezahlt dafür!« Er lachte. »Dabei setze ich natürlich voraus, daß Sie es aus Menschenfreundlichkeit tun.«

Er hörte keine Regung, kein Atmen. Er schritt zu den Vorhängen, besah sie neugierig und las das Täfelchen beim Druckknopf. »Na, ich werde bestimmt nicht den Knopf betätigen und in Ihr Geheimnis eindringen«, erklärte er. »Übrigens würde ich nur verlegen werden dabei. Ich bleibe lieber gestaltlos für Sie, wie Sie es für mich sind.«

Er schritt wieder auf und ab. »Ich weiß nicht, ob Sie alt sind oder jung. Aber, du lieber Gott, können Sie sich vorstellen, wie einem zum Tode Verurteilten zumute ist? Einem endgültig, ohne Hoffnung auf eine höhere Instanz, überhaupt ohne jede Hoffnung, zum Tode Verurteilten? Nein, das können Sie nicht. Mein Verstand nimmt die Tatsache zur Kenntnis; aber etwas in mir weigert sich, sie wahrzuhaben, weist sie von sich, als handelte es sich um eine Lüge, eine Entstellung der Wahrheit, den schwärzesten, je von einem Menschen ausgedachten Betrug. Das ist es, was ich nicht begreifen kann. Ich sage mir: ›Du mußt sterben. In sehr kurzer Frist wirst du tot und begraben sein. Und damit ist alles zu Ende, Hoffnung, Liebe, Leben. Und Licht.‹ Aber dann widerspricht in meinem Innern etwas — so zornig, als wäre es ein zweites Ich, das nicht Vernunft annehmen will. Wenn alles in mir auf Hinnahme gestimmt wäre, könnte ich mich friedsamer fühlen, ergebener. Aber etwas will sich nicht mit der unwiderleglichen Tatsache abfinden, daß ich bald tot sein werde und es dann mit mir vorbei ist.«

»Offenbar«, fügte er nachdenklich hinzu, »äußert sich da, allen Gegebenheiten zum Trotz, der vielberufene Lebenswille. Anders kann es gar nicht sein.«

Er ging umher, und jeder seiner Schritte weckte ein Echo. Er war sehr müde. Seine Knochen schmerzten, und er spürte, daß sein Leben versickerte, Tropfen um Tropfen, wie innere Tränen.

»Wenn man das nur irgendwie abwenden, anhalten könnte!« rief er. »Wenn ich dem nur nicht ins Auge blicken müßte! Wenn das nur von mir genommen werden könnte!«

Wieder traf etwas sein Herz, wie ein Schreck oder Schlag, noch heftiger diesmal. Dieses Etwas schien zu tönen, sich widerhallend auszubreiten, so daß es seinen Körper durchdrang, als hätte eine laute Stimme gesprochen. Und dann sah er plötzlich, ohne irgendwelchen Grund, das Gartenbild seiner Kinderzeit vor sich, einen Farbdruck: schwarze Zypressen im Lichte einer halbverschleierten Mondscheibe, ein dunkler Rasenfleck, ein Stein, in Mäntel gehüllte schlafende Männer. Und jemand neben dem Stein — auf den Knien? Seine Gedanken verwirrten sich.

»Wenn ich nur nicht gerade jetzt sterben müßte«, murmelte er. »Wenn nur . . . dieser Kelch . . . von meinen Lippen . . . genommen werden könnte.«

Er war stehengeblieben und stand sehr still, ja starr, da. Er versuchte, sich etwas ins Gedächtnis zurückzurufen. Sein Bemühen war so stark, lenkte sich so ganz auf einen einzigen Punkt, daß ihm der Schweiß ausbrach, in unerträglicher Pein und Kümmernis und Furcht.

»Ich habe Angst«, flüsterte er dem Vorhang zu. »Ich bin nur ein Mensch, und ich habe Angst. Nicht eigentlich vor dem Tode, sondern vor der Qual des Sterbens, vor dem Todeskampf. Nachher ist ja . . . Können Sie mir das nachfühlen, diese Furcht, diese Auflehnung gegen den Tod, diese Hoffnung, am Leben zu bleiben, während man weiß, daß man sterben muß? Aber nein, wie könnten Sie das nachfühlen? Dazu müßten Sie es selbst erlebt haben.«

Er hatte nicht die Absicht, nochmals ganz an die Nische heranzutreten oder den Knopf zu drücken. Aber unwillkürlich tat er rasch einige Schritte, und seine Hand streckte sich aus.

Gleich wichen die Vorhänge zur Seite, und starkes Licht ergoß sich in den Raum. Eugene prallte zurück und blickte hin. Und blickte wieder hin. Und konnte den Blick nicht mehr abwenden.

Dann seufzte er. Und in ihm war kein Schmerz mehr, keine Furcht, kein Entsetzen, keine Verbitterung, keine Verzweiflung. Nur Friede und ein Gefühl sich mildernden Grams.

»Ja, ja, natürlich«, sagte er mit leiser Stimme. »Du weißt allerdings, wie es ist: die Auflehnung gegen den Tod; die Hoffnung, ihn nicht auf sich nehmen zu müssen — und das Todesurteil. Die Einsamkeit des Sterbens. Das Grauen des Sterbens.

Ja, natürlich. Jetzt entsinne ich mich genau des Gartenbildes. Du knietest, und Deine Gefährten, von denen du gehofft hattest, sie würden für Dich beten, schliefen. Sie haben vor Deinem Tod die Augen verschlossen, wie wir alle vor dem Sterben unserer Nächsten die Augen verschließen. Sie haben die Wirklichkeit Deines Todes verleugnet, indem sie einschliefen.

Ich bin schrecklich zerknirscht. Seit meiner Kindheit habe ich nicht mehr an Dich gedacht, nicht ehrlich und in den Tiefen der Seele an Dich gedacht. Es gab zu viel Arbeit. Arbeit! Als wäre Arbeit ein Zweck an sich, als hätten wir alle Zeit der Welt, um zu leben und zu arbeiten. Alle Zeit der Welt. Fast gar keine Zeit haben wir, nicht wahr? Nur gerade so viel, um zu erkennen, wozu wir geboren wurden und was wir hier tun müssen, und um uns auf unser Scheiden vorzubereiten. Das habe ich vergessen. In einem Gewirr von Arbeit, das mir die Erkenntnis verschloß, was auf dieser Erde allein von dauerndem Wert ist. Welche Zeitvergeudung! Wie habe ich meine Zeit verschwendet!

Ich weiß, Du hörst mich an. Du hast mich hierhergeführt. Gib mir noch ein wenig Zeit, drei oder vier Wochen! Damit ich meinen Kindern sagen kann, was ich jetzt wirklich erkannt habe. Damit ich meine Frau trösten und ihr eine echte Wahrheit offenbaren kann: daß es keinen Tod gibt.«

Er trat näher zu dem Mann, der ihn so durchdringend ansah. Und er lächelte. »Jene Wahrheit, die einzige große Wahrheit, die wir besitzen: daß es keinen Tod gibt.«

Er hatte in seinem Leben wenige unwillkürliche Gesten gemacht. Er zögerte. Dann bückte er sich unbeholfen und küßte die Füße des Mannes. »Ich habe alle Zeit der Welt«, sagte er. »Ich habe die Ewigkeit.«

IX

Der Gottgeweihte

Nicht ihr habt Mich erwählt, sondern Ich habe euch er-
wählt und euch dazu bestimmt, daß ihr hingehet und
Frucht bringt ...   Jo 15, 16

Agnes Pirotti betrat den Warteraum mit dem schüchternen
und zugleich auftrumpfenden Gehaben eines Menschen, der
einen großen Bekanntenkreis hat, eine Begegnung teils fürchtet, teils wünscht und über ihr Ausbleiben zwar gekränkt,
aber erleichtert ist. Sie war wohlgenährt, untersetzt und
rosig, mit krausem Schwarzhaar unter dem Nerzhut, und ihre
rundliche Gestalt bauschte den modischen Nerzmantel. Sie
hatte große und lebhafte graue Augen, feine, einem vollen
Gesicht aufgeprägte Züge und einen ausdrucksvollen dun-
kelroten Mund. Ihre vierundfünfzig Jahre hätte man ihr nicht
angesehen. Sie verbreitete eine Atmosphäre robuster, herzli-
cher Lebensfreude, wie jemand, der jeden Augenblick seines
Daseins genießt und jede Sekunde auskostet wie eine wohl-
schmeckende, üppige, noch dazu selbst zubereitete Speise.

Dieser Vergleich war bei ihr sehr angebracht; denn sie und
ihr innig geliebter Gatte besaßen und führten persönlich eines
der stadtbesten Restaurants, wo nur die erlesensten italienischen Gerichte aufgetragen wurden. Giuseppe hatte bei einem
berühmten Küchenchef in Rom gelernt. Als sie heirateten,
war er zweiundzwanzig und Agnes, die Tochter eines Bilder-
restaurators, erst siebzehn gewesen. Er war eines von acht
wohlgeratenen Geschwistern; sie stammte aus einer ebenso
kinderreichen gutbürgerlichen und liebevollen Familie.

Nach Amerika waren sie nicht gekommen, um sich Glücks-
güter zu schaffen — Giuseppe hätte mit einem enormen Gehalt im Exzelsior in Rom bleiben können —, sondern einfach
aus Abenteuerlust. Sie hatten sich in dieser großen Stadt an-
sässig gemacht, wo schon Vettern mit vielköpfigen Familien
und Tanten und Onkel und Nichten und Neffen wohnten. Von
Anfang an hatten sie Erfolg gehabt. Tischbestellungen in ihrem noblen, aber gemütlichen Restaurant mußten spätestens

achtundvierzig Stunden vorher aufgegeben werden; manchmal, in Festzeiten, mußten Gäste eine Woche lang warten. Die Kellereien mit den italienischen und französischen Weinen waren berühmt. Wenn Giuseppe auswärts weilte, konnte man bestimmt Agnes erreichen; und meist waren sie beide anwesend. Sie überwachten alles sorgfältig. Ihre Küchenräume waren wiederholt für große Zeitschriften fotografiert worden. »Dinner bei Giuseppe«. war ein Spitzenlokal. Alle Speisen wurden frisch zubereitet; nie wurde etwas hastig aufgetragen. »Wenn Sie nicht mindestens zwei Stunden bei uns verbringen können«, war höflich im Kopf der Speisekarten gedruckt, »vermögen wir Sie nicht gut zu bedienen.«

Ein Tisch wurde allerdings immer frei gehalten, für die Geistlichen, die zum Essen kommen mochten. Und das, dachte Agnes Pirotti nun mit Bitterkeit, hatte wahrscheinlich all das böse Unheil heraufbeschworen. Oh, der kleine Joe!

Jetzt gab es in ihrem Restaurant keinen für Geistliche reservierten Tisch mehr. Agnes, die liebende, gehorsame Gattin, hatte die erste und schreckliche Auseinandersetzung mit ihrem Mann gehabt; und sie war Siegerin geblieben. Die Geistlichen zeigten einfühlsames Verständnis; sie besuchten »Dinner bei Giuseppe« nicht mehr. Es war ihnen peinlich, wegen Agnes.

Hier im Warteraum kannte sie niemand. Aber schließlich kamen die Trostsuchenden entweder von auswärts, oder es waren Leute, die sich ihr Restaurant, wo das billigste Gericht — à la carte! — vier Dollar kostete, nicht leisten konnten. Sie setzte sich widerstrebend hin. Tat sie etwas Sündhaftes? Dann schüttelte sie den hübschen Kopf. Damit hatte es gute Weile! Ja, wirklich, gute Weile!

Agnes stammte aus einer arbeitsamen Familie — lauter fleißige Leute. Immer trug sie ihr Strickzeug bei sich. Sie öffnete die große Handtasche und zog einen halbfertigen Pullover aus feinster schwarzer Wolle hervor. Sie blickte das Kleidungsstück an, und ihre Augen füllten sich mit Tränen. Sie preßte die Lippen aneinander, schob die Arbeit wieder in die Handtasche und starrte finster vor sich hin, heftig bemüht, das zornige Zucken ihrer Lippen und ihren Kummer zu beherrschen.

Nacheinander, auf ein Glockenzeichen, erhoben die Anwesenden sich schweigend und betraten den nächsten Raum. Agnes sah ihnen nach; sie war die letzte. Sie warf einen Blick auf ihre brillantenbesetzte Uhr; in weniger als zwei Stunden mußte sie wieder im Restaurant sein. Ungeduldig wetzte sie hin und her. Dann ertönte das Glockenzeichen für sie. Sie stand auf, reckte ihre gedrungene Gestalt so hoch wie möglich und stelzte in den weißen Marmorraum, wo das Licht mild auf sie herabflutete.

Also, eine Kirche war es jedenfalls nicht! Entschlossen setzte Agnes sich in den Sessel und musterte die Vorhänge. Wer war dort dahinter? Niemand wußte es. Ein Priester? Hoffentlich! Sie konnte nicht Gelegenheiten genug finden, den Geistlichen ihre Meinung zu sagen. Kühl fragte sie: »Sind Sie ein Priester?«

Sie wartete. Dann fügte sie hinzu: »In diesem Falle hätte ich wohl besser nicht kommen sollen. Auf die Geistlichen bin ich nämlich sehr schlecht zu sprechen, Hochwürden. Das möchte ich klarstellen.«

Sie hatte eine klangvolle, frauenhafte Stimme, mit dem musikalischen Tonfall ihres Volkes. In Italien hatte sie in einer Klosterschule mehrere Sprachen gelernt, und konnte gut Englisch.

»Ich bin Mrs. Giuseppe Pirotti«, stellte sie sich vor. »Wir sind Eigentümer des besten Restaurants in der Stadt.« Sie hielt inne. »Und wenn Sie, wie ich vermute, Priester sind, so haben Sie bestimmt von dem Lokal gehört. Früher haben wir immer einen Tisch für die Geistlichkeit reserviert. Aber damit ist es vorbei! Ich wünsche mit Geistlichen nichts mehr zu tun zu haben, weder gesellschaftlich noch geschäftlich; übrigens haben wir von ihnen nie Bezahlung verlangt, nicht einmal vom Bischof selber. Wenn Giuseppe über meinen Entschluß unglücklich ist, so kann ich ihm nicht helfen. Ich bin es nicht!«

Wieder schossen ihr Tränen in die Augen. Aber sie hielt den Kopf sehr hoch und beherrschte ihre Mundwinkel.

»Als wir heirateten, war Giuseppe zweiundzwanzig Jahre alt, und ich siebzehn. Falls Sie amerikanischer Geistlicher sind, wissen Sie wahrscheinlich nicht recht, was für uns Italiener Kinder bedeuten. Einmal habe ich den Ausspruch gehört, Italien sei ein Paradies für Kinder, Paris eines für Frauen, und England eines für Pferde. Mir kommt vor, Amerika ist ein Paradies für Filmschauspielerinnen und Baseball-Spieler, und sonst nichts.

Oh, man macht hier einen großen Rummel um die Kinder! Ich bin, nebenbei erwähnt, Amerikanerin, darf also Kritik üben. In diesem Lande wird den Kindern alles geboten! Die herrlichsten Schulpaläste, Erholung, Parks, Milch, Vitamine, Unterhaltungen, Kleider. Man kann keine Illustrierte, kein Buch, keine Zeitung aufschlagen, ohne auf einen Artikel oder eine Geschichte über Kinder zu stoßen. Die großen Jungen und Mädel, die Teenager, wie man sie hier nennt, beherrschen das Land. Kein Wunder, daß es überall von unbotmäßigen, ungezogenen jungen Leuten wimmelt, die sich einfach zu Tode langweilen. Ja, zu Tode langweilen. Sie haben »Sicherheit«; und so gibt es für sie kein Abenteuer, keine Gefahr, nichts Erregendes, nichts Unbekanntes. Kein Wunder, daß sie sich immer in die Nesseln setzen und sehr, sehr jung heiraten und sich dann scheiden lassen! Du lieber Gott, mit achtzehn geben sie sich noch als Kinder und haben kindische Wünsche! Sie wehren sich dagegen, erwachsen zu werden, mögen sie sich noch so sehr langweilen in ihren keimfreien Kinderzimmern, von Eltern und Lehrern und Ärzten umgakkert wie Riesenküken von den Hennen.

Wissen Sie, was mir kürzlich passiert ist? Eine sehr feine Familie, Ehepaar mit einem einzigen Kind, einem dreizehnjährigen Mädchen, kommt jeden Samstag zum Abendessen in unser Lokal. Ein hübsches Mädel, diese Margaret. Kindlich an Jahren, aber nicht an Wuchs! In ihren sündteuren Ballettschuhen mißt sie fast eindreiviertel Meter, und dick ist sie auch. Schwabbliges Babyfett, und das mit dreizehn Jahren! Wir können die Eltern gut leiden, und wir fürchteten, sie als Gäste — an den Feiertagen gaben sie große Gesellschaften in unseren Extrazimmern — zu verlieren, wenn wir es rundweg ablehnten, Margaret Wein vorzusetzen. So verlangt es die Vorschrift, das wissen Sie ja. In Italien allerdings trinken viel jüngere Kinder regelmäßig Wein, und es hat ihnen nie geschadet. Ich persönlich halte nicht viel von diesem Milchfimmel, muß ich Ihnen gestehen.

Ich sagte zu den Eltern: ›Wir können unsere Lizenz verlieren, wenn wir Ihrer Tochter Wein vorsetzen. Und bitte, geben Sie dem Mädel auch nicht von Ihrem Wein! So ist es Gesetz.‹ Aber Margaret hat mir einen bösen Blick zugeworfen und erklärt: ›Was Recht und Gesetz ist, entscheiden wir jungen Leute, und sonst niemand.‹ Ich dachte, sie scherzt. Und dann sah ich ihre Eltern an, und sie bekreuzten sich fast vor Ehrfurcht! Wirklich! Sie haben das Riesenbaby angeblickt, als hätte es eben den Rosenkranz zu beten begonnen!«

Agnes schnob vor tiefer Verachtung. »Aber das war noch nicht das Ärgste. Ich wollte das miesepetrige freche Ding besänftigen. Ich sagte: ›Mein Gott, du wirst bald erwachsen sein, Margaret! Du bist ja jetzt schon fast eine junge Dame. In fünf oder sechs Jahren kannst du ans Heiraten denken.‹

Also, was war daran Schlechtes? Nichts. Aber wenn ich auf sie mit Faustschlägen oder Fußtritten losgegangen wäre, hätte sie kein entsetzteres und bestürzteres Gesicht machen können! Ganz im Ernst. Sie hat mich angeglotzt, als wäre ich übergeschnappt. Dann hat sie geschrien: ›Das ist eine Lüge! Ich werde immer ein Kind bleiben! Jeder weiß, daß die Welt voll großer Menschen und kleiner Menschen ist. Ich werde immer zu den kleinen gehören! Ich werde niemals erwachsen sein! So eine Verleumdung!‹«

»Also«, fuhr Agnes mit vor Empörung hochroten Wangen fort, »wenn das Mädel dumm gewesen wäre oder eines dieser armen zurückgebliebenen Kinder, hätte ich es verstanden. Aber Margaret ist aufgeweckt und Vorzugsschülerin. Ich traute meinen Ohren nicht. Ich sah ihre Eltern an. Aber die Mutter legte den Arm um Margaret — das junge Ding war wirklich ganz entgeistert! — und sagte tröstend: ›Natürlich wirst du immer ein kleines Mädel bleiben, Liebling. Unser kleines Herzblättchen.‹ Und mich hat sie angestarrt und angefahren: ›Wie konnten Sie ein kleines Kind so kränken, Agnes? Damit können Sie ihre Psyche schädigen.‹

Also, Hochwürden, ich koche leicht über. Ich habe das Mordsmädel angeschaut, das allen Ernstes glaubt, sein ganzes Leben lang ein Kind bleiben zu können, und ich habe die albernen Eltern angeschaut. Dann sagte ich sehr schnippisch: Mrs. Knott, mit der ›Psyche‹ dieses Mädels kenne ich mich nicht aus; aber wenn jemand sie schädigt, dann sind Sie es! Margaret ist kein Kind mehr; sie ist kein Nestküken. Es ist Zeit, daß man sie darüber aufklärt.‹ Und ich bin davongesegelt und habe die Galle hinuntergeschluckt; und es war mein sehnlichster Wunsch, die Leute sollten nicht wiederkommen. Ich hätte es kaum länger mit ansehen können, wie eine junge Person derart behandelt wird, zum Schaden ihrer unsterblichen Seele. Vor Ärger hab ich so ein Sodbrennen bekommen, daß ich Natron nehmen mußte.«

Agnes rückte in ihrem Sessel hin und her. »Etwas ist mir klargeworden. Alles Verhätscheln und Getue und Gepiepe und Geflatter um die Kinder herum beweist nur eines: die amerikanischen Eltern lieben ihre Kinder nicht. Vielleicht hassen sie sie sogar. Ist das nicht schrecklich? Sie hassen ihre Kinder! Sonst würden sie sie doch einfach als Familienmitglieder ansehen, mit Pflichten und Verantwortungen der Familie gegenüber, und sie in ruhiger Gelassenheit, frei von dieser ganzen Verkrampfung und Ängstlichkeit, lieben und sie, auch ohne Belehrungen oder ›Warnungen‹ in Büchern und Zeitungen, mit Gerechtigkeitssinn zu behandeln wissen. Dazu brauchen sie nicht Bücher zu lesen oder Zeit mit Vorträgen zu verlieren! Sie müßten bloß natürlich und folgerichtig sein und sich Gehorsam verschaffen und die Kinder, ob sie es nun wollen oder nicht, zum Kirchgang anhalten und jeden Abend mit ihnen beten und ihnen nach der Schule zu Hause Arbeit geben. Wer seinen Kindern wirklich zugetan ist, bringt ihnen Verantwortungsgefühl anderen Menschen gegenüber bei und Ehrfurcht und Gottesfurcht und Liebe zu Gott und Liebe zur Familie und Achtung vor den Eltern. Wenn die Kinder das alles haben, brauchen sie weder hohe Taschengelder noch ihren sogenannten ›Spaß‹ und modische Kleider und Tänze. Das alles hat keinen Wert. Aber wenn sie zur Liebe, zu echter Liebe fähig sind, dann fällt ihnen auch alles andere zu, was einen Wert hat.«

Agnes schüttelte betrübt den Kopf. »Ich weiß nicht, warum ich diese Dinge sage. Wahrscheinlich wollte ich damit klarmachen, daß die Amerikaner ihre Kinder nicht wirklich lieben und dieses Verschulden auf andere Art gutzumachen versuchen. Man muß sich nur die anmaßenden, unzufriedenen, zu Tode gelangweilten Gesichter der amerikanischen Kinder ansehen, und man erkennt sofort, daß ihre Eltern sie nicht auf richtige Art lieben. Wie oft kommt einem schon ein glücklich dreinsehendes amerikanisches Kind unter die Augen? Ich meine eines, dem man wahres Glück und Lebensfreude ansieht. Und nicht eines, das begehrlich und nervös ist und endlos nach neuen Sensationen ausguckt und immerfort läuft, läuft, läuft. Wovor laufen diese armen Dinger davon? Ich glaube, vor den Eltern mit ihrem Geglucke und vor den Lehrern. Ich mache ihnen keinen Vorwurf aus diesem Davonlaufen. Aber sie finden nirgends einen Zufluchtsort, wo keine Erwachsenen darauf warten, sie zu verpimpeln und ihnen das angedeihen zu lassen, was sie ›Fürsorglichkeit‹ nennen. Die jungen Leute möchten in einer Welt, die sich für sie interessiert, heranreifen; statt dessen werden sie auf der Stufe von Wickelkindern, mit dem Schnuller im Mund, festgehalten. Und nirgends finden sie herzliche Anteilnahme, nur eine wohlgeordnete Gesellschaft, die ihnen ein daunengepolstertes Nest zum Hineinkuscheln bereitet hat. Ist das alles, wozu eine Seele zur Welt kommt?«

Agnes glättete zerstreut den Ärmel ihres Mantels. »Ein warmes Nest. Auch wenn sie erwachsen sind, suchen sie immer nur ein warmes Nest, wollen sich unter schützenden Fittichen verkriechen, gesichert sein vor Unwetter und Kälte. Sie sind auf den Tod erschreckt, und das ist kein Wunder.«

Sie blickte den Vorhang an. »In meiner alten Heimat aber liebt man die Kinder. Wir haben große Familien; und sobald ein Kind ein Jahr alt ist, lernt es, welchen Platz es in der Familie einnimmt, was es zu tun hat, und was es nicht tun darf. Es spürt, daß seine Eltern es lieben, ihm aber nicht jeden Unsinn und jede Querköpfigkeit durchgehen lassen werden. Darum ist es zufrieden und fühlt sich geborgen. Amerikanische Kinder fühlen sich nie geborgen.

Wenn in Italien ein Knabe gefirmt worden ist, weiß er, daß er jetzt ein Mann ist und kein kleines Kind mehr. Das bedeutet keinen Schock für ihn, Hochwürden. Fast vom Tage seiner Geburt an hat man ihn auf diesen Augenblick vorbereitet. So war es auch mit unserem kleinen Joe.«

Hastig zog sie das Taschentuch hervor und trocknete die plötzlich aus den Augen stürzende Flut. »In meinem Heimatland wünscht sich jeder, ob Mann oder Frau, viele Kinder. Was gibt es denn sonst im Leben, außer Gott und einer in Liebe verbundenen Familie? Mit Tanten und Vettern und Neffen und Nichten und Großeltern? Wenn es jemandem in der Familie schlecht geht, sind alle anderen hilfreich zur Stelle. Das ist nicht nur unsere Pflicht; es macht uns Freude.

Aber Giuseppe und ich — wir hatten keine Kinder. Wir warteten Jahr um Jahr. Wir machten Wallfahrten und gingen zu Ärzten. Wir trugen Medaillons. Täglich hörten wir die Messe und empfingen die heilige Kommunion. Wir beteten ständig. Unsere Verwandten und unsere Freunde bedauerten uns und beteten auch. Doch es kamen keine Kinder. Vielleicht hatte ich Gott auf schreckliche Weise beleidigt, begann ich zu fürchten. Oft saßen wir, Giuseppe und ich, in unserem hübschen großen Hause und weinten uns blind. Die Ärzte wußten nicht recht, weshalb wir keine Kinder bekamen; einige meinten, schuld sei ein körperlicher Mangel an Giuseppe oder an mir. Ich ließ mich zweimal operieren. Aber keine Kinder. Wir hatten ein großes Haus gebaut, mit sechs Schlafräumen; alles wartete auf Kinder, leer und still.

Und dann, als wir die Hoffnung aufgegeben hatten und ich sechsunddreißig war und Giuseppe einundvierzig, kam der kleine Joe zur Welt!«

Ihr Gesicht erstrahlte von Lächeln und Tränen. Sie schob sich in ihrem Sessel vor und faltete die Hände.

»Ein großer, hübscher Bub, dick und rund, und die Haut voll Grübchen. Also, er war noch keinen Monat alt und hat schon gelächelt. Wir sind vor Freude fast verrückt geworden. Der Arzt hat von einem Wunder gesprochen. Es war eines. Die italienische Kolonie hat eine neue Kirche gebaut, und Giuseppe spendete dazu alle bunten Glasfenster, weil wir so dankbar waren.

Wir erzogen unseren Jungen genau so, wie wir es in der alten Heimat getan hätten. Mit aller Liebe im Herzen, aber auch mit Festigkeit. Allerdings hatten wir nicht viel Strenge nötig. Joe war von allem Anfang an ein nettes Kind, freundlich, unterhaltsam, gutmütig, sanft, kräftig. Aber ernst! Manchmal zu ernst. Wir spielten mit ihm. Und als er an die zwölf wurde, kamen wir darauf, daß er nur uns zuliebe mit uns spielte! Er selber hatte nichts mehr dafür übrig. Die ganze Zeit lernte er. Wir haben ihn in die besten Schulen geschickt, und er hat gelernt und gelernt.

Wir fingen an, von dem Tag zu träumen, da der kleine Joe heiraten würde. Er war damals fünfzehn, und nach der Schule erschien er täglich im Restaurant und half uns. Das war ganz in Ordnung so: die Kinder sollen den Eltern so früh wie möglich helfen. Wir begannen in unserem Bekanntenkreise Ausschau zu halten. Wer hatte die hübscheste, herzigste, fügsamste, fleißigste Tochter? Das allernetteste Mädel? Lange, nachdem alle Gäste gegangen waren, redeten Giuseppe und ich allein in der Küche und begutachteten nacheinander jedes Mädchen, während Joe sechzehn, siebzehn, achtzehn Jahre alt wurde. Und wir sprachen von unseren Enkelkindern; mindestens acht sollten es sein, alle so wie Joe.

Wir hatten nur ein einziges Kind; aber wir sollten einen Haufen Enkel haben und schließlich doch eine richtige Familie werden. Dann konnten wir uns ganz stolz mit den besten Familien messen. Wir konnten alle Räume in unserem Hause füllen. Joe mochte seinem Vater nachfolgen oder, wenn er wollte, irgendeinen anderen Beruf ergreifen. Das war nicht so wichtig. Jedenfalls würden er und seine Frau bei uns wohnen, und bald auch alle die hübschen, lachenden, schreienden, lieben Enkelkinder.«

»Wir hätten es voraussehen sollen!« rief Agnes in qualvoller Bitterkeit. »Wir hätten gewarnt sein sollen, als wir bemerkten, daß Joe den Geistlichen am reservierten Tisch besondere Aufmerksamkeit schenkte. Wir dachten, er sei einfach ehrerbietig und höflich, wie wir es ihn gelehrt hatten, und bringe dem Priesterstande Hochachtung entgegen. Er setzte sich zu den Geistlichen, und man steckte die Köpfe zusammen. Wir störten sie nie. Schließlich ist es ja für jedes Elternpaar eine Ehre, wenn sich geistliche Herren für den Sohn so lebhaft interessieren. Beim Weggehen sagten sie oft zu uns:

›Einen prächtigen Jungen haben Sie da, Agnes und Giuseppe! Eine edle Seele.‹ Als hätten wir das nicht selbst gewußt! Aber damals ahnten wir noch nicht, was sie damit meinten.

Allerdings fiel mir auf, daß Joe nach solchen Gesprächen stiller war als sonst. Daß er jedoch auf dem Heimweg von der Schule immer bei Pater Vincent — das ist nämlich unser Pfarrer — Besuch machte, wußte ich nicht. Sonst hätte ich Zeter und Mordio geschrien und Pater Vincent ersucht, meinen Jungen in Ruhe zu lassen!

Inzwischen ist Joe achtzehn geworden. Im Juni wird er mit seiner Schule fertig. Und vor einem Monat, da kommt er also mit Pater Vincent heim. Mein lieber Junge! Und die beiden erzählen mir, sehr schonungsvoll, daß Joe Geistlicher werden will! Mein Sohn, der mir Enkelkinder schenken sollte, Geistlicher! Mein einziger Sohn! Mein einziges Kind! Wären die Herren nicht verpflichtet gewesen, Joe nahezulegen, er soll die Idee aufgeben und bei seinen Eltern bleiben, die ihn dringender brauchen?«

Agnes schluchzte verzweifelt. »Hochwürden, mißverstehen Sie mich nicht! Es ist für jedermann eine Auszeichnung, wenn eines seiner Kinder von Gott zum Priester oder zur Nonne erwählt wird. Aber: eines seiner Kinder! Nicht das einzige Kind, zu einer Zeit geboren, wo man jede Hoffnung auf Nachwuchs aufgegeben hatte. Wenn ich sieben oder acht Kinder hätte, und Joe wäre eines davon, so würde ich sagen: ›Dank sei Gott, daß Er meinen Joe für diese Ehre, für diese sehr große Ehre erkoren hat!‹ Aber wir haben nur Joe. Unsere einzige Hoffnung auf Enkelkinder. Unsere einzige Hoffnung für das Alter. Wir brauchen ihn dringender als . . . als . . .«

Sie beugte den Rumpf vor und schluchzte und konnte sich nicht zurückhalten. »Mein einziger Sohn«, weinte sie. »Mein einziger Sohn! Und noch dazu will er nicht Pfarrgeistlicher werden, sondern Missionar. In ferne Länder will er gehen und, so sagt er, Menschen, die nichts von Gott wissen, zu Ihm bringen. Wie einer der Apostel. Wir könnten ihn nie mehr sehen, oder nur ganz selten. Den kleinen Joe, unseren einzigen Sohn.«

Sie seufzte und stöhnte. »Er hat eine Berufung, erklärt

man mir. Im September möchte er ins Seminar eintreten. Als Giuseppe und ich davon hörten, bin ich zusammengebrochen. Und mein Mann wird ganz grau, jeden Tag stärker. Aber er mahnt: ›Mama, wenn Gott ruft, kann der Mensch nur gehorchen.‹ Und Joe versucht mich zu trösten. Gestern hat er mir gesagt: ›Mama, ich weiß, wie dir zumute ist. Aber würdest du wollen, daß ich mich taub stelle, wenn Gott mich ruft, Mama?‹ Ich kann nicht zu Joe reden, Hochwürden. Mein Herz ist ganz zerfleischt. Die Welt ist heutzutage so böse. Was wird sie meinem Kind antun?

Darüber grüble ich nach. Was wird die Welt meinem Sohn antun, diese Welt, die mit jedem Tag schwärzer und schlechter wird? Hochwürden, wenn man in die Bücher und Zeitschriften schaut, niemand schreibt über Gott. Gott interessiert niemand. Man interessiert sich für Fernsehapparate und Villen und neue Automobile und Waschmaschinen und Lohnerhöhungen und Kegelbahnen und Kinos und Nachtklubs. Gott braucht man nicht, Hochwürden. Man braucht ›Sicherheit‹, wie sie es nennen.

Einer Mutter gehen diese Dinge im Kopf herum. Wenn sie einen einzigen Sohn hat. Sie ist seine Mutter; sie hat ihn getragen und genährt und gelehrt und geliebt. Sie macht sich Sorgen darüber, was die Welt ihm antun mag, wenn er Geistlicher wird. Sie weiß, daß man sich über ihn lustig machen und ihn einen ›keuschen Josef‹ heißen wird. Und daß niemand ihn wirklich verstehen oder seinen Umgang suchen wird. Schon jetzt ist es so, daß die Leute, wenn er in einer Gesellschaft ist — ich habe es selbst bemerkt —, sich die ganze Zeit, bis er weggeht, unbehaglich fühlen. Man legt keinen Wert auf das, was ein Geistlicher zu geben hat!«

Sie schlug die Hände über dem Gesicht zusammen. »Nie hat man Wert darauf gelegt, Hochwürden! Nie! Und das ist so schrecklich für eine Mutter, die einen einzigen Sohn hat.

Aber Sie sind ein Mann. Sie wissen nicht, wie eine Mutter empfindet. Hat Ihre Mutter jemals Angst um Sie gehabt? Sind Sie ihr einziger Sohn? Hat sie gebetet, wenn Sie weit weg waren? Hat sie befürchten müssen, daß man Ihnen vielleicht nach dem Leben trachtet?

Oh, könnte ich nur zu einer Mutter reden, wie ich eine bin! Sie würde mich verstehen!«

Agnes stand auf, blind vor Tränen. Sie lief zu der Nische und drückte den Knopf.

Sofort öffneten sich die Vorhänge, und die volle Glorie des Lichtes überstrahlte Agnes. Sie schaute und schaute. Dann sank sie langsam in die Knie.

»Ja«, flüsterte sie, »Deine Mutter wußte das alles. Sie wußte, was es bedeutet, eine Mutter zu sein wie ich. Mit einem einzigen Sohn. Einem einzigen Sohn. Sie wußte, was es heißt Angst zu haben, nicht wahr? Sie wußte, wie die Welt ist.

Sie hat nie versucht, Dich zu hemmen, zurückzuhalten. Sie erkannte, daß Du sie verlassen und den Menschen von Gott künden mußtest. Aber was sie wohl in der ersten einsamen Nacht empfunden haben mag, als ihr Sohn nicht mehr zu Hause war?«

Agnes hob die Hände und faltete sie. »Ich will nach schwachen Kräften Deiner Mutter nacheifern. Ich werde, wie es in unserer alten Heimat der Brauch ist, sagen: ›Geh mit Gott!‹ Zu meinem kleinen Joe. Wenn ich es nämlich nicht sage, geht er nicht fort. So sehr liebt er mich.«

Sie erhob sich. Sie versuchte, unter Tränen zu lächeln. »Und diesen schwarzen Pullover für das Seminar werde ich ihm fertigstricken. Hat Deine Mutter Dir auch so etwas gemacht, damit Du es warm hast? Ja, richtig! Den nahtlosen Leibrock.«

X

Der Lehrer

Und wer könnte euch etwas anhaben,
wenn ihr Eiferer für das Gute werdet?
Müßtet ihr aber um der Gerechtigkeit willen
leiden — selig seid ihr!
Erschreckt drum nicht vor ihrem Schrecken und
laßt euch nicht verwirren!   1 Petr 3, 13—14

Der Mann, der in dem weißen Saal mit den blauen Vorhängen und dem Marmorstuhl saß, war jung; aber er sah alt aus, weil seine Wangen grau und schlaff, seine Züge abgehärmt waren und die Augen umrunzelt in dem müden Gesicht lagen. Er hatte eine lange, dünne, spitzige Nase, einen klugen und empfindsamen — jetzt allerdings herben — Gesichtsausdruck, einen energischen, von Verbitterung gestrafften Mund. Obwohl sein Anzug dürftig aussah und seine Schuhe wohl kaum mehr als zehn Dollar gekostet hatten, war alles an ihm nett und gebürstet und sauber. Seine wohlgestalteten Hände waren sorgfältig gepflegt; nun fingerten sie nervös an den Sessellehnen.

Er warf einen finsteren Blick auf die Vorhänge. »Meinen Namen nenne ich Ihnen nicht«, sagte er. »Schließlich brauche ich mein Gehalt und kann nicht riskieren, daß Gerüchte über meine ›Nörgeleien‹ ihren Weg zur Schulbehörde finden, Ja, ich bin Lehrer. Ein Lehrer darf sich nie beschweren; er muß sich immer voll ›den Kindern und seinem heiligen Berufe hingeben‹. Wirklich, ich habe die Präsidentin der Eltern- und Lehrer-Vereinigung sagen hören, es sei ein ›heiliger‹ Beruf. Sie trug bei dieser Gelegenheit einen Frühlingshut, der zu allermindest die Hälfte meines Monatsgehaltes gekostet hat. Ganz strahlende Miene und rosa Grübchen, lächelte sie uns an und pries uns glücklich, weil wir zu dieser Aufgabe ›berufen‹ worden seien. Wir lächelten säuerlich zurück; ihr Gatte verdient im Monat mehr als irgendeiner von uns Lehrern im Jahr. Ich würde gern wissen, welches die Aufgabe ist, zu der sie ›berufen‹ wurde und der sie sich ›hingibt‹. Sie glaubt, dadurch, daß sie drei frechglotzende Rangen, ebenso viele Sargnägel für ihre Lehrer, in die Welt gesetzt hat, ein so überaus edles Werk getan zu haben, daß wir uns glücklich schätzen müssen, wenn wir uns mit ihrem Nachwuchs totärgern dürfen.

Sie war sehr redegewandt, und sie machte mit den Händen kleine Balletteusengesten und rollte die Augen, und ihre Stimme wurde gefühlvoll. ›Ein Lehrer‹, gackerte sie, — wie ich diese gackernden Berufsmütter hasse! — ›macht sich nichts aus Geld. Ist das nicht wunderbar in einem so materialistischen Zeitalter? Wer, ob Mann oder Frau, die Lehrtätigkeit ausübt, hat sein Leben unserem Heiligtum, den Kindern, geweiht.‹

Ich blickte Marcia, die mir gegenüber saß, an und dachte an ihr Gehalt und ihre kranke Mutter und daran, daß ich mich eben erst für ein Darlehen zur Begleichung der Arztrechnungen verbürgt hatte — Marcia, die gleich mir in den Sommerferien eine Nebenbeschäftigung ausüben muß, statt zu studieren oder sich ein paar Wochen ausruhen und erholen zu können, um im September nicht nur eine vollwertige Lehrperson, sondern auch ein voller Mensch zu sein.

Das gehört zu den entsetzlichsten Dingen bei all dem: Wir sind nicht volle Menschen. Man läßt es uns nie werden. ›Dem Berufe hingegeben.‹ Warum glaubt jeder, daß der Lehrer auf alles andere — Privatleben, Vergnügungen, Freude, Geld, Heiterkeit, gelegentlich auch eine harmlose Sünde — verzichten soll? Wer sind sie, diese Berufsmütter und Simpelväter, daß sie glauben, ihre Kinder seien es wert, daß wir unser Leben für sie opfern? Oder daß, wenn man der Sache auf den Grund geht, irgendwer — einschließlich der Eltern selbst — es tut? Die Mehrzahl der Menschen nimmt nur Platz weg auf dieser Welt, ohne ihr dafür irgend etwas anderes zu schenken als eine endlose Reihe von Abklatschen, die wir dann ›erziehen‹ müssen.«

Der Raum war sehr ruhig, sehr still. Der Mann im Sessel seufzte, blickte um sich. »Sie können sich nicht vorstellen«, murmelte er, »wie wohltuend es ist, an einem so stillen und friedlichen Ort zu sein! Keine Kinder, keine Schulbehörde, keine Direktoren, keine Eltern- und Lehrer-Vereinigung, keine schrillen Stimmen und trampelnden Füße, kein Ärger, keine Sorgen. Vor allem keine Stimmen. Und kein Geläute.

Erst kürzlich habe ich zufällig einen Mann zu einem anderen sagen hören: ›Es ist schon komisch. Ununterbrochen jammern die Lehrpersonen über ihre niedrigen Gehälter. Aber ich habe die Erfahrung gemacht, daß sie meistens sehr ansehnliche Vermögenschaften hinterlassen. Unlängst ist doch diese alte Miß Thompson gestorben. Kennen Sie die näheren Umstände? Sie war eine gute Achtzigerin. Fast zweihunderttausend Dollar hat sie hinterlassen. Nicht übel. Gar nicht übel!‹«

»Ich hätte dem Dummkopf entgegnen können«, sagte der Lehrer mit erhobener Stimme, »daß die alte Miß Thompson sich vor der großen Steuererhöhung einen beträchtlichen Teil ihres Gehaltes auf die Kante legen konnte, zu einer Zeit, wo die Lehrergehälter noch, verglichen mit Hilfsarbeiterlöhnen, ausgiebig und die Preise niedrig waren. Überdies haben manche Lehrer von ihren Eltern beträchtliche Vermögenswerte geerbt. Außerdem sind viele von ihnen ledig geblieben und hatten geringe Ausgaben. Ledig. Das müssen auch wir jetzt bleiben, weil wir es uns nicht leisten können zu heiraten! Marcia . . .«

Sein Gesicht verzog sich krampfhaft.

»Die einzige Gelegenheit, etwas Schönes zu sehen, bietet sich uns in unseren Schulen: ganz aus Glas erbaut, in große Parks gestellt, mit herrlichen, warm- und kaltwassergespeisten Schwimmbecken, hübscher Einrichtung und bunten Wänden und verschwenderisch ausgestatteten Turnhallen und Vorführungsräumen, die sich wie prunkvolle Theatersäle ausnehmen. Dann gehen wir heim in unsere ärmlichen Behausungen und sehen den alten, von unseren Müttern überkommenen Hausrat oder die jämmerlichen Klamotten einer billigen möblierten Wohnung. Aber uns Lehrern wirft man in der Presse und in öffentlichen Versammlungen die ›Schulpaläste‹ und die ›großen Aufwendungen‹, ja den ›übertriebenen Luxus‹ vor, und zwar immer dann, wenn wir schüchtern eine Gehaltserhöhung fordern, um auch leben zu können. Uns legt man die hohen Budgetkosten für den Bau neuer oder die Vergrößerung alter Schulen zur Last.

Keiner der Kritiker bemängelt es natürlich, daß so riesige und luxuriöse Lernfabriken gebaut werden. Im Gegenteil: sie wünschen das Allerbeste, das Allerteuerste und Allerausgefallenste für ›die Kinder‹; sie wünschen es nicht nur, sie verlangen es, weil es den Kindern ›gebührt‹. Ich möchte wissen, welches sittliche oder rechtliche Gesetz die Bestimmung enthält, daß jemandem etwas ›gebührt‹, einfach, weil er geboren wurde! Mir ist, als ich klein war, eingetrichtert worden, der Mensch müsse seine Existenz auf dieser Welt erst rechtfertigen. Und jetzt habe ich in meiner Klasse Knirpse, die quengeln, sie hätten ›nicht auf die Welt zu kommen verlangt‹. Nun, auch ich habe das nicht verlangt, ebensowenig wie meine Eltern oder deren Eltern oder sonst irgendwer auf Erden! Aber da wir einmal hier sind, haben wir Pflichten, die den Rechten, und Verantwortlichkeiten, die den Forderungen vorangehen. Versuche jedoch einer, das seiner Schulklasse zu sagen! Sofort wird der Direktor die Enthebung oder Kündigung dieses Unmenschen verlangen. Die Berufsmütter werden nur mehr aus kreischenden Mündern, vernichtenden Blicken und wütenden Gesten bestehen.«

Der Lehrer seufzte — ein leises Seufzen, das von Erschöpfung und Hoffnungslosigkeit sprach.

»Die Kinder brauchen keine verschwenderisch ausgestatteten Schulplätze. Meine Generation hat sie nicht vermißt. Sie brauchen nur solide Gebäude, ohne Luxus. Sie brauchen keine ›gelenkten‹ Spiele. Warum überläßt man die Kinder nicht sich selber? Heutzutage sind sie zum Gegenstand von ›Reformprojekten‹ unbeschäftigter Mütter geworden, während früher die Frauen übergenug zu tun hatten mit der Instandhaltung ihrer Wohnungen, mit dem Kochen und Backen und Waschen und Nähen und Schrubben und Plätten und Fensterputzen und mit der Säuglingspflege. Nichts ist so gefährlich für eine ganze Nation wie eine Clique müßiger Frauen, die sich mit ›Reformprojekten‹ dieser oder jener Art zu schaffen machen. Und die Erfinder der automatischen Waschmaschinen und ähnlichen Gerätekrams sollte man, wenn es nach mir ginge, zum Teufel jagen. Heute haben die meisten Leute kein Heim mehr; sie haben Wohnfabriken mit elektrischem Maschinenpark, der ihnen Zeit sparen hilft. Und wofür verwenden sie die ersparte Zeit? Für Unfug. Kein Wunder, daß wir das Problem der Jugendkriminalität haben.«

Der Lehrer rieb sich die gefurchte Stirn. »Den ganzen Tag könnte ich darüber reden«, sagte er, wie zur Rechtfertigung. »Die Sorgen des Lehrers sind die Sorgen des ganzen Volkes. Ich möchte Ihnen ausdrücklich dafür danken, daß Sie mir zuhören. Einen Lehrer hört man nie an. Er gilt als weitschweifig, pedantisch und halsstarrig, fast so lästig wie ein Geistlicher. Diese Schablone ist uns aufgezwungen worden. Wir sind Fleisch und Blut; wir hassen das Schema, dem wir uns da einfügen sollen.

Ich sprach zu Ihnen von den Schulpalästen. Die Schule ist zum Lernen da und nicht zum Gaudium und zur Erholung; keine Domäne von Babysittern. Sie ist eine Einrichtung, in der Kinder so umfassend wie möglich unterrichtet, zu Zucht und Ordnung angehalten und über ihre gegenwärtigen und künftigen Pflichten gegen ihre Familie, ihren Schöpfer und ihr Land aufgeklärt werden sollen. Aber ich könnte einen zweiten Tag damit ausfüllen, daß ich Ihnen von den albernen und irreleitenden ›Kursen‹ erzähle, die nun zu dem — von den Eltern und nicht von den Lehrern verlangten — Lehrplan gehören. Jede einzelne Facette der heutigen Lehrtätigkeit zu schildern würde jeweils ein ganzes Buch füllen! Und jede dieser Facetten kostet viel Geld; und die Steuerzahler jammern, obwohl sie selber all diesen Unsinn und all diese Verschwendung fordern. Wenn sie sich ihre Steuervorschreibungen ansehen, so gilt ihr nächster Blick den Lehrergehältern, und sie reden vom Fünfstundentag und den vielen Feiertagen und den langen Sommerferien. Warum sind denn die Lehrer so geldgierig? Weshalb verlangen sie noch Gehaltsaufbesserungen? Wo ist der Lehrer vom alten Schlag, der sich ›hingab‹ und an Geld überhaupt nicht dachte?

Ja, wo ist der Lehrer vom alten Schlag, dem seine Schüler mit Ehrfurcht und Hochachtung, und die Eltern der Schüler mit noch größerer Hochachtung begegneten? Wo sind die Zeiten, als die Kinder wußten, daß sie zum Lernen in die Schule kamen, und für die ihnen dazu gebotene Gelegenheit dankbar waren und mit eifriger Anteilnahme zuhörten? Wo sind die Zeiten, als die Eltern ihre Hände von den Schulen ließen und sich um ihre eigenen Angelegenheiten kümmerten, nämlich darum, sich durch tüchtige Arbeit ein Auskommen zu schaffen und für ihre Familien zu sorgen und sie in die Kirche zu führen? Ich glaube, ich habe auf diese Fragen zumindest eine Antwort: Zu viele Menschen haben heute zuviel Geld, zuviel Muße, zuviel Vergnügungen.«

Er seufzte wieder. »Wenn all dieses Übermaß an Geld, Muße und Vergnügungen ein seelisch stärkeres Volk geschaffen hätte, ein Volk mit vornehmerer Gesinnung, edleren Grundsätzen und gesteigertem Verantwortungsbewußtsein, ein charakterfesteres, freieres und klügeres Volk, ein Volk mit tieferer Einsicht dafür, was es auf der Welt zu lernen gibt, und mit dem Wunsch nach mehr Bibliotheken und weiterer Fortbildung auch der schon lange Schulentlassenen — dann würde es sich lohnen. Dann würden sogar wir Schullehrer unsere jämmerlichen Gehälter vergessen und wären glücklich, hätten ein Hochgefühl der Selbstachtung und Genugtuung; wir wüßten, daß wir etwas vollbracht haben, was der Mühe wert ist. Dann wäre die von uns verlangte ›Hingegebenheit‹ eine echte Hingabe, aus ganzem Herzen und ganzer Seele entspringend. Wenn der Mensch überhaupt ein Recht hat, so ist es das Recht, auf sein Schaffen stolz zu sein.

Aber das Übermaß an Geld, Muße und Vergnügungen war für uns als Nation nur verderblich. Es hat nicht den Drang nach Bildung und Weisheit geweckt, sondern zu einer Hetzjagd nach Nichtigkeiten geführt, nach immer neuem Zeitvertreib, neuem Unfug, noch seichteren und noch niedrigeren Unterhaltungen, prunkvolleren Autos, komplizierteren Spielzeugen zur Beschäftigung müßiger, ruheloser Hände. Wo ist heute der Typ des urwüchsigen Amerikaners, jener Typ, der die Landesgrenzen in die Wildnis vortrieb, der auf unbekannte Meere hinaussegelte, der freie Schulen und Kirchen einrichtete, der seine Stimme rechtschaffenen Männern gab und nicht Masken mit grinsend aufgerissenen Mündern voll glitzernder Zähne, der Sittenstrenge als das Fundament und Gott als den Schlußstein im Aufbau eines Volkes betrachtete? Wo sind heute die Amerikaner mit Mut und Gläubigkeit und Grundsatztreue und Verständnis? Sie sind eine ausgestorbene Rasse; man verspottet sie in Büchern und Zeitungsartikeln als

›Viktorianer‹ und ›Puritaner‹. Sehen Sie, diese Männer hatten nie viel Geld, sie wußten nichts von Düsenflugzeugen und vom Amüsierbetrieb. Sie wußten nur, eine frei in Gottes Hut lebende Nation aufzubauen und eine Verfassung zu schaffen, die das edelste je von Menschen — in Gottes Hut — niedergeschriebene Urkundenstück ist.«

Der Lehrer stützte seine eingefallene Wange in die Hand. »Diese in Freiheit und Gläubigkeit gegründete Nation sollen wir nun an dem jetzt herrschenden Menschenschlag zugrunde gehen sehen. Weil wir Lehrer den Kindern nicht mehr das ihnen Frommende beibringen dürfen, werden sie in zunehmendem Maße haltlos, ungebärdig, hochmütig, blasiert, grundsatzlos und pflichtvergessen — und ungebildet. Sie sind nicht dümmer als ihre Großeltern, mögen auch manche Lehrer das in ihrer Verbitterung behaupten. Sie sind nur unwissend und bleiben es, weil ihre Eltern sich darauf versteifen, daß ihr Hirn in den Schulen nicht angestrengt werden, daß man sie nicht in Zucht nehmen darf, daß ihnen im Klassenzimmer Unterhaltung und nicht Belehrung geboten, daß die Schule nur eine prunkvolle, warme, verschwenderisch ausgestattete Spielstätte sein soll. Während inzwischen Mama sich ihren ›Reformprojekten‹ und dem Bridgespiel widmet.

Mama liebt das Wort ›Trauma‹. Sie hat aus ihrer flüchtigen Lektüre eine Menge Fachausdrücke des Psychoanalytiker-Jargons aufgelesen. Ob sie wohl jemals an das unheilbare ›Trauma‹ denkt, das sie ihren Kindern zufügt, indem sie ihnen das Leben allzu unterhaltsam und bequem macht? Ob sie wohl jemals an das ›Trauma‹ denkt, das sie den Lehrern ihrer Kinder zufügt, indem sie ihnen, den für das künftige Leben ihrer Kinder so wichtigen Erziehern, das Recht auf Berufsstolz und angemessene Entlohnung abspricht?

Sie hat uns den einstigen Stolz geraubt, den Stolz eines Sokrates und Plato und Aristoteles, und die erhabene Würde des Lehrberufs, die sich von jenen Urzeiten herleitet, als die Lehrer auch Priester und Philosophen waren. Für Mama sind wir Babysitter, dafür bezahlt, ihre Kinder zu unterhalten und zu ›betreuen‹. Wenn sie das, was sie aus uns gemacht hat, verachtet, fragt sie sich dann jemals, wie sehr wir uns selbst verachten, weil wir sie das aus uns machen ließen?«

Verstörten Blicks schaute der Lehrer auf die Vorhänge. Seine Lippen waren trocken; er befeuchtete sie. Er beugte sich etwas vor.

»Sind Sie vielleicht auch Lehrer gewesen?« fragte er und räusperte sich, wie zur Entschuldigung. Dann ärgerte er sich über dieses Räuspern, das heute als Ausfüllung von Verlegenheitspausen zu den Lehrerfaxen gehörte. Er wartete. Das Licht in dem Raum schien wärmer, freundlicher, als bejahte es die Frage. »Ach, wirklich?« murmelte er. »Sie waren, oder sind, also Lehrer! Dann wissen Sie Bescheid.« Für einen Augenblick wurde er besorgt. »Können Sie vielleicht durch diese Vorhänge sehen? Mir . . . mir wäre es lieber, wenn das nicht der Fall wäre. Ich möchte nicht, daß die Schulbehörde . . .«

»Verzeihung!« bat er dann. An den Lidrändern spürte er ein trockenes Brennen. »Das hätte ich nicht sagen sollen.«

Etwas in ihm begann sich zu entspannen. Er hüstelte, wischte sich die Lippen. Er zitterte ein wenig. »Ich kann mich wirklich nicht entsinnen, jemals so viel und in solcher Art gesprochen zu haben, außer mit Marcia. Sie müssen wissen, Marcia und ich, wir möchten heiraten.«

Er strich sich mit trockenen Fingern über das trockene Gesicht. Er murmelte: »Ich bin müde bis ins Mark. Ich gehe müde zu Bett und stehe müde auf. Mein Leben ist nichts als öde, graue Müdigkeit. In allem, was ich esse, spüre ich den sandigen Bodensatz der Ermüdung. Die Zwecklosigkeit . . .«

Dann erzählte er: »Marcia und ich sind miteinander aufgewachsen. Auch das klingt heute wie ein Wunder — angesichts einer, wie die Sozialwissenschaftler sagen, ›fluktuierenden Bevölkerung‹. Die Bezeichnung ist anerkennend gemeint. Als wäre die bloße Bewegung von Beinen und Körpern und Autos und Eisenbahnzügen und Flugzeugen und Bussen an sich lobenswert! Bewegung wird als ›Dynamik‹ aufgewertet. Dann ist auch das verzweifelte Umherwandern der Löwen im Zoo ›Dynamik‹. Ein gleich verzweifeltes Umherwandern ist das Dasein der Menschen, die frei sein möchten. Frei wovon? Ich weiß es nicht. Vielleicht von Komfort und Muße und Unterhaltung und Vergnügungen. Vielleicht möchten sie irgendeinen festen Wert in ihrem Leben finden und suchen ihn rastlos und finden ihn nie. Sie wechseln nur Ort und

Umgebung und bleiben immer die gleichen. Darum begeben sie sich stets wieder auf die Wanderschaft. ›Fluktuation‹? Ich würde es Verzweiflung nennen.

Als Lehrer werden Sie das verstehen. Zweifellos stoßen auch Sie täglich auf dieses Phänomen ... Übrigens könnte es sein, daß ich Sie kenne.«

Wieder flutete ihm warme, strahlende Bejahung entgegen. Er räusperte sich.

»Marcia und ich sind miteinander zur Schule gegangen. Wir sahen uns während des Unterrichts. Nachher mußten wir heimlaufen — wirklich laufen! —, um unseren Müttern zu helfen. Marcia hatte zwei Brüder und eine Schwester. Die sind jetzt alle schon verheiratet. Haben ›Pflichten‹ ihren Familien gegenüber und können also zum Unterhalt ihrer alten Mutter nicht beitragen. Marcia, so sagen sie vorwurfsvoll, sei ja ledig und werde als Lehrerin wahrscheinlich nie heiraten; deshalb sei es ihre ›Pflicht‹, die Mutter zu erhalten. Sehr merkwürdig, daß Menschen, die sich einer Verpflichtung entziehen, immer von anderen Pflichtgefühl verlangen — besonders, wenn es um die Brieftasche geht!

Marcia ist immer ein freundliches, ruhiges Mädchen gewesen und hat sich, wie ich, stets gewünscht, einmal unterrichten zu können. Wir sprachen darüber jedesmal, wenn wir ein paar Worte wechseln konnten, auf den Korridoren, bevor es läutete, in der Sonntagsschule. Und so lernten wir sehr eifrig. Wir waren, im wahrsten Sinn des Wortes, hingebungsvoll arbeitende junge Leute. Wir konnten uns keine edlere und schönere Aufgabe vorstellen, als dort fortzusetzen, wo unsere schwergeplagten und hingebenden Lehrer, durch Alter oder Tod, aufhören mußten. Wir spürten, was diese Lehrer waren. Wahrhaftig, sie waren Menschen der gleichen Art wie unsere Priester!

Oft sprachen wir von Christus dem Herrn als dem Lehrer. In der staatlichen Lehrerbildungsanstalt ergingen wir uns auf dem Schulgelände und erörterten dieses Thema. Wir wußten, daß die Anrede ›Rabbi‹, wie Jesu Jünger sie Ihm gegenüber gebrauchten, die Bedeutung ›Mein Lehrer‹ hatte. Welchen erhabeneren Beruf gab es also, von Priestertum und Seelsorge abgesehen, als das Lehramt? Die Lehrer waren eigentlich

Laienbrüder heiliger Orden. Unsere Seelen trugen geistliche Gewänder.

An Gehälter dachten wir nicht — damals. Weil wir Ehre und Ideal unseres Berufes empfanden. Das ging uns über Geld.«

Er lachte freundlich, traurig. »Ich bin achtunddreißig«, sagte er. »Marcia ist siebenunddreißig. Wir unterrichten seit Jahren, wenn man diese Tätigkeit als ›Unterricht‹ bezeichnen will. Zuerst war unser Wirken anregend, ja aufregend. Es war für uns Befriedigung, Erfüllung.

Dann machte Marcia eines Tages in der Geschichtsstunde — es ist ihr Fach — die Bemerkung, wenn man den Lauf der Geschichte genau verfolge, sehe man im Aufstieg und Niedergang der Völker die Hand Gottes walten. Ein Volk gedeihe, sagte Marcia, wenn es den unabänderlichen Gesetzen Gottes gehorche, und es verfalle, sobald es diese Gesetze mißachte. In all dem sei eine furchtbare Unentrinnbarkeit.

Auch die Folgen dieser Bemerkung waren für Marcia furchtbar. Eine Rotte von Eltern stürmte in die Schule und beschuldigte mit großem Stimmaufwand Marcia, den ›Grundsatz der Trennung von Kirche und Staat‹ verletzt zu haben. Marcia ist ein so herzensgutes Geschöpf. Sie stand bloß in betroffenem Schweigen da, als die Berufsmütter sie im Direktionszimmer beschimpften. Wisse sie nicht, hielt man ihr vor, daß die Verfassung ausdrücklich die Schaffung einer Staatsreligion verbiete? Sei sie nicht modern? Habe sie noch nicht zur Kenntnis genommen, daß in öffentlichen Schulen weder Gebete noch überhaupt die Erwähnung Gottes erlaubt seien? Trennung von Kirche und Staat!

Marcia entgegnete: ›Aber Gott ist doch auch der Staat!‹ Daraufhin wurde sie sofort des Dienstes enthoben. Der Direktor war ein gütiger, religiöser Mensch. Aber da waren die Eltern. Und etwas Schlimmeres hinter ihnen. Also, wir — Marcia und ich — wurden als Kinder in unseren öffentlichen Schulen mit dem Vaterunser und den Zehn Geboten vertraut gemacht, und mit unseren Pflichten Gott gegenüber. Ich habe nichts davon gehört, daß damals irgendeine katholische, protestantische oder jüdische Mutter dagegen Einspruch erhoben hätte. Es mag zwar sein, daß in unserer Jugend die Eltern sich mehr um die Seelen ihrer Kinder sorgten als um die Milch, die sie trinken, oder die warmen Gratismahlzeiten, die sie erhalten, und um die Spielplätze und die ›geistige Gesundheit‹, wie man es nennt. Was ist denn aber geistige Gesundheit anderes als der Einklang zwischen dem Menschen und seinem Gott?

Marcia war ganz gebrochen. Sie ist zu weichherzig, keine Kampfnatur. Sie hatte auch nicht das zu einem Kampf nötige Geld. Ich besaß fünfhundert Dollar. Wir brachten die Angelegenheit vor Gericht. Schließlich wurde entschieden — der Richter sah selbst müde und verlegen aus —, daß Marcia in ihre Stellung wiedereingesetzt werden sollte, jedoch nie mehr den ›Grundsatz der Trennung von Kirche und Staat‹ verletzen dürfe.

Ich habe den einschlägigen Verfassungszusatz genau nachgelesen. Es heißt darin nur, der Kongreß dürfe kein Gesetz betreffend Einführung einer Religion erlassen. Es darf also kein Glaubensbekenntnis zur Staatsreligion erhoben werden, wie es in Großbritannien und in skandinavischen Ländern der Fall ist. Keine Religion darf als die einzig gültige festgesetzt werden.

Was hatte Marcias Bemerkung über das Wirken Gottes in der Geschichte mit irgendeinem bestimmten Bekenntnis zu tun? Das Alte Testament preist Gott als den Baumeister der Völker. Ebenso das Neue Tesament. ›Ohne Offenbarungsschau wird das Volk verkommen.‹ Man hat unserem Volk diese innere Schau genommen, die Schau Gottes im Wirken der Menschen. Wer ist dieser ›man‹? Ich weiß es nicht. Ich weiß nur, daß ›man‹ am Werke ist. Ich weiß nur, daß ›man‹ jeden Lehrer, der Gott erwähnt, mit der Entlassung bedroht. Wer ist dieser ›man‹?«

Im Eifer des Sprechens beugte er sich vor. »Glauben Sie nicht, daß wir, unseren Kindern zuliebe, diese Dunkelmänner fassen und entlarven sollten? Sind es Politiker? Bösewichte oder bloß Dummköpfe? Ich weiß es nicht.« Sein Eifer erlahmte. »Leider Gottes bin ich nur ein Lehrer.«

Das Licht wurde heller, stärker, als wäre ein Berufsgenosse in einfühlsamem Begreifen nähergerückt. »Ja, Sie verstehen mich«, murmelte der Lehrer.

Nach einer Weile sagte er mit schwacher Stimme: »Anfangs habe ich mich bemüht. Damals wurde auf die Lehrer kein Druck ausgeübt. Wir unterrichteten unsere Fächer und taten unser Bestes. Wenn ein Kind uns plötzlich mit heller Entdeckerfreude anblickte, weil es etwas verstanden hatte, weil ihm eine Erleuchtung gekommen war, dann erfüllte uns den ganzen Tag wärmende Befriedigung. Mein Fach ist, nebenbei erwähnt, Mathematik, die ›apollinische Kunst‹. Meine Vorträge darüber weckten oft in der ganzen Klasse gespannte Aufmerksamkeit. Mathematik, so begriffen die Kinder, ist nichts Trockenes und Totes, keine bloße Abstraktion. Sie ist ein erhabenes, erregendes Mysterium. Das ganze Weltall wird von mathematischen Gesetzen beherrscht. Die Kinder verstanden das damals. Alles, vom trägen Kriechen einer Amöbe bis zu den rasend schnellen Bewegungen der größten und fernsten Sterne, unterliegt diesen grundlegenden Gesetzen. Ohne ihr allumfassendes Walten würde das Weltall in Chaos versinken und sich auflösen.«

»Einer der schönsten Tage meines Lebens«, fuhr der Lehrer fort, »war es, glaube ich, als einer meiner Schüler mir ein Gedicht überreichte, das er über die Mathematik geschrieben hatte. Nach literarischen Maßstäben kein gutes Gedicht, aber ein glühendes Bekenntnis dessen, was diese Kunst ihm — nicht als einem künftigen Wirtschaftsprüfer, sondern als einem Menschen — bedeutete.

So einen Schüler habe ich in den letzten acht Jahren nicht mehr gehabt. Und der gegenwärtige Unterrichtsstoff darf ›das Kind‹ nicht ›überfordern‹. Die Burschen und Mädchen kommen zu mir, in die vorletzte Mittelschulklasse, mit weniger Wissen, als wir am Ende der Grundschule hatten. Sie lümmeln in ihren Sesseln, kauen Gummi, zwinkern sich zu, tauschen Zettel, lachen plötzlich unbändig, gähnen und dösen oder zupfen ihre Kleider zurecht, kämmen sich, handhaben den Lippenstift, knabbern Zuckerwerk, kichern auf einmal ohne jeden ersichtlichen Anlaß. Im laufenden Jahre allein mußten nicht weniger als vier meiner Schülerinnen, erst sechzehn Jahre alt, vorzeitig austreten, wegen Schwangerschaft.«

Wieder rieb er das Gesicht mit den trockenen Händen. »Wie sind diese jungen Leute so geworden? Wer hat sie planmäßig verwildert? Ihre Eltern, ihre Lehrer, ihre Schulen? Wer hat ihnen Leben und Freude und Begeisterung vorenthalten? Ich weiß es nicht. Ich weiß nur, daß ich müde bin — erschöpft durch die Bemühungen, in meinen Klassen Zucht zu halten. Diese Bemühungen nehmen meine ganze Zeit in Anspruch. Nicht das Unterrichten. Bloß die fruchtlosen Versuche, die Autorität zu wahren. Diese Rüpel! Auf einmal latschen die Burschen aus ihren Sesseln heraus und stürzen mit wilden, unbeherrschten, haßvollen Mienen zur Tür. Ich rufe: ›Wohin denn?‹ Und sie antworten: ›Das geht Sie einen Quark an.‹

Ich beschwere mich beim Direktor. Er sagt: ›Daran sind die Eltern schuld.‹ Die Eltern wiederum behaupten: ›Daran sind die Lehrer schuld.‹«

Er sprang auf und schrie laut: »Wir alle sind schuld! Dieser entsetzliche Verfall der menschlichen Seele, des menschlichen Adels, der menschlichen Vernunft! Schuld ist Amerika, dieses ungeistige, ulkfreudige, lachlustige, geldprotzige, vergnügungssüchtige, zirkustolle, unersättliche, plärrende, tanzende, gefräßige Land! Ein Volk ohne ›innere Schau‹! Ein Volk, das verkommen muß!«

Er sank in den Sessel zurück, wie von einem Fausthieb getroffen. »Weil es zu viel Geld hat. Weil es keine Pflichten, keine Verantwortlichkeiten kennt. Weil ihm alles mühelos in den Schoß fällt. Wenn andere Völker uns verachten, haben wir uns das selber zuzuschreiben. Wir sind wie das spätantike Rom.«

Er saß schweigend da. Das Licht wurde kälter, und eine Frage lag darin.

»Ein übersättigtes, aufgedunsenes, unfruchtbares Volk. ›Wind ohne Regen bringt keinen Segen.‹«

Er blickte auf seine verschränkten, vom starken Druck weiß gewordenen Finger. Lange schien er die Hände zu mustern.

»Ich hatte Angst«, flüsterte er. »Ich fürchtete um meinen Posten. Ein paar tausend Dollar im Jahr. Aber jetzt bin ich über das alles hinaus. Man hat mir bei einer Wirtschaftsprüfungsgesellschaft eine Stelle angeboten. Doppelt soviel Gehalt wie bisher. Keine Schüler, keine greulichen, dicken Riesenbengel, keine zeternden und schrillenden Eltern, keine verschüchterten Direktoren, keine Schulbehörden mit ihren ewigen Forderungen. Keine Treibhaus-Schulpaläste. Ein gutes Gehalt, ohne Kampf, ohne Verzweiflung. Und ich kann endlich Marcia heiraten.«

Er blickte auf die unbewegten Vorhänge, die zu warten schienen. Von allen Seiten umringte ihn drängend eine Frage.

»Wie meinten Sie?« forschte er.

Hilflos blickte er um sich. »Was kann ich tun?« stammelte er. »Der Lehrberuf ist . . . war . . . die Erfüllung meines Lebens. Aber heutzutage wünscht niemand zu lernen. Ich bin es müde. Ich habe den Kampf aufgegeben. Diese fetten, rosigen, stupiden Gesichter! Diese dicken Pfostenbeine! Diese ausdruckslosen Augen! diese breiten, grinsenden Mäuler mit den riesigen Porzellanzähnen, die ihnen wichtiger sind als alles Wissen, als ihre unsterbliche Seele. Für meine Schüler bin ich nicht mehr der lenkende Wegbereiter; sie schleppen mich in ihrem sinnlosen Zickzacktaumel mit sich, wie ein ungebärdiger Elefant den Mann mitschleppt, der ihn führen wollte.«

Das Licht wurde kühler, schwächer.

»Wann fing ich an, den Kampf aufzugeben?« suchte er zu ergründen. »Als Marcia vom Dienst enthoben wurde? Als die Meute der Eltern mich hetzte? Als der Direktor mir mit unsicherer Stimme sagte: ›Wir müssen eben mit der Zeit Schritt halten?‹ Als niemand dessen bedurfte, was ich zu geben hatte?«

Ängstlich, verzweifelt blickte er auf die Vorhänge. »Sie sind auch Lehrer! Sie haben Ihr Leben lang unterrichtet, nicht wahr? Tun Sie es noch immer? Unterweisen Sie unentwegt die stumpfe Masse? Warum?«

Er sprang auf. »Ich jedenfalls habe keine Lust mehr dazu! Auch den Mut habe ich verloren. Ich gebe es auf. Ich denke nicht daran, mich damit abzuplagen, daß ich Dummköpfen die apollinische Kunst beibringe oder beizubringen versuche. Warum soll ich mich mühen, sie zu begeistern? Warum soll ich gegen den Strom schwimmen? Geht es um meine eigenen Kinder? Sagen Sie mir, geht es um meine eigenen Kinder?«

Er hatte nicht die Absicht gehabt, den Knopf zu drücken. Aber jetzt kam der Besonnenheit die verzweifelte Seelennot in die Quere. Er lief hin und berührte den Knopf.

Die Vorhänge rollten auseinander, langsam, wie müde.
Und dann sah er das Licht und den im Lichte Stehenden.
Lange Zeit verharrte er wie festgebannt. Er schluchzte leise.
Er wischte sich die Nase und weinte weiter. »Verzeih mir!«
murmelte er. »Ich habe lange nicht mehr geweint. Aber ich
bin zu sehr erschrocken.«

Er blickte auf den Zuhörer. Sein ganzes Gesicht bebte.

»Ja«, sagte er schließlich, »Du warst — und bist — ein
Lehrer. Du hast nie davon abgelassen, zu unterweisen oder
es doch zu versuchen, nicht wahr? Nie hast Du den Kampf
aufgegeben. Bist Du dabei auch auf solche Eltern und auf
solche Behörden gestoßen wie ich? Natürlich! Aber es machte
Dir nichts aus, wie? Die großen Scharen essender, unruhig
drängender und schiebender Menschen — Du hast sie unbe-
irrt belehrt. War es nicht so? Wenn sie Dich verlachten und
verfluchten und von Dir abrückten, hast Du sie weiter unterwiesen. Wenn die Behörden Dich rügten, hast Du Deine
Unterweisungen fortgesetzt. Du hast, wie ich, auf Wüsten-
boden gesät. Du lehrtest wie einer, der Macht hat.«

Demütig blickte er auf den Mann im Lichte.

»Und auch ich habe Macht — mehr als die Eltern, mehr
als die Schulgewaltigen, die um ihre eigenen Stellungen zit-
tern. Ein Lehrer hat immer die Macht, Wahrheit zu künden.
Wenn bloß dann und wann einer der Schüler ihn mit plötz-
lichem Begreifen ansieht — wie oft geschah das in Deinem
ganzen Leben? Sehr selten wohl! —, dann ist es ihm genug,
nicht wahr? Übergenug.

Wie müde mußt Du gewesen sein? Bist Du es noch? Nein,
ich glaube nicht. Einer unter Tausenden genügt Dir. Ein einziges plötzlich aufstrahlendes Augenpaar, eine einzige sich
plötzlich erhellende Miene, eine einzige plötzlich Deine Worte
niederschreibende Hand — das war Dir genug. Und es ist
wirklich mehr als genug. Es ist die ganze Welt. Und was
für Schüler hattest Du — hast Du! Verglichen mit den meinen
waren — sind — sie fast hoffnungslos.

Wenn Du trotzdem Deine Unterweisung fortsetzen konn-
test und kannst, dann kann ich es auch. Ich kann täglich aus
dem Gedanken an Dich neue Kraft schöpfen. Ich kann weiter-
wirken, weil Du weiter wirktest und wirkst.«

Sehr behutsam trat er auf den Mann zu. Er berührte seine Hand. »Mein Lehrer«, bat er ihn, »laß mich — und auch Marcia — wieder als Lehrer tätig sein! Wir können heiraten. Wir waren bloß zu ängstlich. Jetzt aber kann ich sagen: ›Alles vermag ich in dem, der mir Kraft verleiht.‹

Mit Deiner Hilfe werde ich die alten Werte und alten Grundsätze neu verkünden. Ich werde wieder Lehrer sein. Wir haben noch die alte Macht und Würde. Wenn wir davon keinen Gebrauch machten, war es unser eigener Fehler. Wir müssen uns wieder mit Macht und mit Würde wappnen. Gegen die ganze Welt.«

XI

DER ARZT

. . . und man brachte alle Kranken zu Ihm.

Mt 14, 35

Dr. Felix Arnstein lächelte seinem Patienten zu. »Sie hätten ebensogut jemanden hier in der Stadt konsultieren können, Jim«, erklärte er. »Ich habe es Ihnen schon lange gesagt: Ihre Gallenblase ist schuld. Aber diesmal werden Sie mich doch dafür sorgen lassen, daß Ihnen dieses verdammte Ding herausgenommen wird, sobald wir heimkommen, nicht wahr?«

»Langsam, langsam, Felix!« widersprach der dicke Mann mit dem gelblichen Teint und den Augen, die wie glasierte Rosinen aussahen. »Ich habe allerhand darüber gelesen. Da gibt's die Diät.«

»Diät habe ich Ihnen schon vor zehn Jahren verordnet«, sagte Felix Arnstein. »Erinnern Sie sich? Wenn Sie sich daran gehalten oder wenigstens zeitweise einen Versuch damit gemacht hätten, wäre die Sache nicht so böse geworden. Jetzt ist die Gallenblase voll Steine. Wir haben es Ihnen im Röntgenbild gezeigt.«

»Diät!« schnob Jim Merwin und zwinkerte seiner schlanken, hübschen Frau zu, der man ihre fünfundvierzig Jahre nicht ansah. »Wenn man nicht einmal essen darf, was man will . . .«

»Die einen dürfen es, die anderen nicht«, meinte Felix, bemüht, freundlich zu bleiben. Ob es wohl, fragte er sich, Miß Lillis gelungen war, die Patienten an seinem Wohnort, die für heute vorgemerkt waren, auf morgen zu vertrösten? Oder waren sie sofort zu einem anderen Arzt abgeschwenkt? Das war der Jammer bei einem praktischen Arzt! Er hätte doch noch für weitere zwei Jahre in das Krankenhaus zurückgehen sollen. Dann hätte er sich jetzt Internist nennen können . . .

»Ich weiß«, fuhr er fort, »daß die einen sich den Magen mit Fischen und ähnlichem Zeug vollstopfen können und die anderen einen gewaltigen Nesselausschlag bekommen, wenn sie auch nur ein winziges Stück Muschelfleisch in ihrer Suppe schlucken. Sie, Jim, gehören zu den Leuten, die als Fünfzehnjährige mit Diätkost beginnen müßten. Sie haben es nicht getan. Und jetzt sind Sie über fünfzig und haben eine Ladung Steine, die einem Elefanten zu schaffen gäbe. Was meinen Sie dazu, daß wir nächste Woche, wenn Sie zurückkommen, Remedur schaffen? Eine Gallenblasenoperation wird heutzutage nicht mehr in den Annalen der Medizin verzeichnet. Eine simple Routinesache.«

»Nichts zu machen«, lehnte Jim Merwin ab. Diesmal zwinkerte er Felix zu. Er war, eine natürliche Anlage mit Bedacht pflegend, ein Zwinkerer. Das trug ihm den Ruf eines großzügigen, edelmütigen, warmherzigen Menschen und dazu noch gute Geschäfte ein. »Für solche Dinge hab ich keine Zeit, mein Lieber. Mir geht's nicht so gut wie euch Medizinmännern. Ihr könnt immer wieder einen Abstecher nach Jamaika oder Florida oder Sorrent machen. Ich muß arbeiten. Geld verdienen. Ich habe fünf Bälger zu füttern, nicht wahr?« Er hatte einen akademischen Grad erworben; deshalb konnte es seiner Meinung nach nur als ungezwungene Kameradschaftlichkeit gelten, wenn er niedrige Kraftausdrücke gebrauchte.

Felix Arnstein war ein kleiner, hagerer Mann mit auffallend massigem Gesicht. Er hatte eine zarte, helle Hautfarbe, ausdrucksvolle blaue Augen und schütteres Blondhaar. Weil er mußte, hatte er sich eine freundliche Miene angewöhnt. Manchmal jedoch, wie zum Beispiel jetzt, wurde es ihm fast unmöglich, diese Miene zu wahren. Jim Merwin war mit seiner Kette von Sportausrüstungsläden zumindest ein Millionär. Er gehörte allen »Landklubs« an, die dem Arzt fest verschlossen waren. Er hatte eine Villa auf Cape Cod, abgesehen von seinem prachtvollen Wohnhaus in ihrer gemeinsamen fernen Heimatstadt, und er besuchte jeden Winter wiederholt Florida ebenso wie andere Nobelgegenden. Aber das waren natürlich Geschäftsreisen — Steuerabzugsposten, einschließlich der Ausgaben Lucy Merwins. Sie war früher seine Stenotypistin gewesen. Jetzt nahm sie auf ihren gemeinsamen Ausflügen »Stenogramme« auf und hatte zum Beweis dafür immer einen Notizblock bei sich.

Felix war müde. Lucy hatte ihn sehr aufgeregt angerufen — Ferngespräch, heute um vier Uhr früh. Jim habe bei einer

Tagung in dieser fremden Stadt einen seiner »Anfälle« bekommen.

»Diesmal wirklich schrecklich, Felix!« hatte sie weinend berichtet. »Nein, Ihre Tabletten helfen nicht ... Wie? ... Ach, Felix, Sie wissen doch, Jim will niemand anderen als Sie! Und in einer fremden Stadt, und noch dazu im Hotel! ... Nein, er hat zu niemand anderem Zutrauen. Hören Sie, ich habe schon den Flughafen angerufen, Felix. Es geht eine Maschine um fünf Uhr dreißig. Wenn Sie sich beeilen, können Sie es gerade noch schaffen und um sieben hier sein. Sie brauchen bloß den Flugschein am Schalter zu beheben. Felix, Sie müssen kommen!« Sie schluchzte. »Ich glaube, diesmal ist es ein Herzanfall. Oder vielleicht ist die Gallenblase gerissen, wie Sie gemeint haben, daß es passieren könnte. Oder weiß Gott was ... Nein, er ist so schlecht beisammen, daß er jetzt nicht aufstehen und heimfliegen kann. Er ist ganz betäubt von den Schmerztabletten; und dabei haben die Schmerzen kaum nachgelassen.«

So hatte Felix Arnstein sich mühsam aus dem Bett geschleppt. Er hatte es gerade erst richtig angewärmt; vor weniger als vier Stunden war er von einem dringenden Krankenbesuch zurückgekommen. Sein Patient, ein guter Freund, war eine halbe Stunde nach Felix' Eintreffen an einem Herzanfall gestorben. Es war für Felix ein harter Schlag, eine schwere seelische Erschütterung gewesen. Nach dem Ferngespräch sagte er zu seiner Frau Gay, als sie ihn mit schläfriger Besorgtheit ansah: »Schlaf nur wieder ein, mein Kind! Ich muß fort. Ich lasse dir einen Zettel auf dem Frühstückstisch.« Er verschwieg ihr, daß er die Stadt verließ.

Die Jim Merwins waren das Rückgrat der beruflichen Existenz eines praktischen Arztes. Sie zahlten ohne Murren große Honorare. Hohe Rechnungen — sei es auch bloß von einem praktischen Arzt — zu erhalten, schmeichelte ihnen irgendwie. »So ein Allround-Bader«, pflegten sie zu sagen und zwinkerten dazu, wenn sie Zwinkerer waren wie Jim Merwin, »ist mir hundertmal lieber als diese Spezialisten, die ewig beim Golfspielen oder auf Ferien sind und die man an Weekends überhaupt nie erreichen kann. Was die wissen, haben Leute wie Felix Arnstein längst im kleinen Finger.«

Mag sein, mag sein! dachte Felix mit etwas säuerlicher Miene. Aber die Fachärzte waren lebenstüchtigere Leute als er. Vor allem hatten sie sich reichere Eltern ausgesucht, die es sich leisten konnten, sie ärztliche Fortbildungskurse besuchen zu lassen und ihnen dazu noch hohe Monatswechsel zu geben. Oder die Spezialisten hatten nicht, wie er, arm geheiratet, sondern abgewartet, bis sie wenigstens halbwegs etabliert waren. Aber er war bei Beendigung seiner Spitalpraxis schon einunddreißig gewesen. Drei Jahre lang hatte er nämlich die Weiterbildung unterbrechen müssen, um durch Arbeit Geld zu verdienen — drei Jahre zwischen der Promotion und der Spitalpraxis. Gay hätte gewartet. Doch sie wartete damals schon mehr als zehn Jahre auf ihn, und er liebte sie und brauchte sie. Die ersten beiden Jahre nach der Heirat hatte sie in dem großen Warenhaus weitergearbeitet, bis ihr Söhnchen Jerome sein Kommen ankündigte.

Felix' Einkommen war damals nach Abzug der Ausgaben fast so hoch wie das eines Monteurs. Er teilte mit einem anderen Arzt die Ordinationsräume im dritten Stock eines umgebauten alten Hauses in einer sehr armseligen Gegend. Die beiden teilten auch eine Halbtags-Sprechstundenhilfe »für alles«, zwei Aktenordner, ein Telefon und eine stattliche Reihe medizinischer Bücher, die sie antiquarisch — und ungelesen — einem Facharzt abgekauft hatten.

»Er hatte die verdammten Scharteken kein einziges Mal aufgeschlagen, seitdem er sie bei Eröffnung der Praxis von seinen Eltern bekam«, sagte Dr. Robert Sherman zu seinem Kollegen. »Aber er hatte es nicht nötig. Er ist einfach in seine feinen, großen Ordinationsräume in der Nähe des väterlichen Sprechzimmers hineinspaziert, mit einer Assistentin in Seidenstrümpfen und freigebig durchscheinender Bluse und mit einer wie ein Mannequin herausgeputzten Empfangsdame. Das war alles. Er hat einfach die Praxis seines reichen Vaters übernommen und war ein gemachter Mann.«

Wenn ich bloß zwei weitere Jahre im Krankenhaus geblieben wäre, dachte Felix oft, dann wäre ich jetzt auch ein gemachter Mann. Aber es ist einfach nicht gegangen. Gay und ich haben ohnedies schon zu lange gewartet.

Jerome hatte ihnen Glück gebracht. Zumindest waren sie

durch sein bevorstehendes Kommen gezwungen worden, eine etwas größere und besser gelegene, wenn auch teurere Wohnung zu suchen.

Felix war nicht gerade gesellig, machte aber einen sehr rechtschaffenen Eindruck. Und Gay war bezaubernd, frisch und munter wie ein Fisch im Wasser, mit kastanienbraunem Haar und strahlend blauen Augen. Das Paar erregte bald die Aufmerksamkeit der Nachbarn in dem neuen Mietshause. Viele Mieter waren ältere Leute ohne Kinder oder kinderlose Witwen. Gays sichtliche Schwangerschaft erweckte die Fürsorglichkeit der Damen in den Selbstbedienungs-Aufzügen. Gay war die jüngste Frau in dem Gebäude, und ihr vertrauensvolles leises Lächeln und eifriges Gehaben rief in den älteren, einsameren Geschlechtsgenossinnen mütterliche Gefühle wach. Die Damen besuchten sie, gluckten wie Bruthennen, warnten, berieten. Die eine war die Witwe eines Arztes, dessen beträchtliche Hinterlassenschaft ihr ein auskömmliches Dasein ermöglichte. Natürlich nahm sie nicht nur an Gay, sondern auch an Felix Anteil. Eine Woche vor Jeromes Geburt veranstaltete sie für das Ehepaar eine Cocktailparty, und alle Gäste fanden Gefallen an den beiden jungen Leuten. Der nächste Schritt war der, daß Felix fallweise gerufen wurde, wenn der Hausarzt krank oder sonst nicht verfügbar war. Der darauffolgende Schritt bestand darin, daß viele beschlossen, ganz bei Felix zu bleiben.

Jerome war ein hübsches kleines Kerlchen; er hatte von der Mutter die Farbe der Haare und Augen, vom Vater das zurückhaltende, aber gewinnende Wesen. Er wurde der Liebling des ganzen Mietshauses, vom Pförtner bis zum Eigentümer, der im obersten Geschoß wohnte. Mit Felix ging es entschieden aufwärts. Er und Gay sprachen von einem »kleinen Häuschen irgendwo, wegen Jerome, mit Rasen und Bäumen«. Von weiteren Kindern sprachen sie nicht; die konnten sie sich nicht leisten.

Dann kam der Krieg, und Felix mußte einrücken. Da er kein Facharzt war, brachte er es nicht weiter als bis zum Leutnantsrang. Vier Jahre, vier schrecklich lange Jahre, sah er Gay und Jerome nicht. Er sparte nach Kräften; er wußte, daß auch Gay, so gut es ging, von ihren Unterhaltsbeiträgen sparte. Was er nicht wußte, war, daß Gay ihr Söhnchen tagsüber der sachkundigen Obhut der alten Arztwitwe überlassen und wieder einen Posten angetreten hatte. Davon erfuhr er erst, als Gay ihm, nach der ersten Umarmung bei seiner Heimkehr, unter Tränen lachend, ein Sparbuch mit fünftausend Dollar Einlage zeigte. »Unsere Anzahlung für das Haus!« sagte sie. »Von den Unterhaltsbeiträgen habe ich mir außerdem zweitausend Dollar erspart. Die liegen in einer anderen Bank.«

Jerome war fünf Jahre alt. Die Eltern kauften ein nettes, kleines Vorstadthaus um kaum mehr als das Doppelte des tatsächlichen Wertes: die Inflation hatte begonnen. Dr. Sherman, der nicht eingezogen worden war, mietete sich eigene Sprechräume. Felix behielt die Ordination für sich allein. Nach dem Hauskauf hatte er achttausend Dollar auf der Bank, eine ansehnliche Hypothek auf dem Hause, ein gebrauchtes Auto. Ein großer Teil seiner ehemaligen Patienten fand sich wieder ein. Er und Gay hatten während ihrer Ehe nie — ebensowenig wie vorher — auch nur eine Woche Ferien gemacht.

Gay hatte einen Großonkel, einen mürrischen, reizbaren alten Mann mit Gicht, Hörapparat und tiefem Mißtrauen gegen jedermann außer Gay. Er war offenbar nicht mit Glücksgütern gesegnet. Nach einem Herzanfall ging es ins Greisenasyl, um, wie er seufzte, zu vergessen und vergessen zu werden. Bisher hatte er vierzig Jahre lang als kinderloser Witwer einen Einzelraum in einem abgelegenen Hotel bewohnt. Früher war er Diamantschleifer gewesen, und Gay konnte sich nicht erinnern, ihn jemals in einem neuen Anzug oder mit einem neuen Hut gesehen zu haben. Viele Jahre hindurch war sie nett zu ihm gewesen, bloß, weil sie von Natur aus gutherzig war. Nun schlug sie ihm vor, zu ihnen zu übersiedeln. »Und Felix wird immer, oder wenigstens oft, zur Verfügung sein und dich betreuen.«

Felix hielt nicht viel von diesem Einfall. Der alte Harry Stern war ihm nie besonders sympathisch gewesen. Aber Gay, die so schwer für dieses Haus gearbeitet hatte, besaß ein Anrecht darauf, ihren Onkel darin aufzunehmen, wenn sie es wünschte. Und so zog der alte Harry Stern ein — mit seinem endlosen Jammern, seinen Gebetsbüchern, seinen Scheitelkäppchen, seinen abfälligen Bemerkungen über Gays Küche, seinem Gezeter über Jerome, seinem starren Festhalten an altem Ritual, seinen schweren Erkältungen, seinen bestialisch stinkenden billigen Zigarren und seiner Gewohnheit, bei der Erinnerung an seine verstorbene Frau, die er zu ihren Lebzeiten sehr schlecht behandelt hatte, in Tränen auszubrechen.

Er starb plötzlich, während Felix noch darum kämpfte, seine Praxis wieder aufzubauen. Nachdem Felix und Gay den alten Mann mit all der religiösen Feierlichkeit begraben hatten, die ihm, wie sie wußten, am Herzen gelegen war, erschien bei ihnen ein Anwalt mit einem Testament. Harry Stern hatte aus einer Monatsrente von hundert Dollar, die er sich klugerweise vor vierzig Jahren auf Lebenszeit gekauft hatte, seinen Unterhalt bestritten. Er hinterließ Gay zehntausend Dollar in barem.

Aus Achtung vor dem Toten dämpfte Felix rücksichtsvoll seinen Jubel. Plötzlich fand er den schlauen alten Harry sehr liebenswert. Er zahlte einen beträchtlichen Teil seiner Hypothek zurück, was die monatliche Tilgungs- und Zinsenrate herabdrückte. Dann mietete er Ordinationsräume — bescheidene Räume — in einer guten Ärztegegend der Stadt, in einem neuen prächtigen Hause, ganz in weißen Kacheln und Chrom, mit vielen Schalttafeln, mit Türen, die sich von selbst öffneten, und großen Fenstern und mit einem Parkplatz. »Ich glaube«, meinte er vorsichtig zu seiner Frau, »wir sind endlich auf gutem Wege.«

Er war der einzige praktische Arzt im ganzen Hause. Überdies waren die meisten dort tätigen Fachärzte jünger als er. Aber sie sahen ihn nicht über die Schulter an. Sie hatten sogar ohne sein Wissen die Räume in dem ihnen gemeinsam gehörenden Hause zu einem viel niedrigeren Mietzins überlassen, als sie ihn von einem tüchtigen jungen Spezialisten mit ausgiebigem elterlichen Kapitalrückhalt hätten erzielen können. Praktische Ärzte schickten ihre Patienten zu Spezialisten — besonders, wenn diese Spezialisten bequem erreichbar, im gleichen oder nächsten Geschoß, und besonders, wenn sie freundlich und kameradschaftlich waren und ihre Patienten-Lieferanten gelegentlich zum Abendessen einluden und in den richtigen Kreisen bekanntmachten.

»Wir sind bestimmt auf gutem Wege«, sagte Felix zu seiner Frau, als er den letzten Hypothekenrest tilgte. Er hatte jetzt mindestens achtzehn Leute à la Jim Merwin als Patienten, und da sie sich gewöhnlich überaßen oder überarbeiteten oder den Körper auf ungezählte andere Arten malträtierten und andererseits auf regelmäßige Kontrolluntersuchungen und die jeweils modernsten »Spritzen« schworen, sprach Felix von ihnen, die er normalerweise verachtet hätte, als von »unseren Bankkonten«.

Jerome war siebzehn und in einer guten Privatschule, als er seinem Vater mitteilte, er wolle auch Arzt werden. Er war schon einen Kopf größer als sein Vater und lernte ausgezeichnet.

»Das überrascht mich nicht«, sagte Felix und lächelte seinem Sohn liebevoll zu. »Ich beobachte schon jahrelang, daß du meine medizinischen Bücher liest. Für welches Fach willst du dich entscheiden?« fragte er aufgeräumt.

»Ich möchte kein Spezialist werden, Papa«, erklärte Jerome, der ebenso wortkarg war wie sein Vater, »sondern praktischer Arzt. Wie du.«

»Du lieber Gott! Warum denn?«

»Weil ich auch so ein Mann werden möchte wie du.«

»Ein Mann wie ich? Was, zum Teufel, soll denn diese dumme Bemerkung bedeuten?«

Jerome wurde rot. Er war von Natur aus nicht redegewandt. »Na«, meinte er verlegen, »ich glaube einfach, unser Land braucht weniger Spezialisten und mehr praktische Ärzte. Das ist alles.« Dann holte er tief Atem und legte unbeholfen los. »Man kann den menschlichen Körper nicht in so und so viele Schubfächer aufteilen. Wenn jemand an einer Stelle krank ist, ist er es überall. Außerdem . . . Nun, mir erscheint der praktische Arzt als ein wirklicher ›Heiler‹. Ein Helfer. Du weißt schon, was ich meine. Ein Freund. Der Spezialist ist ein Gebilde aus Stahl und Chrom, etwas Unpersönliches. Schau . . . Also, die Sache ist die: ich liebe die Menschen.«

»So? Tust du das?« fragte Felix ziemlich verbittert. Er mußte an die Jim Merwins denken. »Ich nicht.«

»Doch, Papa! Du liebst sie auch«, erklärte Jerome und lächelte ihm mit Gays Lächeln zu.

Unsinn, das alles! Albernes Zeug! Er hatte sich Besseres von Jerome erwartet. Aber der Junge war in seiner Art ebenso starrköpfig wie er selber. Felix drohte ihm, ihn nicht Medizin studieren zu lassen. Jerome lächelte nur. Felix rief: »Wünschst du dir ein Leben wie meines? Nie wissen, ob man die Nacht durchschlafen kann? Jedem, zu jeder Tages- und Nachtstunde, Knall und Fall zur Verfügung stehen zu müssen? Um rund fünfzig Dollar eine Entbindung durchführen? Leute, die sich mehr leisten können, wenden sich an einen Gynäkologen. Jahrelang drängeln und passen, bis man ein Plätzchen in einem Spitalärzte-Team ergattert! Du hast keine Ahnung von dem Snobismus im klinischen Betrieb. Die Spezialisten verachten den praktischen Arzt, obwohl sie für seine Patienten ihre Türen weit offen halten. Sogar die Pflegerinnen und Krankenhausbeamten verachten einen. Man findet in keinem besseren Klub Aufnahme, kann sich übrigens die Mitgliedschaft ohnedies nicht leisten. Weißt du, wie hoch jetzt, nach so vielen Jahren, mein Einkommen abzüglich Spesen ist? Zwölftausend Dollar im Jahr! Und ich muß darüber heilfroh sein. Und da möchtest du ›auch so ein Mann werden‹ wie ich?«

»Ja«, sagte Jerome.

»Du hast keinen Ehrgeiz. Nimm nur zum Beispiel diesen kleinen Angeber von Mastdarmspezialisten gegenüber im Korridor; der nimmt im Jahr mehr als doppelt so viel ein wie ich und ist erst fünfunddreißig. Ich bin fünfzig. In meinem Alter wird er eine Flucht von Ordinationsräumen und ein Rudel Assistenten haben und ein reicher Mann sein.«

Jerome hatte nur gelächelt.

Jetzt studierte der Junge auf einer guten Universität mit ausgezeichneter medizinischer Fakultät und war neunzehn Jahre alt. Er und sein Vater hatten keine Auseinandersetzungen mehr. Felix hoffte und betete, daß es den Lehrern seines Sohnes gelingen möge, ihn zur Vernunft zu bringen. Gay sagte: »Wenn Jerome halb so tüchtig wird wie du, mein Teurer, und deine Rechtschaffenheit hat und sich die Hälfte der

Liebe erwirbt, die deine Patienten dir entgegenbringen, werde ich sehr glücklich sein.«

»Sich Liebe erwerben?« rief Felix. »Liebe von den Jim Merwins?«

»Sie sind nicht die einzigen, Teurer.«

»Gewiß. Aber die anderen begleichen ihre Honorarnoten entweder gar nicht oder erst nach Jahren. Der Arzt ist immer der letzte, dem man zahlt.« Er streichelte ihr die Hände. »Zum Beispiel ist es schon acht Jahre her, daß ich dir deinen Nerzmantel gekauft habe, und es war von vornherein keine gute Qualität.«

Die Lucy Merwins wechselten ihre Nerze mindestens jedes zweite Jahr. Sie hatten ihre eigenen prächtigen Kabrioletts. Gays Wagen war entweder uralt oder eine ganz billige Type. Lucy Merwin trug Brillanten. Gay hatte, auch jetzt noch, nur den Verlobungsring mit dem einkarätigen Diamanten, den Felix ihr geschenkt und an dem er mehr als vier Jahre lang abgezahlt hatte. Sie verbrachte alljährlich zwei Winterwochen in einem Motel bei Miami Beach und zwei Sommerwochen in einem kleinen, primitiven Landhaus »am See«. Nach Entrichtung der Grundsteuern und der Schulgelder schrumpften die zwölftausend Dollar jährlich auf weniger als zehntausend zusammen. Die beiden lebten sehr bescheiden; Gay führte den Haushalt ganz allein. Sie sparten, um dem Sohn das Medizinstudium zu ermöglichen. Sie hatten zwei Rentenverträge und eine Lebensversicherungspolice auf fünfundzwanzigtausend Dollar, für die sie einzahlten. Und Felix war zweiundfünfzig. Er brauchte neue Einrichtungsstücke für seine Ordination. Er sparte auch für einen Röntgenapparat. Diese Anschaffung würde ein paar Fachärzte verärgern; aber wenn er an sein Alter dachte, überkam ihn der Mut der Verzweiflung. »Hierzulande ist für praktische Ärzte kein Platz mehr«, sagte er öfter zu Gay. »Niemand verlangt oder braucht persönliche Betreuung.«

»Doch, doch!« widersprach Gay, deren braunes Haar stark angegraut war. »Gerade das brauchen die Menschen sehr notwendig. Weißt du denn das nicht?«

Dann hatte sie hinzugefügt: »Die armen Menschen! Und ich denke dabei nicht an materielle Armut.«

Heute, in dieser fremden Stadt, in diesem Luxushotel, fielen Felix plötzlich Gays Worte ein. »Die armen Menschen.« Er musterte den dicken, zwinkernden, gelblichen Jim Merwin und dann dessen Frau Lucy, die nur um drei Jahre jünger war als Gay, aber um mindestens zwölf Jahre jünger aussah mit ihrem »getönten Haar, ihrem glatten Gesicht, ihren weichen, weißen Händen, ihrer schlanken Gestalt.

Sie hatten für »unseren Doktor« ein prachtvolles Zimmer im selben Hotel gemietet, übrigens gleich anstoßend. »Für Sie ist nichts zu gut, mein alter Felix«, erklärte Jim Merwin, der um ein Jahr älter war als »sein Doktor«. »Wollen Sie nicht ein paar Tage bleiben? Dann könnten wir alle miteinander heimreisen.«

»Nein, danke«, lehnte Felix ab. »Ich habe für morgen eine lange Liste von Verabredungen. Ich fliege um Mitternacht zurück.« Es war ein schöner Frühlingstag. »Nun habe ich Sie ja beruhigt und davon überzeugt, daß Sie noch nicht auf dem letzten Loch pfeifen. Jetzt möchte ich einen Spaziergang machen«, sagte Felix. »Gibt's in der Stadt was Besonderes zu sehen, außer den üblichen Sachen?«

»Gar nichts. Höchstens, Sie wollen sich die komische Einrichtung anschauen, die es hier gibt. Zeig ihm die Broschüre, Luce! Etwas ganz Verrücktes!«

Felix setzte die Brille auf und las John Godfreys Broschüre. »Der Zuhörer.« »Interessant!« rief er. »Was für Leute gehen dort hin?«

»Ach«, antwortete Lucy, »ein Stubenmädchen hat mir davon erzählt. Leute, die Sorgen haben und jemanden brauchen, der sie anhört. Ist das nicht hirnverbrannt? Jemanden, der sie anhört! Da müssen sie sich an einen Psychotherapeuten wenden. Wer hat schon sonst Lust zu so etwas?«

Felix setzte die Brille ab und legte sie gedankenverloren hin. Er behielt die Broschüre in der Hand. Er dachte an Jerome, mit dem er so hochfliegende Pläne gehabt hatte. Wem konnte er die Sache mit Jerome erzählen? Den Fachärzten, die er kannte? Seiner Frau, die das Verhalten des Sohnes billigte? Er schob das Heftchen in die Tasche. »Ich bin in ungefähr einer Stunde wieder hier«, sagte er.

Er vergaß die Broschüre, ehe er noch in der Hotelhalle

war. Dort kaufte er eine Zeitung und wollte einen nahegelegenen Park, falls es einen solchen gab, aufsuchen, sich in die Sonne setzen und lesen. Die Sonne schien sehr warm. Er tastete nach seiner Brille und erinnerte sich, daß er sie in Jims Zimmer gelassen hatte. Er betrat den Lift, stieg in dem betreffenden Stockwerk aus und ging den teppichbelegten Korridor zu Jims Appartement. Das Oberlicht war offen. Da hörte er Jim in verächtlichem Tone sagen:

»Felix? Mach dir um den keine Sorgen! Tust du übrigens ohnedies nicht! Wir hätten ihn nicht rufen sollen. Das war deine Idee... Ach, schweig! Schön, so war es meine Idee. Mit diesen verdammten Schmerzen. Wetten, daß er mir eine ellenlange Rechnung schickt! Darauf kann man sich bei einem jüdischen Doktor verlassen. ›In die Bank, in die Bank, in die Bank!‹ Das ist das einzige, was sie im Kopf haben.«

»Na also«, lachte Lucy, mit dem sanften, fröhlichen, grausamen Lachen von Frauen, die sich an einer abfälligen Bemerkung über jemand anderen ergötzen, »du denkst schließlich auch ans Geld, mein Lieber.«

»Gewiß, aber das ist etwas anderes als bei den Juden. Die hamstern alles, was sie verdienen. Gegen diesen Felix bin ich ein Waisenknabe. Schau dir nur sein Auto an! Mindestens vier Jahre alt, und die Marke auch kein Glanz. Und Gay trägt schon jahrelang diesen alten Fetzen von Pelz. Man würde meinen, ihr Mann müßte sich schämen, sie so herumlaufen zu lassen. Und ein Häuschen, das man in unserer Garage unterbringen könnte. Jeden Cent legt er sich auf die hohe Kante. Er hat schon praktiziert und Geld gescheffelt, da war ich noch Verkäufer in einem von den Sportgeschäften, die jetzt mir gehören. Um einen Juden braucht man sich keine Sorgen zu machen. Denk nur daran, was mich seine Reise kostet, und das Hotelzimmer, und das Honorar! Er wird mir gehörig das Fell über die Ohren ziehen, da kannst du Gift nehmen darauf. Gib mir einen Drink, doppelstark!«

Felix wich langsam von der Tür zurück. Seine Wangen waren weiß, die Muskeln um den Mund hart und verkrampft. Er, ein freundlicher, gütiger Mensch, zitterte vor Haß und Wut und Empörung. Nie mehr würde er Jim Merwin über seine Schwelle lassen!

Doch, er würde. Er brauchte die Jim Merwins. Weil er praktischer Arzt war, gesellschaftlich ein Niemand.

Ihm war übel, als er wieder in der Hotelhalle stand. Er blickte die Zeitung in seiner Hand an. Ohne Brille, überlegte er benommen, konnte er kaum lesen. Und das Appartement zu betreten vermochte er augenblicklich auch nicht. Noch nicht, wenn er die Jim Merwins behalten wollte. Er hatte sich nicht in der Hand. Noch nicht. »Der Teufel hole ihn!« rief er laut und dachte an alle die Plage, die er und Gay im Leben gehabt hatten. Und dann dachte er an Jerome, der praktischer Arzt werden wollte. Mit hilfloser Gebärde schob er die Fäuste in die Taschen, und die eine Hand stieß auf die Broschüre. »Der Zuhörer.« »Verdammt!« fluchte er. Aber er trat auf die Straße und nahm ein Taxi.

An den Büschen und Bäumen rings um das weiße Gebäude waren eben die Frühlingsblüten aufgebrochen — rot, lila, leuchtend gelb, strahlend weiß, purpurfarben, violett. Tulpen und Narzissen und Hyazinthen standen in der warmen, braunen Erde, Reihe an Reihe. Die roten Kiespfade funkelten in der wohligen Sonne. Langsam schritt Felix einen der Pfade empor und blickte auf das quaderförmige weiße Gebäude, das sich gegen den tiefblauen Himmel abhob. Er sah eine Bank, auf der ein alter Mann saß, die Hände auf seinen Stock gestützt, einem Eichhörnchen zulächelnd. Felix zögerte; dann blieb er stehen. Er fragte: »Dürfte ich Sie um eine Auskunft bitten? Wissen Sie vielleicht, wer es ist, der dort oben die Besucher anhört?«

Der Alte sah ihn gelassen an. »Ich weiß es nicht. Niemand weiß es. Er hört einfach zu. Manche halten ihn für einen Arzt, andere für einen Lehrer oder einen Fürsorger oder einen Geistlichen. Von den Leuten, die sich ihm gegenüber aussprechen, will nur ein Teil ihn sehen, ein Teil nicht. Das kann man halten, wie man will.«

»Sind Sie drinnen gewesen?« erkundigte sich Felix.

»Ja. Ich habe lange geredet. Aber den Knopf beim Vorhang habe ich nicht gedrückt. Ich möchte mir das Bild bewahren, das ich mir von dem Mann gemacht habe ... Ich wollte Selbstmord begehen«, fügte der Alte mit ruhiger

Schlichtheit hinzu. »Aber nach meinem Besuche hier habe ich den Gedanken aufgegeben.«

»Das ist interessant«, sagte Felix mit seiner angenehmen vertrauenerweckenden Stimme. »Würde es Ihnen etwas ausmachen, mir zu erzählen, was der Mann zu Ihnen gesprochen hat?«

Der Alte blickte nachdenklich vor sich hin. Er nahm seinen verschlissenen Hut ab und rieb sich den weißlichen kahlen Schädel mit der Handfläche. »Ich weiß es nicht«, erklärte er dann. »Ich kann mich nicht erinnern, daß er etwas gesagt hätte. Vielleicht hat er es getan, vielleicht auch nicht. Offen gestanden, ich weiß es wirklich nicht und kann Ihnen auch sonst nichts mitteilen. Außer der einen Tatsache, daß ich zum erstenmal im Leben Frieden verspürte. Dabei bin ich fünfundsiebzig Jahre alt; das ist für einen Aufenthalt in der Hölle lange genug, meinen Sie nicht auch?« Er sah das weiße abgespannte Gesicht des Fremden und den schmerzlichen Ausdruck in seinen blauen Augen. Freundlich sagte er: Gehen Sie doch ruhig hinein und sprechen Sie selber zu ihm! Ich glaube Sie haben es nötig.«

Felix wurde rot und straffte die Schultern. Er wandte sich fast zum Weggehen. Dann schaute er wieder auf das Gebäude. Er runzelte die Stirn. Na, es konnte nicht schaden, jemandem, einem Unbekannten, der ihn nie sehen würde, von den Jim Merwins zu erzählen. Von den verdammten Jim Merwins.

Er trat in den Warteraum und sah zwei Personen schweigend dasitzen, eine junge Frau und einen jungen Mann. Er war Arzt und erkannte, durch ihr Schweigen hindurch, auf ihren Gesichtern das steinerne Schimmern der Verzweiflung die Furchen des Leids. Eine junge Frau, mager wie der Tod. Ein junger Mann in Jeromes Alter. Es war schrecklich, wenn ein Mensch litt; es war noch schrecklicher, wenn junge Leute litten. Wer sie wohl sein mochten? Mit geübten Augen schätzte er ihre Gewandung ab. Die junge Frau trug teure Kleider Der Jüngling hatte armselige Schuhe und einen abgeschabten Anzug. Die beiden warfen keinen Blick auf den Neuankömmling; sie waren in ihre eigene, grenzenlose Qual versunken Plötzlich mußte Felix an die Worte denken: »Die armen Menschen.«

Ungeduldig schob er die Worte von sich. Er bemerkte den Schlitz, über dem eine Messingtafel die Besucher einlud, eine Schilderung ihrer Nöte zu hinterlegen. Geldspenden wurden nicht verlangt. Ein Psychotherapeut oder ein Arzt — ganz bestimmt. Wer denn sonst? Er nahm Platz und kam sich albern vor. Er wartete.

Ein altes Weiblein schlich sich zaghaft herein. Offenbar eine Scheuerfrau, nach den aufgesprungenen Händen zu schließen und nach der Kleidung und dem mühsamen Gang. Ja, sogar noch schrecklicher als das Leid junger Menschen waren die Qualen einsam Alternder, die niemanden hatten, die arbeiten mußten, bis sie tot hinfielen. Er lächelte der alten Frau ermunternd zu, stand auf und half ihr bis zu einem Sessel. Ihre Füße waren geschwollen. Ödem. Herz? Die Blässe des Todes lag auf ihren Wangen; die Schatten des Todes lagen in ihren Augen. »Die armen Menschen.« Zum Teufel damit! dachte Felix.

Er sah die alten, zerfurchten, fast blutiggescheuerten Hände, die angeätzten Fingernägel. Die Frau spürte den Blick, hob den weißhaarigen Kopf und starrte den Unbekannten stolz an, als wiese sie sein unseliges Mitleid zurück. Jenes altgewohnte, immer wieder aufwühlende Mitleid, das an ihm zehrte, wenn er in Elendsräumen hoffnungslose tote Augen schloß, wenn er einer Mutter sagen mußte, daß ihr Kind im Sterben war, oder einem Ehemann, daß seine Frau in den letzten Zügen lag, wenn er eine gramgebeugte Gattin tröstete, deren Mann nie mehr zu ihr sprechen sollte! Irgendwie ereigneten solche Dinge sich immer nach Mitternacht, wenn die Fachärzte sorglos und geruhsam schliefen, oder wenn sie auf den Bermudas, in Paris, London oder Südamerika waren. Felix mußte an die müden Priester und Pastoren und Rabbiner denken, die in diesen qualvollen Augenblicken neben ihm standen und ihn, dessen mitleidig bekümmertes Herz sie kannten, als Amtsbruder betrachteten. Er hatte eine seltsame, beklemmende Gemeinschaft mit ihnen verspürt, mit diesen armseligen Männern in armseligen Räumen.

Ein Glockenzeichen ertönte sanft. Die junge Frau und der junge Mann waren schon an der Reihe gewesen. Die alte Frau sagte kurz: »Sie kommen dran.«

»Ich warte. Gehen Sie zuerst!« erwiderte er und sah wieder ihre Füße an.

»Nein. Das wäre ungehörig. Die Reihenfolge muß eingehalten werden«, erklärte die Greisin in entschiedenem Tone. Sie keuchte ein wenig. Felix hörte es und runzelte die Stirn.

Er trat in den weißen Raum mit dem Marmorstuhl und den geschlossenen blauen Vorhängen. Er musterte alles mit der sachlichen Neugier des Arztes. Er ging zu der Stelle, wo die Besucher von draußen her ihre Briefe einwarfen. Er lächelte spöttisch. Dort befand sich, in die Wand eingelassen, ein Stahlbehälter. Also, »man« las die Briefe und erteilte dann Ratschläge! Der Briefkasten hatte einen schrägen Deckel, und Felix öffnete ihn. Er roch die Schärfe verkohlenden Papiers. Dann stellte er fest, daß die durch den Schlitz geworfenen Briefe sofort auf dem Grunde des kleinen Schachtes verbrannten. Er sah unten das schwache Flackern einer Flamme und bemerkte eine Zehndollarnote, die sich an einer kleinen Unebenheit des Metalls verfangen hatte und im Hitzewind flatterte. Ihr Rand war schon angesengt.

Also las überhaupt niemand die Briefe! Die Aufforderung zum Einwurf sollte, wie Felix jetzt erkannte, nur bewirken, daß die Besucher durch die Niederschrift ihres Anliegens Klarheit in ihre Gedanken brachten und Selbstvertrauen faßten. »Sehr vernünftig«, murmelte Felix. »Psychologisch richtig.«

Widerstrebend schritt er zu dem Sessel, blieb dahinter stehen, stützte die Arme auf die Rücklehne und betrachtete die Vorhänge. Wieder erwachte die Wißbegierde in ihm.

»Ich habe das Bedürfnis, mit jemandem zu reden«, begann er. »Aber unter den gegebenen Umständen ist es mir lieber, wenn ich Sie nicht sehe. Übrigens wartet draußen eine alte Frau, die nicht mehr lange zu leben hat. Wahrscheinlich hat sie es dringender nötig, sich auszusprechen als ich. Ich denke, ich rufe sie herein.« Er ging zu der Tür, durch die er gekommen war; sie ließ sich nur von der anderen Seite her öffnen. Er ging zu den Vorhängen und las die kleine, in die Marmorwand eingelassene Messingtafel. »Na, hoffentlich dankt man Ihnen«, brummte er.

Der Raum wartete. Hier herrschte die Stille grenzloser Ewigkeit, in der die Zeit keinen Bestand mehr hatte. Felix mußte an sein ständig vollbesetztes Wartezimmer denken. Auch an den Wänden standen dort Leute, und manchmal mußten Patienten draußen auf dem Korridor warten. Wenn ein Facharzt durch diesen Korridor ging, musterte er dann erwartungsvoll die Gesichter. Eine »Niere« hier, eine Arthritis dort; das hier sichtlich eine Herzsache, jenes dort ebenso sichtlich ein Krebs, und so fort. Freund Felix würde den oder jenen zuweisen. Es war eine glänzende Idee gewesen, einen alten Praktikus ins Haus zu nehmen. Dabei verlangte er nie eine Provision, nicht einmal andeutungsweise. Ja, eine glänzende Idee!

Felix sah sein Wartezimmer klar und deutlich vor sich: die verschreckten Mienen der Patienten, das undefinierbare Grau der Gewandungen, die abgetragenen Schuhe, die bunten, getupften Halstücher mancher ärmerer Frauen, die von Angst verzerrten Gesichter der Kinder. Und dann, wenn er erschien, die plötzliche Aufheiterung, die Hoffnung, das zaghafte Lächeln. Nun, das war alles recht schön! Aber weniger ermutigend war das von seiner Sekretärin zu Monatsende vorgewiesene schmale Bündelchen von Schecks. Er konnte froh sein, wenn er zu jeder sechsten Honorarnote einen Scheck erhielt; manchmal mußte er froh sein, wenn er überhaupt einen einzigen bekam. Dem Inkassobüro übergab er Rechnungen nur dann, wenn er bestimmt wußte, daß ein Patient ihn zu prellen versuchte oder wenn der Betreffende wenigstens in kleinen Raten zahlen konnte. Er war ein Dummkopf! Trotz seiner zweiundfünfzig Jahre hatte er es — von den kaum zwei Dutzend Jim Merwins abgesehen — nicht einmal dahin gebracht, die »richtige« Art kapitalkräftiger Patienten anzuziehen, die ihn für die Zahlungsunfähigen hätten entschädigen können.

Plötzlich gewahrte er, daß er in dem Stuhle saß. Er starrte auf die Vorhänge. »Offenbar sind Sie Arzt«, sagte er. »Na, hier haben Sie einen Leidensgenossen. Ich bin praktischer Arzt. Sie auch?«

Er vernahm keinen Laut, keine Stimme, kein Rascheln oder Rücken. Aber dann auf einmal glaubte er ein bejahendes Murmeln gehört zu haben. Er blickte angespannt um sich. Bestimmt nur eine Sinnestäuschung! Die Einbildungskraft konnte einem allerhand Streiche spielen in einem so stillen

Raum, wo es keine Zeit gab, keine Störung, nichts, außer einem selber, im Gespräch mit ... Ja, mit wem?

»Ich habe gehört, Sie sind vierundzwanzig Stunden im Tag hier«, sagte er mit seinem leisen, spöttischen Lächeln. »Na, mir geht es ähnlich. Vierundzwanzig Stunden täglich in Bereitschaft. Froh und glücklich, wenn ich ein paar Nächte in der Woche fünf Stunden durchschlafen kann. Macht Sie das nicht auch müde?«

Wieder meinte er ein Murmeln zu hören, aber diesmal ein verneinendes. Er rieb sich die Ohren, bis sie rot wurden. »Nicht?« fragte er ungläubig. »Wann schlafen Sie denn?« Die weißen Wände und die weiße Decke lächelten ihm zu. Er setzte sich auf. »Haben Sie keine Eltern? Keine Geschwister? Keine Kinder?«

Die freundliche Wärme umflutete ihn, bejahend. Er vergaß auf eine Stimme zu warten. Er wußte nicht, wie es zuging, aber ihm genügte die Empfindung, daß irgendwer ihn anhörte, ihm zustimmte oder widersprach. Viele Jahre hatte er nicht mehr an seinen alten Großvater gedacht, wie er mit dem Scheitelkäppchen beim Küchenherd im Hause seiner Mutter saß, sich im Winter die Hände wärmte und in dem bequemen Stuhl, den sie immer für ihn bereithielt, schaukelte. Sein Großvater hatte selten gesprochen. Er hatte nur zugehört und sehr oft gelächelt. Das genügte; er verstand und entgegnete ohne Worte.

»Sie erinnern mich an meinen Großvater«, erklärte Felix plötzlich. »Sind Sie alt? Sehr alt?«

War das Bejahung oder Verneinung? Oder beides? Felix lehnte sich in dem Sessel zurück. Er sagte nichts. Er dachte an Gay und Jerome und an die kleinen irdischen Erfolgsbeweise, die er besaß, und an die Jim Merwins. Die Zeit verrann; oder es schien sie eigentlich überhaupt nicht zu geben. Mit einem Male schrak Felix auf und fand sich wieder. »Ich denke«, murmelte er, »ich sollte Ihnen meine Sorgen darlegen.«

Dann setzte sich in ihm — anscheinend kam er langsam von Sinnen — der Eindruck fest, daß der Mann hinter dem Vorhang schon die ganze Zeit über auch seine Gedanken gehört hatte und alles von ihm wußte. Diese Empfindung machte

Felix etwas unsicher. Als Skeptiker hatte er über »außersinnliche Wahrnehmung« gelächelt, obwohl er zugab, daß irgend etwas dran sein mochte, ein Phänomen, das sich eines Tages auf sehr einfache Art klären würde. Hatte dieser »Zuhörer« die Gabe der außersinnlichen Wahrnehmung? Plötzlich war Felix fast überzeugt davon. Das machte ihn noch unsicherer. Er räusperte sich. Schon als Schulkind hatte er lernen müssen, Gemütsregungen, die heftig werden konnten, zu unterdrücken. »Man« wünschte keine Heftigkeit oder ähnliche Dinge, die das oberflächliche Dahinleben bedrohten oder das normierte »Glücksgefühl« störten. Besonders lästig waren Menschen, die Sorgen hatten, oder wenigstens diejenigen, die ihre Sorgen durch Worte und Gesten oder auch nur durch Zerstreutheit verrieten. Jedermann mußte »Glück« ausstrahlen.

»Glück!« rief Felix laut. »So ein blödsinniges Wort! Etwas für kleine Kinder. Wann werden wir als Nation ins Erwachsenenalter treten und erkennen, daß es so etwas wie ›Glück‹ nicht gibt? Schauen Sie sich nur mein Wartezimmer an oder das irgendeines anderen Arztes oder die Krankensäle der Spitäler! Aber sogar die Patienten setzen beim Weggehen ein süßliches Lächeln auf, als wollten sie, selbst wenn ihnen der Tod schon im Nacken sitzt, der über sie schockierten Welt zeigen, daß auch sie ›glücklich‹ sind. Auf diese Weise finden sie Anklang bei den ›Glücksanbetern‹ und werden nicht gemieden als unbequeme Mahner daran, daß es Schmerzen in der Welt gibt und Tod und Grab.«

Erregt schob er sich in seinem Sessel hin und her. »Ich bin vier Jahre lang in Europa gewesen«, erzählte er. »Ja, es war Krieg ausgebrochen. Auch so eine blödsinnige Phrase! ›Krieg ist ausgebrochen.‹ Als gäbe es nicht immerfort Krieg, irgendwo. Aber abgesehen vom Krieg kamen mir die Leute in Europa irgendwie erwachsener vor. Niemand erwartete von einem, daß man ›glücklich, glücklich und wieder glücklich‹ sei. Wenn es für jemanden zutraf, dann war ihm zu gratulieren. Aber niemand verlangte ›Glücklichsein‹ als einen öffentlich zu vollziehenden Ritus, als gesellschaftliche Verpflichtung. Niemand hielt einen, wie es in Amerika geschieht, für minderwertig oder entwürdigt, wenn man im Elend stak. Was zum Henker soll denn dieses ganze Getue mit dem ›Glück‹?«

Er blickte auf die Vorhänge. »Doch nicht davon wollte ich mit Ihnen reden. Die Sache ist mir nur im Kopf herumgegangen und ließ mir keine Ruhe.«

Er war ein nervöser Typ, beherrschte jedoch im allgemeinen seine Reizbarkeit, die sich nur in starkem Zigarettenrauchen äußerte. Auch jetzt griff er nach seinem Etui. Dann ging das Verlangen vorbei, und er zog die Hand wieder aus der Tasche. Die Spannung in den Nacken- und Schultermuskeln ließ nach. Ein merkwürdiges Gefühl, diese Entspannung. Etwas seit langer Zeit nicht mehr Erlebtes.

Unvermittelt sagte er: »Meinem Sohne Jerome wollte ich ›Glück‹ bieten. Ihm ein bequemeres Leben verschaffen, als ich es führe. Ihm beruflichen Erfolg sichern, damit er ...«

Er starrte die Vorhänge an. »Also, zum Teufel, damit er von den Jim Merwins dieser Welt als ebenbürtig anerkannt wird und in ihre Klubs eintreten kann und nicht ewig ein Außenseiter bleiben muß! Damit er mit ihnen Golf spielen und Wetten abschließen kann und in ihre Häuser eingeladen wird und eine so noble Marke fährt wie sie und ein mindestens ebenso schönes Haus hat und ein hübsches, reiches Mädel aus guter Familie heiraten kann! Ein gesellschaftlich arrivierter Mann! Und kein Außenseiter!«

Ihm wurde übel vor Verlegenheit und Beschämung. Aber er gab seiner Stimme einen herausfordernden Klang. »Wissen Sie, was das heißt — Außenseiter sein? Wissen Sie, was es heißt, Jude zu sein? Ich weiß es!«

Der Raum schien ihn mit Traurigkeit und Verständnis zu umhüllen, und doch auch mit Zuversicht. »Sie sind Jude?« rief er ungläubig aus. »Jude? Ein jüdischer Arzt?«

Er hielt inne und streckte den Oberkörper der Nische entgegen. Dann seufzte er und fuhr fort: »Wenn Sie Jude sind und einen Sohn haben, werden Sie verstehen, warum ich für Jerome mehr wünschte, als ich selbst erreicht habe. Oh, Gay — meine Frau — wird manchmal ungehalten über mich. Sie sagt: ›Was liegt schon daran? Außenseiter? Nichts da! Jeder stößt irgendwie an Grenzpfähle. In den Jim-Merwin-Klubs besckränkt man nicht nur Juden gegenüber die Aufnahme auf Einzelfälle, bei denen es sich um Oberste Bundesrichter oder dergleichen handeln muß; auch für die Katholiken gibt es einen Numerus clausus. Ein katholisches Mitglied muß sterben, bevor ein anderes zugelassen wird; und sie müssen erste Klasse sein. Bloß, damit sie sich den Jim Merwins beigesellen dürfen! Auch die Italiener und die Polen stehen außerhalb unsichtbarer Grenzpfähle, und ebenso Millionen anderer Menschen, weil ihre Bildung, ihre Geldmittel, ihr Milieu, ihre Familienverhältnisse ›unzulänglich‹ sind. Ja, sogar Juden ziehen anderen Juden gegenüber Grenzlinien. Es ist eine allgemein menschliche Unsitte.‹«

Felix lachte kurz auf. »Irgendwie dürfte Gay ja recht haben. Aber ich wünsche nicht, daß Jerome auf mehr Grenzpfähle stößt, als unbedingt nötig ist. Ich möchte, daß er glück ...« Er unterbrach sich mitten im Wort, und seine sonst blassen Wangen färbten sich purpurrot. »Ach, verdammt!« murmelte er verlegen.

Dann wurde er wieder trotzig. »Schön, das war eine Dummheit. Betrachten wir es als nicht gesagt! Ich war, scheint's, geistesabwesend. Was ich, zumindest jetzt, für Jerome wünsche, ist nicht, daß er reich genug wird, um sich zu den Jim Merwins gesellen zu können, sondern, daß er Facharzt wird und damit ein leichteres, besser gesichertes Leben hat als ich — nicht wie ein Roboter wird, bei dem Tür und Telefon vierundzwanzig Stunden im Tag zur Verfügung stehen müssen. Für jeden Kranken.«

War der Raum ein wenig kühler geworden, zurückhaltender, nachdenklicher? Felix spürte etwas dergleichen. Aufgeregt strich er sich über die Brauen. »Eigentlich«, sagte er, »meine ich es nicht ganz so. Schließlich bin ich Arzt, und die Kranken sind meine Schutzbefohlenen. Ja, meine Schutzbefohlenen. Komisch, aber ich habe sie, glaube ich, bisher nie bewußt als solche empfunden.«

Dann, nach einer Weile, hellte seine Miene sich auf. »Doch! Ich habe sie so empfunden. Im Unterbewußtsein, meine ich. Ich bin offenbar ganz durcheinandergeraten. Das kommt davon, wenn man Vater ist. Früher einmal, vor Jahrtausenden, waren die Ärzte zugleich Priester; sie heirateten nicht und hatten keine Kinder. Sie widmeten ihr Leben ausschließlich der Aufgabe, die Kranken zu heilen und zu trösten oder ihnen den Mut einzuflößen, dem Tode ins Auge zu sehen. Können

Sie sich in eine solche Haltung hineindenken? Ich kann es glaube ich. Jetzt.«

Lange schwieg er und dachte nach. Seine Gedanken strömten rasch, trugen ihm Tausende von Bildern zu. Sein Gesicht entspannte sich. Er begann zu lächeln.

»Gerade ist mir etwas eingefallen. Als Gay diese zehntausend Dollar von dem alten Harry Stern erbte, sagte sie zu mir: ›Jetzt kannst du noch ein paar Jahre weiterstudieren. Wenn du Lust hast. Und Facharzt werden. Wenn du Lust hast.‹ Und sie hat mich mit ihren hübschen Augen angesehen und auf Antwort gewartet.«

Felix setzte sich kerzengerade auf, voll Erregung. »Wissen Sie, was ich erwidert habe? ›Ach, das verlohnt sich nicht. Bis jetzt dachte ich, mir sei es eben wichtiger gewesen, das Geld zur Hypothekentilgung zu verwenden, oder dergleichen. Aber das stimmt nicht. In der Tiefe des Herzens wollte ich einfach praktischer Arzt bleiben, wollte Tür und Telefon vierundzwanzig Stunden täglich verfügbar halten für Menschen, die wissen, daß Fachärzte feste Sprechstunden und eine starre Zeiteinteilung haben und dem Fernsprech-Auftragsdienst angeschlossen sind, bei dem nachzufragen sie sich nicht die Mühe nehmen, wenn sie zu einem Dinner oder einer Golfpartie verabredet oder für das Wochenende in jemandes Landhaus eingeladen sind.«

»Als könnten«, fügte Felix in verächtlichem Tone hinzu, »die Menschen es sich einteilen, wann sie krank werden oder einen Unfall erleiden oder sterben oder ein Baby bekommen! Ich kenne einen Gynäkologen, der sich tatsächlich die Geburten ›einteilt‹. Wenn er Winterurlaub machen will, bringt er seine Patientinnen ins Krankenhaus und leitet die Geburten ein. Manchmal geht alles gut. Manchmal nicht! Aber sogar die Frauen, die ihre Kinder verlieren, schwören weiter auf ihn. Er hat ›Charme‹. Ich habe keinen.«

Er sann nach. Dann sagte er: »Aber ich habe etwas anderes. Meine Patienten vertrauen mir. Wie sie ihren Priester oder Pastor oder Rabbiner rufen, werde auch ich gerufen. Selbst wenn sie wissen, daß ich nicht mehr helfen kann. Das ist doch etwas, nicht?«

Sein müdes Gesicht wurde strahlend und freudig erregt.

Er versuchte nicht mehr, seine Empfindungen zu beherrschen. Er sprang auf und durchmaß mit raschen Schritten den Raum, gestikulierend, vor sich hinmurmelnd.

»Menschen sind Menschen. Sie können gebildet und tapfer und blasiert tun; aber sobald es zum Sterben kommt, sind sie alle gleich. Schon bei einer Untersuchung, wenn sie die Kleider ablegen und die weißen Hemden anziehen, die ich für sie bereithalte, sind sie alle gleich. Dieselben menschlichen Gesichter, dieselben Empfindungen, Furcht, Hoffnung, Zuneigung, Abneigung — bei allen das gleiche. Sie sind nur mehr Menschen. Sogar«, setzte er hinzu, »die Jim Merwins.«

Er hielt inne. All sein Haß gegen Jim Merwin war verflogen. Mein Gott, der arme, dicke, leidende, feigherzige Kerl! dachte er liebevoll. Er hat schreckliche Angst vor einer Operation. Er glaubt, es geht ihm vielleicht ans Leben. Was ist dann mit seinem Geld und seinen Klubs und der hübschen, aalglatten Lucy? Er weiß, sie wird, bevor er noch kalt ist, an eine neue Heirat denken. Und seine Kinder! Er hat keine Ahnung — auch Lucy übrigens nicht —, daß sein Augapfel, seine verhätschelte achtzehnjährige Tochter bei mir wegen einer Geschlechtskrankheit in Behandlung steht. Sein unschuldiges kleines Lämmchen. Es wäre für die Eltern, für beide, der Tod, wenn sie es erfahren; darum habe ich es ihnen verschwiegen. Ich habe bloß der verbuhlten kleinen Heuchlerin ein paarmal fest den Kopf gewaschen, was die Eltern schon vor Jahren hätten tun sollen, und habe ihr die Furcht Gottes beigebracht. Dazu ist ja der Arzt, der praktische Arzt, da. Wenn ich Facharzt gewesen wäre . . . Nun, ein Facharzt hätte ihr Honorare aufgerechnet, die aus ihrem Taschengeld nicht zu bestreiten gewesen wären, und Jim wüßte längst davon. Ich verlange von ihr fünf Dollar für die Injektion; das ist ein Viertel ihres Wochengelds. Sie wird bald geheilt sein und ist ein anderer Mensch geworden. Durch mich.«

Er blickte auf die Vorhänge; und wieder hatte er das Gefühl, daß man ihm aufmerksam zuhörte.

»Ich denke«, sagte er, »an alle die Leute, die vielleicht sterben müssen, weil sie sich keinen Facharzt leisten können. Ich meine nicht die ganz armen Menschen, die kostenlos die gleiche fachärztliche Behandlung erhalten wie die Reichen. Ich meine den unteren Mittelstand, jene Leute, die zu mir kommen. Meine Honorare können sie zahlen, und das wissen sie. Aber ohne praktische Ärzte würden diese Menschen überhaupt nicht behandelt werden und ihr ganzes weiteres Leben leiden müssen. Oder vorzeitig sterben.«

Er lächelte den Vorhängen zu. »Wissen Sie, welches der wundervollste Ausspruch war, den mein Sohn — und überhaupt ein Mensch — je zu mir getan hat? ›Ich möchte auch so ein Mann werden wie du.‹ Nun, gibt es eine größere Genugtuung? Ein Mann wie ich. Noch heute abend werde ich meinem Sohne einen Brief schreiben. Ich werde ihm mitteilen, daß ich stolz bin auf ihn, weil er die Kranken heilen will, ohne Rücksicht darauf, ob man ihn dafür bezahlt oder nicht, ob er jemals reich wird oder nicht. Er wird nie reich werden. Aber das spielt keine Rolle, nicht wahr?«

Er zog sein Taschentuch hervor und wischte sich die Augen. »Wozu ist denn schließlich ein Mensch auf der Welt, wenn nicht dazu, um seinen Mitmenschen zu helfen, sie zu heilen, zu trösten?«

Er trat näher an die Nische heran. Er blickte auf den Knopf. Er zögerte. Dann drückte er rasch den Knopf. Die Vorhänge öffneten sich.

Er sah das Licht und den im Lichte Stehenden.

In seinem Gesichte arbeitete es heftig. Er flüsterte: »Ja. Du hast die Kranken geheilt, nicht wahr? Und Du standest außerhalb der Grenzpfähle, nicht wahr? Ich . . . Gay und ich, wir sind Mitglieder eines Buchklubs. Eben haben wir ein Buch über Dich und Dein Wirken gelesen.

Dir lag nie daran, in der Gesellschaft anerkannt oder gefeiert zu werden. Wenn ich mich recht erinnere, kamen die Armen und Kranken in Scharen zu Dir; und Du hast sie nie, weil sie kein Geld hatten, abgewiesen. Du hattest nie ein prächtiges Haus oder Bediente oder feine Gewänder. Das schien Dir nicht wichtig. Du warst Arzt. Und bist es wohl noch.

Dieses schreckliche Ding auf Deinem Kopf . . . Weißt Du, jeder wahre Arzt trägt so etwas Ähnliches rings um sein Herz.«

XII

Die Ungeehrte

Friede sei mit euch! Jo 20, 21

Ami Logan sah Felix Arnstein durch die Eichentür in den nächsten Raum treten. Auch sie hatte ein geübtes Auge. Irgendein Geschäftsmann, dachte sie, oder vielleicht ein Anwalt oder ein Arzt! Verdient nicht sehr üppig; das bemerkt man gleich. Der Anzugstoff gut; aber ich habe schon bessere Stoffe gesehen. Und neu war der Anzug auch nicht. Aber sehr nett hatte der Mann sich verhalten. Nicht jene Art von »Nettigkeit«, die manche Leute zeigten: sie redeten höchst salbungsvoll von den »armen Werktägigen«. In Wirklichkeit waren ihnen die »armen Werktätigen« ganz schnuppe; aber sie fanden solche Wendungen »nett«, sie und ihre Cocktail-Freunde.

Während der letzten zwanzig Jahre hatte Ami Logan mehr von den »Rechten« der Arbeiter gehört als in ihrem ganzen früheren Dasein, und es war gar nichts dahinter. Rein gar nichts. Komisch! Die Damen, bei denen sie arbeitete, schwatzten auf ihren Cocktailpartys stundenlang — wirklich stundenlang — von Fortschritt und Arbeiterbewegung. Man hörte ihre schrillen Stimmen reden, reden, sich ereifern. Man hörte das bis in die Küche, wo man die Teller mit Schinken und Käse und allen möglichen ausgefallenen Sachen anrichtete, die einem auf den Magen schlugen, und Salate mit Zutaten, die einen Haufen Geld kosteten, aber grauslich waren. Und allerhand ausländische Näschereien und gemischtes Eis. Natürlich, dachte Ami, kriegt unsereins kein Schnippelchen davon. Da passen die Hausfrauen auf wie die Schießhunde. Jeder Bissen wird kontrolliert.

Und dann, wenn man vor Müdigkeit die Beine nicht mehr spürt, erscheinen die Damen, mit strahlenden Augen nach einer ausgiebigen Plauderei, in der Küche; und auf einmal strahlen ihre Augen nicht mehr. In sehr strengem Tone sagen sie: »Also, schauen wir einmal! Wann sind Sie gekommen, Ami? Sind das wirklich volle neun Stunden? Ach, nein! Nur acht Stunden und vierzig Minuten! Also, Moment mal! Wo ist der Notizblock und der Bleistift? Ich werde es ausrechnen. Und dazu das Fahrgeld.«

Und sie rechnen es aus. Auf den Cent genau. Wenn sie ein Centstück mit den Zähnen in zwei Hälften zerbeißen könnten, täten sie es. Oft sieht's so aus, als wollten sie es versuchen. Und es fällt ihnen nicht ein, einen zur Bus-Haltestelle zu fahren, oft anderthalb Kilometer weit, womöglich mitten in der Nacht . . .

Aber der Mann, der da gerade hineingegangen war. Der hatte sie nicht beglotzt, als wäre sie ein Arbeitstier. Wie einen Mitmenschen hatte er sie angesehen; und auf ihre Füße geschaut. Also, darüber war sie eigentlich fuchtig geworden, ein bißchen. Schließlich, wenn man manchmal zwölf Stunden am Tag auf den Beinen ist, schwellen einem eben die Füße an, wie aufgeblasene Luftpolster, und tun verflixt weh. Übrigens war der Mann jung; er wußte nicht, was es hieß, einundsiebzig zu sein und bald keinen Platz mehr zu haben, wo man den Kopf hinlegen könnte. Immerhin, der Mann war wirklich freundlich gewesen, hatte sie zu einem Sessel geführt und sie vorausgehen lassen wollen. Aber sie brauchte sein Mitleid nicht! Niemandes Mitleid brauchte sie, zum Kukkuck! Sie hatte ihr Lebtag gearbeitet und konnte weiter arbeiten. Wenn sie nur eine Bleibe hatte. Und unabhängig blieb.

Unabhängig war sie ihr ganzes langes Leben gewesen. Seit ihrem neunten Lebensjahr hatte sie nach der Schule bei Nachbarn gearbeitet: Geschirr spülen, wenn eine Frau bettlägerig war, krank oder im Kindbett; Fenster putzen und Schnee schaufeln und Eiskrem rühren und kleine Kinder hüten, Veranden und Keller fegen und Asche ausräumen. Hunderterlei Sachen. Ami schüttelte den Kopf. Es hatte ihr nicht geschadet, bestimmt nicht. Was den Menschen schadet, ist der Müßiggang, und wenn sie es leicht haben und sich die Finger nicht schmutzig zu machen brauchen. Auch jetzt konnte man ihr noch jederzeit einen richtigen Besen in die Hand geben; aber nicht so eine elektrische Kehrmaschine, wie sie das Ding nannten! Damit kriegte man die Teppiche nie ganz rein. Und die Staubsauger! Eine Arbeitserleichterung waren sie ja allerdings. Niemand nahm mehr die Bodenbespannungen ab;

niemand hängte mehr die Teppiche im Freien auf und klopfte sie.

Nun konnte sie wenigstens ein bißchen lächeln. Draußen war Frühling, und sie erinnerte sich plötzlich an die schon vergessenen Trommelwirbel, mit denen seinerzeit in der Stadt der Lenzeinzug begleitet wurde, an das Bum-bum-bum der Teppichklopferinnen ringsumher, an die überall von den Stangen hängenden Teppiche. Das hatte damals zum Frühling gehört. Ebenso wie zum Herbst der aus den Häusern dringende Einkochgeruch von Tomaten-Ketchup und Traubenmarmelade gehörte. Immer waren es Geräusche und Gerüche, die Erinnerungen in einem wachriefen.

War das eine friedliche Zeit gewesen! In diesen alten Tagen hatten die Menschen es sehr friedlich. Sie arbeiteten härter; aber sie hatten es weit friedlicher. Viel Zeit war von Sonnenaufgang bis Sonnenuntergang — eine lange, ruhige, glückliche Zeit. Manchmal, im Sommer, erhob sich ein leichter Wind, und man hörte auf den Veranden alle diese chinesischen Glasdinger klingeln, in der wohltuenden Stille, besonders sonntags nach der Kirche. Und dann der Anblick der weißen Leinenüberzüge an den Schaukelstühlen auf den Veranden, mit den kleinen Schiffchenspitzen an den Ecken. Und im Hinterhof sang jemand ein geistliches Lied. Damals gab es Blumen und Gras und Bäume in den Hinterhöfen. Jetzt haben sie Asphalt und Garagen. Und nach dem Dinner setzen die Leute sich jetzt alle in ihre Autos und fahren straßauf, straßab, gucken auf die anderen Autos oder flitzen hinunter zum See, wo sie sich hinhocken und ein bißchen weitergukken; und die Kinder werfen alles mögliche Zeug am Ufer oder im Gras weg und greinen, greinen, greinen!

In den alten Zeiten legten die Eltern sich nach dem warmen Sonntagsmahl zu einem Mittagsschläfchen hin; und die Kinder setzten sich auf die Eingangstreppe und plauderten; und wenn niemand zusah, warfen sie vielleicht mit Gummibällen aufeinander, die Buben nämlich. Die kleinen Mädel aber saßen einfach da, in ihren hübschen, gestreiften und gestärkten Kleidchen, mit allen den Spitzen und Rüschen und den Haarbändern und den schwarzen Lackpantoffeln; und sie hielten ihre Puppen und kämmten ihnen vielleicht die Haare.

Dann, so gegen vier, wachten die Eltern auf und kamen frisch und munter heraus und machten mit den Kindern einen langen Spaziergang in den Park. Man saß unter den Bäumen, aß Eiskrem und lauschte der Musikkapelle. Oder man besuchte Verwandte, trank auf deren Veranda Tee oder Kaffee und aß dazu eine gute, nahrhafte, hausgemachte, fünfschichtige Schokoladetorte. In der Erinnerung hörte Ami von längst vergangenen Zeiten her das leise Rauschen der glitzernden Bäume, das Hufegetrampel auf dem Kopfsteinpflaster, das ferne, schläfrige Rattern einer Straßenbahn, das helle, zufriedene Lachen eines Kindes, das sonntägige Murmeln einer Mutterstimme, und Kirchenglocken.

Damals machten sich nicht einmal die Armen viel Sorge. Man wußte, wofür man lebte. Alles lief so gemütlich und angenehm. Ami war selbst eines der kleinen Mädchen auf den heißen, von Sprüngen zerklüfteten Vortreppenstufen gewesen; deshalb kannte sie das alles. Die Mutter band ihr am Samstagabend, nach dem Bad im Waschzuber, die Haare auf; sie hatte hübsche braune, aber ganz schlichte Haare, und Mutti rollte ihr die Strähnen um lange Stoffstreifen, so daß ihr am Morgen glatte, glasig glänzende Röhren um das Gesicht hingen. Mutti und Papi waren sehr arm gewesen; aber irgendwie hatte man nichts davon gespürt. Irgendwie. Es war so friedlich. Und die Leute hatten ihren Stolz und ihren gesunden Menschenverstand.

Und in allen Häusern gab es eine alte Großmutter oder Tante. Sie bekamen die zartesten Stücke vom Sonntagshuhn oder dem Rinderbraten, wegen ihrer Zähne. Ami sah die eigene Großmutter vor sich, in dem grauen, bedruckten Kattunkleid und der frischen weißen Schürze. Oma konnte die besten Bäckereien für Kinder machen und die schönsten Geschichten erzählen. Und Mutti und Papi behandelten sie auch darnach, wie eine Prinzessin. Oder eine Königin. Einmal, an Weihnachten, gaben sie drei Dollar aus für einen von diesen großen, alten spanischen Kämmen mit allen den bunten Perlen oben am Rand. Und Oma steckte ihn gleich in ihren schütteren weißen Haarknoten, und dort ragte dann der Kamm über den Kopf, wirklich hübsch. Diesen Kamm konnte Ami nie vergessen. Oma hatte ihn ihr hinterlassen; er lag noch in ihrer Schmuckschatulle. Von Zeit zu Zeit nahm sie ihn heraus und beschaute ihn; und manchmal steckte sie sich ihn selbst ins Haar, einfach zum Spaß. Wie eine kleine Krone war er. Das hatten ja die Eltern mit ihrem Geschenk bezweckt: eine kleine Krone für Oma. Kinder, bei denen keine alten Großmütter oder Großväter im Hause wohnten, wurden eifersüchtig auf die anderen, die welche hatten. Es war etwas Schönes an solchen Großeltern. Friedliche Zeiten!

Noch immer hörte sie in der Erinnerung Oma singen:
»Fels des Heils, geöffnet mir . . .«

Fels des Heils. Jetzt gab es nirgends mehr, für niemanden mehr einen Fels des Heils. Jetzt gab es unsolide gebaute eingeschossige Häuser — Bungalows hieß man sie —; und alles war aus Plastik. Und allerhand Kunstgewebe — statt guter Baumwolle, Leinwand, Wolle oder Seide. Sogar die Teppiche waren aus sogenannter »Wunderfaser«. Sie konnte diese Dinge nicht leiden. Dieses ganze Zeug war wie die Menschen heutzutage. Wie nannte man das? »Synthetische Stoffe«? Also, schön! Auch die Menschen waren jetzt synthetisch.

Und keine Friedlichkeit. Nie mehr friedliche Zeiten; keine langen warmen Sommer oder verschneiten Winter, keine Weihnacht mit richtigen Christbäumen und echten Kerzen darauf und roten Puffmais-Ketten und Pfefferminzstangen und diesem wunderbaren, ganz wunderbaren Glasschmuck, der aus Deutschland kam, Engelsfiguren, die man auf die Zweige hängte, und kleine Säckchen mit Zuckerwerk.

Und wie schön es damals war, der Mutter zu helfen beim Zubereiten der Pastetenfülle! Fleischzerhacken, Nüsse knakken, Rosinen waschen und dämpfen, die Zitronenschalen schneiden, den Zucker mit guter Butter, die nach Butter schmeckte, verrühren, das Mehl sieben — alles in der heißen, dampfenden Küche mit dem Holzherd, während von draußen das Klingeln der Schlittenschellen hereintönte. So friedlich. Keine Kriege, keine Hast, kein plötzlich die Luft zerreißendes Telefonrasseln, keine brüllenden Radios, keine Kinos, kein Nylonzeug. Einfache Menschen in ihren Häusern; Menschen, die einander liebhatten und an jedem Festtag, auch wenn sie keinen Haufen Geld in der Tasche trugen, etwas unternahmen, woran sie sich das ganze Leben erinnerten. Damals gab es noch Liebe. Von ihr schien nichts mehr übriggeblieben zu sein. Jetzt gab es nur mehr den »Sex«, von dem alle redeten, sogar die Kinder!

Synthetisch. Alles, was die Menschen heutzutage hatten – ihre Häuser, ihre Autos, ihre Kinder, ihre Vergnügungen — alles war synthetisch. Und vor allem die Menschen selber. Konnte man sich da wundern, daß es keine glücklichen Leute mehr gab? Die Menschen waren einfach nicht mehr echt! Das war es, sie waren nicht echt!

Nicht einmal Gott gab es mehr; jedenfalls merkte man nicht viel von Ihm. Auch mit Gott stand es nicht mehr so wie in den alten Zeiten.

Früher hatte jedes Haus eine Inschrift. »Gott ist unsre Zuversicht« oder »Gott segne dieses Haus!« oder »Jesus, steh uns bei!« Man brauchte bloß diese Inschriften anzusehen, und man wußte, daß Gott nicht fern sein konnte. Er war ganz nahe, an dem Tisch, wo der Hausvater das Dankgebet sprach, auch wenn es nur Pökelfleisch mit Kohl gab. Ganz nahe war Gott, wenn man es in der Schlafkammer sehr kalt hatte, aber wohlig unter den Federbetten lag, mit den großen, leuchtenden Sternen, die man sogar durch die vereisten Fensterscheiben sah. Wenn man morgens aufstand, war Er nahe. Und auch den ganzen Tag lang, in der Schule, bei der Arbeit. Ja, sobald man wirklich genau hinhorchte, hörte man Ihn sogar atmen! Man hörte Ihn singen, in den Bäumen oder in den nächtlichen Winterstürmen, wenn alles so weiß war und der Mond schien. Ständig dachten die Menschen an Ihn. Er war einfach ein Teil ihres Lebens.

Und wo war Gott jetzt? Wer hatte Ihn vertrieben? Die ununterbrochen brüllenden Radios oder die Fernsehapparate oder die Cocktail-Gesellschaften oder die noblen Empfangsabende? Nein, das war es nicht. Vertrieben hatten Ihn die Menschen selbst. Sie wollten Ihn nicht um sich haben. Und deshalb gab es keine Friedlichkeit mehr. Deshalb wurden Vater und Mutter nicht mehr geehrt, sondern bloß als lästiges Gerümpel angesehen, das man abschob oder zum »Problem« machte. So hieß es ja in den Zeitungen: »Das Elternproblem.« Oma war kein Problem gewesen. Sie war Oma gewesen. Eine Königin.

Eines Tages — so dachte Ami Logan, während sie die beschlagene Brille abnahm und putzte — würden die Menschen auch Gott zum »Problem« machen. Oder vielleicht war es schon so weit. Man sprach in den Familien nicht mehr unbefangen von Ihm. Genaugenommen, sprach man überhaupt nicht mehr von Ihm! Aber wie konnten denn auch synthetische Geschöpfe von Gott reden? Gott war echt, und sie waren es nicht.

Schrecklich, daß man Ihn vertrieben hatte! So blieb nichts für die Kinder und die alten Leute. Überhaupt für niemanden blieb etwas.

Merkwürdig waren die Dinge. Papi war in einer Mechanikerwerkstatt beschäftigt gewesen. Aber damals nannte man ihn nicht Arbeiter. Er war ein Mensch. Keine »Arbeitskraft«. Er war eine Person. Unabhängig. Abends trank er auf der Veranda sein Bier, und die Nachbarn kamen, und man politisierte und ereiferte sich. Und fluchte manchmal. Wie hießen die damaligen Präsidenten? Sie konnte sich nicht entsinnen. Präsidenten kamen und gingen. Niemand behielt sie im Gedächtnis, außer, sie richteten irgendein Unheil an, und dann verwünschte man sie. Aber es war eine Art frohsinniger Verwünschung. Washington lag damals in weiter Ferne.

Jetzt merkte man die Zentralregierung irgendwie überall. Wer mochte diese Obrigkeit schon? Es war, als schaute sie einem immerfort über die Schulter, und man spürte ihren Atem im Nacken. Und sie trieb einen an: Rasch, rasch, rasch! »Wachstum der Wirtschaft.« Wozu? Und Washington nahm den Leuten ihr Geld ab. Ami mußte von ihrem hartverdienten Lohn Steuern zahlen. Wofür? Wer gab der Regierung das Recht, bei den Leuten Geld einzutreiben, mit großem Geschrei, wie ein Rudel Polizisten? Das war nicht einzusehen. Was der Mensch sich erarbeitete, »im Schweiße seines Angesichts«, wie die Bibel sagt, hatte bisher immer ihm gehört. Jetzt gehörte es einem anscheinend nicht mehr. Sondern anderen Leuten. Wieso? Hatten diese anderen es sich verdient, indem sie in fremden Küchen auf den Knien herumrutschten oder fremde Wäsche wuschen? Ach, woher denn? Aber sie nahmen einem dennoch das nicht von ihnen verdiente Geld ab.

Was wohl Papi zu dem allen meinen würde? Er würde sagen: »Das Land geht vor die Hunde, klar! Vielleicht sollten wir die Ärmel aufstreifen und es uns zurückholen.« Ja, so würde er reden. Und alle seinesgleichen mit ihm. In diesen Kreisen sprach man die ganze Zeit vom »Bostoner Teesturm‹ und dem Unabhängigkeitskampf. Vielleicht brauchte das Land einen zweiten Teesturm.

Aber was konnte man von Menschen erwarten, die nicht mehr echte Lebewesen waren, sondern synthetische Erzeugnisse, die keine Ahnung von Pflicht und Arbeit und Gott hatten? Und nicht daran dachten, sich ihren Unterhalt, ohne auch nur einen Cent fremden Geldes in Anspruch zu nehmen, selbst zu verdienen?

Oh, es hieß, alle diese Medikamente und solche Sachen verlängerten das menschliche Leben. Wozu das? Nur, damit die Menschen zu »Problemen« wurden? Damit ihnen im Alter der Respekt verweigert wurde? Damit sie wie ein verendendes Haustier hinausgeworfen wurden? Das kam davon, wenn die Menschen Gott vertrieben. Was in Wahrheit zählen sollte, war nicht, wie lange, sondern wie man lebte. Aber die Leute waren sichtlich sehr erpicht darauf, möglichst lange zu leben, als wäre das allein wichtig. Bloß zu leben, in einer Welt, die weder Frieden noch Gott kannte.

Der Herr von vorhin war ein freundlicher Mann gewesen. Hielt er sich jetzt schon eine Stunde drinnen auf? Auch er hatte seine Probleme. So blaß, wie ein Kranker! Er hat Anteil genommen an mir. Ich sagte ihm nicht, daß auch er mir leid tat. Du lieber Gott, ich habe einfach für jeden Menschen Mitgefühl.

> Fels des Heils, geöffnet mir,
> Birg mich, ewger Hort, in Dir!

Aber, dachte Ami Logan, ich finde nirgends mehr ein Plätzchen, wo ich mich verbergen könnte. Ringsum nur freies Feld. Kein Unterschlupf. Wie in einer Wüste. Nirgends »der Schatten eines Felsen im lechzenden Lande«.

Seltsam, daß sie sich gerade jetzt an diesen Bibelvers erinnerte. Im lechzenden Lande. Das war es doch, überall – ein lechzendes Land! Trotz aller neumodischen Autos und dem Herumsausen und den Vergnügungen und Gesellschaften und den Waschmaschinen und dem Gerede über die Mondfahrt. Wovor liefen denn die Leute weg, daß sie unbedingt auf der

Mond wollten? Vor sich selber? Das kommt davon, wenn man keinen Frieden und keinen Gott hat.

Darum fühlte auch sie sich schon so alt, mit einundsiebzig. Und Oma war mit fünfundachtzig noch frisch und munter gewesen und hatte fest gearbeitet und war jeden Sonntagmorgen in die Kirche und jeden Mittwochabend kilometerweit in den Frauenhilfsverein gegangen. Neunzig Jahre war Oma alt geworden. Und sie hätte noch länger gelebt, wenn sie nicht die Eingangstreppe hinuntergefallen wäre und sich die Hüfte gebrochen hätte. Waren das damals schreckliche Tage gewesen!

Mutti und Papi kamen fast von Sinnen vor Kummer. Um wen kümmerten sich die Leute heutzutage noch? Außer um sich selber? Wer sorgte sich um seine Eltern? Sie waren »Probleme«.

Das Glockenzeichen ertönte für sie. Sie schrak auf. Sie war ganz allein. Sie stellte sich unbeholfen auf die angeschwollenen Füße und Beine. Sie ging langsam zur Tür; die Beine waren bleischwer. Sie öffnete die Tür und trat in den stillen, weißen Marmorsaal mit den blauen Vorhängen.

Hinter ihr schloß sich die Tür, und Ami stand einen Augenblick unschlüssig da. Niemand lud sie ein, Platz zu nehmen. Friedlich war es hier drinnen. Der Zuhörer! Er wartete so gelassen auf sie. Er hatte alle Zeit der Welt. Alle Zeit der Welt — wie in ihrer Kindheit, wenn an einem warmen Sonntagnachmittag die Kirchenglocken läuteten und auf der Veranda die chinesischen Glasdinger klingelten.

Sie setzte sich in den Marmorstuhl und stellte ihre große Basttasche neben das geschwollene Knie. Sie faltete die gedunsenen, aufgescheuerten Hände im Schoß. Mit rauher Stimme sagte sie: »Sind Sie Geistlicher, mein Herr? So erzählt man sich.«

Das warme, weiße Licht umflutete sie. So friedlich!

»Ich kann mich nicht beklagen«, sagte sie stolz. »Fast mein ganzes Leben lang habe ich gearbeitet, vom neunten Lebensjahr an. Ich bin nicht hierhergekommen, um mich bemitleiden zu lassen. Sondern, weil ich ein ›Problem‹ bin. So behaupten es die Zeitungen, und meine Kinder.« Sie hielt inne »Meine Kinder.« Sie setzte sich auf. »Komisch! In meiner

Jugend wäre es niemandem eingefallen, einen Mitmenschen als Problem zu bezeichnen ... Aber Sie wissen ja nichts von mir, wie?«

Der Raum wartete, umhüllte sie zärtlich. »Ich bin Mutter« sagte sie.

Das Licht wurde noch freundlicher. »Haben Sie vielleicht eine Mutter, die noch lebt und für Sie ein Problem ist?« Sie wartete. »Hat Ihre Mutter für·Sie gearbeitet, auf Sie gehofft und vielleicht für Sie gebangt? Hat sie Ihnen die Kleider angefertigt und sonst alles? Und Ihnen gekocht? Für Sie gebetet, wenn Sie fort waren? Ist sie abends schlafen gegangen mit der Frage, ob sie das Beste für Sie getan hat, und in der Früh aufgewacht mit dem Gedanken an Sie? Hat sie Ihnen von Gott erzählt und Sie zur Schule geschickt?«

Das Licht im Raume schien ihr näherzuschweben. Sie blickte es an. Sie weinte nicht leicht; jetzt aber standen ihr Tränen in den Augen. »Tat sie das? Nun, dann können Sie mir vielleicht helfen. Nie habe ich jemanden um Hilfe gebeten. Aber jetzt ist es, glaube ich, nötig.« Hastig fügte sie hinzu. »Ich brauche beileibe nicht Geld. Nein, nein.«

Sie wischte mit ihren zerschundenen Fingerknöcheln an den Augen herum. »Was mir das Herz schwer macht, ist etwas anderes. Ich habe keine Bleibe, keinen Platz, wo ich meinen Kopf hinlegen könnte. Schon heute nacht nicht.«

Sie schaute auf die Tränenspuren an ihren Knöcheln und brummte: »Ich hab nicht mehr geweint, seit Chris mit acht Jahren Diphtherie hatte und in Lebensgefahr war. Kann sein, daß ich wirklich alt werde. Kann sein, daß man recht hat. Mein Herr, haben Sie Ihrer Mutter gesagt, sie soll in ein Altersheim gehen? Oder sollte ich Sie vielleicht mit ›Hochwürden‹ anreden, wie man in meiner Jugend die Geistlichen angeredet hat? Also, Hochwürden. Haben Sie einmal im Sinn gehabt, Hochwürden, Ihre Mutter in ein solches Heim zu schicken, sie in die Obhut fremder Leute zu geben?«

Das Licht, die weißen Wände, die geschlossenen Vorhänge — alles war so friedlich. Ami spürte eine horchende Aufgeschlossenheit, eine innige Zärtlichkeit. Aber sie hörte keinen Laut. Sie saß und sann. Und sie dachte an ihre Kindheit und ihre Großmutter und ihre Eltern. Vor allem an ihre Großmutter. Sie fuhr auf.

»Was sagten Sie?« fragte er erschrocken. »Ach, wahrscheinlich haben Sie nichts gesprochen. Aber mir kam vor, als hätten Sie etwas über Ihre Großeltern gesagt. Ich muß wirklich alt werden: ich höre Stimmen.«

Nach einer Weile fuhr sie fort: »Ich habe meine Großmutter ›Oma Ann‹ genannt. Sie war alt; aber für mich ist sie jung gewesen. Oma Ann. Mutti hat bei den Nachbarn gearbeitet, Papi zwölf Stunden am Tag in der Werkstatt. Oma Ann hat mir Geschichten erzählt, meistens aus der Bibel. Vielleicht haben Sie keine Ihrer Großmütter gekannt?«

Verdutzt beugte sie sich vor. »Mir war, als hätten Sie geantwortet: ›Doch!‹ Sehen Sie jetzt, wie alt ich bin? Ich höre Stimmen! Verzeihen Sie, Hochwürden!«

Sie lehnte sich in dem Sessel zurück. Ein sehr bequemer Sessel! Darin konnte man schlafen; der Rand der Sitzfläche schnitt sich in die Schenkel ein. Amis schwerer, müder Leib entspannte sich.

»Man sagt, Sie hören zu. Das tut wohl. Ich brauche jemanden, der mich anhört. Niemand tut das sonst. Alles muß rasch gehen, rasch, rasch! In der Früh den Bus erwischen, abends den Bus erwischen. Geschwind noch Einkäufe besorgen, bevor die Geschäfte gesperrt werden. Heimrennen und fürs Abendessen sorgen. Ich hab einmal in so einem Fernsehprogramm einen Slogan gehört. ›Nur immer rührig!‹ hieß es da. ›Ob Sie neun und neunzig sind, immer rührig und flink!‹ Wozu das? In meiner Jugend hat einen niemand aufgefordert, ›rührig‹ zu sein. Jeder tat einfach sein Bestes, wie es ihm mit der Zeit ausging. Niemand verlangte von einem, daß man herumhopst und ständig grinst und immer ›auf Draht‹ ist. Was ist denn heutzutage mit den Menschen los? Mir scheint, sie machen nichts mehr so gründlich, wie es in meiner Jugend geschah. Sie flitzen nur irgendwohin, flitzen wieder weg und flitzen anderswohin. Als ob sie Fieber hätten oder übergeschnappt wären. Immer auf den Beinen, immer in Eile. Und alles rundherum nur Kunststoff. Nichts Echtes. Nirgends ein Heim; nirgends ein Ort, wo man Ruhe und Erholung findet. Alles nur synthetisch. Sie verstehen, was ich meine?«

Der Raum schien traurig zu bejahen. Ami streckte die müden Beine aus und heftete den Blick auf sie. »Es tut richtig wohl, zu wissen, daß einen jemand anhört. Wie es in meiner Kindheit der Brauch war. Da hatte man immer Zeit, sich jeden und jedes anzuhören. Alle Zeit der Welt hatten die Menschen, obwohl doppelt so lange gearbeitet wurde wie heute. Jetzt rinnen einem manchmal die Tage durch die Finger wie Wasser. Und sind weg. Ist das nicht ganz albern? Angeblich ergeht es einem so, wenn man alt wird. Aber bei Oma Ann war es nicht so, und sie ist neunzig geworden. Für sie waren die Tage etwas . . . von Bestand, hatten Stunden in sich und gaben eine Menge Zeit zum Lesen und Singen, zu Picknicks und Spaziergängen und zu Gesprächen über Gott. Viele lange Stunden in vielen langen Tagen und Nächten. Friedlich.«

Mühsam setzte sie sich auf. »Aber nicht deshalb, nicht, um Ihnen das zu erzählen, bin ich hergekommen. Wissen Sie, ich habe mit siebzehn geheiratet. Er hieß Eli Logan. Eli ist ein biblischer Name. Heutzutage gibt niemand mehr seinem Kinde einen Vornamen aus der Bibel. Allerdings kommt auch mein Vorname nicht in der Bibel vor. Mutti war ein bißchen romantisch. Sie nannte mich Ami und sagte, das habe etwas mit Liebe zu tun. Die Lehrer sahen den Namen als Abkürzung von Amelia an und schrieben ihn als Amy nieder. Was liegt daran? Immerhin stelle ich mir meinen Vornamen lieber als ›Ami‹ vor. Und schreibe ihn auch so. Und lasse mir meine Schecks so ausstellen. Es hat irgendwie eine besondere Bedeutung für mich. Warum, kann ich nicht sagen.«

Der stille, weiße Raum mit seinem sanften Licht schien das alles zu verstehen. »Ist der Name französisch? Bedeutet er überhaupt etwas?« fragte sie. Sie lauschte, ob Antwort käme. Dann lächelte sie. Ja, bestimmt! Sie hatte zwar keine Stimme gehört; aber es war ihre Antwort geworden.

»Mein Gatte. Eli wurde zwanzig, als wir heirateten. Er war damals schon ein Mann. Nicht wie diese kleinen Jungen jetzt, die sich mit zwanzig noch für Kinder halten. Ein großer, erwachsener Mann. Und ich siebzehn und eine große, reife Frau. Papi war damals schon tot. Ich habe das ganze Leben lang gearbeitet wie Mutti. Meine Eltern besaßen ein Haus; es hatte zweitausend Dollar gekostet, und eine Hypothek lag darauf. Eli und ich heirateten, und Eli zog ein. Und da war Mutti im Haus. Eli hatte keine Eltern mehr; sie starben, als er vierzehn oder fünfzehn war. Er freute sich, wieder eine Mutter zu bekommen. ›Wir sind eine Familie‹, sagte er zu mir. Und nach der Trauung hat er Mutti zuerst geküßt.«

Plötzlich schluchzte sie, in schweren, qualvollen Stößen. Aber sie lächelte dazu. »Wir waren eine Familie, Mutti, Eli und ich. Eli hat in der Brauerei gearbeitet. Er war sehr tüchtig und hat fünfzehn Dollar in der Woche verdient — sehr viel Geld damals. Sehr viel Geld. Und da ist wieder so etwas! Heutzutage scheint auch Geld nichts Echtes mehr zu sein. Wie wenn es ebenfalls synthetisch wäre. Damals aber haben wir von Elis fünfzehn Dollar in der Woche fein gelebt! Und noch auf die Hypothek abgezahlt. Und als Chris zur Welt kam, wurde bald darauf die ganze Hypothek getilgt. Eli hat damals die Urkunde in einer Porzellanschale verbrannt. Ich bin dabeigestanden, mit Chris auf dem Arm. Und die zwei anderen Kinder sind vor Freude herumgesprungen, und ihre Augen waren wie Sterne. Damals wußten die Kinder Bescheid.« Sie hielt inne. »Aber jetzt haben sie das alles vergessen.«

Sie betrachtete die zerschundenen Hände; doch ihre Gedanken weilten anderswo.

»Wir hatten drei Kinder. Das erste, Katherine, bekam ich mit achtzehn, das zweite — Arnold; der Name war damals modern — mit zwanzig. Und Chris mit einundzwanzig. Wir waren eine richtige Familie: Mutti, Eli, die Kinder und ich. Mutti hatte genäht, in Heimarbeit oder auswärts. Und dann erhielt Eli eine Lohnerhöhung, auf zwanzig Dollar wöchentlich. Wir sind uns reich vorgekommen. Wirklich reich. Nicht wie heutzutage. Damals war das Geld etwas. Jeder Dollar zählte. Fünf Cent ein Laib Brot; allerdings hab ich es meistens selber gebacken. Sechs Cent ein Liter Milch; aber man konnte den Liter um drei Cent kriegen, wenn man einen oder zwei Kilometer weit ging. Und das hab ich getan. Also, für sechs Dollar die Woche gab es gute, reichliche Kost, für uns alle miteinander! Mutti und ich, wir haben den Kindern die Kleider gemacht; und die Stoffe kosteten einen Pappenstiel, Meterware. Wir haben für Eli die Hemden genäht, und für uns alles, und die Bettlaken auch. Wir haben Flanell gekauft und eingesäumt, mit Knopflochstich. Und die Steppdecken haben wir gemacht. Und die Vorhänge!

Damals ist Chris fünf Jahre alt geworden, und wir haben uns zu Weihnachten etwas Besonderes geleistet. Vorhänge im ganzen Haus, neue, Baumwollsamt, karminrot. Wir haben nur zwölf Dollar für den Stoff ausgegeben, alles selbst gemacht und aufgehängt. Und die Kinder haben gejubelt. Sie waren genau so glücklich wie wir. Ganz, ganz prächtige Vorhänge, in reichen Falten! Das war unser gegenseitiges Weihnachtsgeschenk. Natürlich gab es außerdem Strümpfe für die Kinder, mit einer Orange oder einer Mandarine darin, und eine Tüte Zuckerwerk, und kleine Papiersonnenschirme und eine Konfektstange und ein Schachtelmännchen und sonstiges Spielzeug und einen roten Ball und einen in Goldpapier gewickelten Penny und vielleicht eine kleine Puppe für Katherine, und Lakritzenplätzchen und Nüsse und einen Apfel. Es waren wundervolle Weihnachten. Meine schönsten.

Komisch, daß meine Kinder ganz vergessen haben, wie wunderbar das alles war! Und die Gans! Um sechzig Cent habe ich eine Gans gekauft, appetitlich und fett. Und das Fett habe ich ausgelassen, und wir hatten den ganzen Winter Gänseschmalz zum Kochen oder für die Kinder zum Einreiben auf die Brust, wenn sie sich erkälteten. Ach, natürlich sind sie auch krank geworden; aber sie waren bald wieder in Ordnung. Mumps, Windpocken, Masern. Man hat nicht so viel Aufhebens davon gemacht wie heutzutage, wo man bei jeder Kleinigkeit tut, als ginge es ums Leben.

Wundervolle Weihnachten! Mutti hat zur Gans ihre Brottunke gemacht, mit Zwiebeln. Und Kartoffelpüree und Kürbis und Preiselbeeren. Und ihr Spezialrezept für die Fülle. Ich hatte eine Riesenfreude, wenn ich die Kinder ihr dabei helfen sah, wie ich es als kleines Mädel getan hatte. Und dann, am Heiligen Abend, sangen wir Weihnachtslieder. Und am Christtagsmorgen gingen wir in die Kirche. Und unsere Gesichter waren ganz rot und brannten vom Frost, und wir liefen rasch heim in die gemütliche, warme Küche und zu den vielen herrlichen Leckerbissen, die auf uns warteten. Und Eli sprach das Tischgebet und sagte: ›Bitte, bleibe bei uns all unser Leben, lieber Himmelsvater, um Deines Sohnes willen, Jesu Christi, unseres Herrn!‹«

Ami Logans Gesicht war unbewegt und verträumt und warf das reine, weiße Licht des Raumes zurück. Jetzt war es ein junges Gesicht, ohne Furchen, ohne Abgekämpftheit, das Gesicht einer jungen, glücklichen Frau. Dann änderte es sich.

»Das waren unsere letzten gemeinsamen Weihnachten. Im Februar starb Mutti. Einfach eingeschlafen, lächelnd. Nicht einmal krank war sie. Vierundvierzig Jahre alt. Nein, also da war sie jünger als Mrs. Brewster, für die ich jetzt arbeite! Aber Mrs. Brewster sieht älter aus, obwohl sie sich alle fünf Tage die Haare herrichten läßt und eine seidenglatte Haut hat und eine Gestalt wie ein fünfzehnjähriges Mädel. Und diese Toiletten! Ihre Schlüpfer allein kosten mehr als unsere Weihnachtsvorhänge damals. Aber irgendwie schaut sie älter aus. Vielleicht kommt das von dem vielen Bridgespielen und der ›Sozialarbeit‹ und den Cocktailgesellschaften und von dem Zwang, immer ›rührig‹ zu sein. Sie ist wirklich alt, diese Mrs. Brewster.

Sie erinnert mich an ein Nachbarskind, ein armes Ding, in meiner Mädchenzeit. Die Kleine war ›nicht ganz bei Trost‹, wie man es damals ausdrückte. Sie konnte gehen und ein bißchen reden, machte aber den Eindruck einer Greisin, obwohl sie einfach unsinniges Zeug zusammenplapperte und die ganze Zeit herumrannte. Nie sah man sie langsam gehen. Immer ist sie gerannt, über Sachen gestolpert und hingeplumpst. Und stundenlang hat sie ununterbrochen gekichert und gelacht, ohne jeden Grund. Mit sechs Jahren ist sie gestorben. Ich kann nicht an sie denken, ohne daß es mich kalt überläuft. Genau so kommt mir diese Mrs. Brewster vor.«

Ami Logan erschauerte. »Natürlich ist Mrs. Brewster nicht schwachsinnig, wie es das junge Ding war. Aber wenn ich sie sehe, muß ich an die arme Kleine denken. Ich weiß nicht, warum.

Na schön. Jedenfalls sehen Sie daraus, wie bei alten Leuten die Gedanken herumschweifen, nicht wahr? Ich hoffe, Sie hören weiter zu.

Ohne Mutti, ohne Großmama, war es im Haus nicht mehr so wie früher. Es blieb einfach ein Platz leer. Die Kinder vermißten sie. Immer hatte sie ihnen etwas zum Naschen gegeben. Und ihnen nach dem Abendgebet noch eine Geschichte erzählt. Genau wie Oma Ann. Sie weinten ihr nach. Das schmerzte mich und auch meinen Mann. Und dann kam erst recht ein Anlaß zu Tränen! Im März war Eli auf dem Heimweg von der Arbeit und glitt vor einer Straßenbahn aus, und es wurden ihm die Beine abgetrennt, und er starb. Mitten auf der Straße. Es war am neunzehnten März.«

Sie legte die zerschundenen Hände über das Gesicht und weinte. »Mir ist's, als wäre es gestern gewesen. Und ich war ganze fünfundzwanzig Jahre alt damals. Mutti. Und dann Eli. Die Straßenbahngesellschaft erklärte, sie sei nicht schuld. Eli hätte bei dem Glatteis nicht knapp vor der Straßenbahn, gerade, als sie anfuhr, queren dürfen. Die Herren waren ja wirklich nett. Sie kamen zu mir und boten mir fünfhundert Dollar. Aber ich sagte: ›Nein, meine Herren. Almosen nehme ich nicht. Wenn Eli etwas falsch gemacht hat, dann hat er es eben falsch gemacht, auch wenn er in Eile war. Ich und die Kinder, wir kommen schon zurecht. Wir sind nicht von der Sorte, die sich was schenken läßt.‹

Als mir Elis Police ausbezahlt wurde — dreitausend Dollar —, deckte ich die Begräbniskosten. Hundert Dollar. Und auch einen schönen Grabstein hab ich aufstellen lassen, draußen in Calvary Park; es ist ein großer, solider Stein, noch jetzt, nach so vielen Jahren. Granit. Den Namen kann man kaum noch lesen. Aber er ist in meinem Herzen, und wozu braucht man ihn dann noch auf dem Grabstein? Wenn er im Herzen ist?«

Mit großer Entschiedenheit setzte sie sich auf und starrte die Vorhänge an. »Kommt es denn auf die Grabschrift an? Schauen Sie, Hochwürden, wenn einer tot ist, verschwendet kein Mensch mehr einen Blick auf seinen Grabstein. Aber Leute, denen man wirklich vertraut war, behalten einen das ganze Leben lang in Erinnerung. Für sie ist man nie tot. Und so werden auch Mutti und Eli und Oma Ann und Papi nie für mich gestorben sein. Jeder Tote bleibt für die Menschen, die ihn lieben und im Gedächtnis behalten, lebendig, bis sie selbst sterben. Und vielleicht noch darüber hinaus. Glauben Sie nicht auch?«

Der Raum entbot ihre warme, freundliche Zustimmung. Befriedigt nickte sie.

»Nun, ich hatte also die Versicherungssumme und Muttis Haus. Es ist zwar schon alt, aber gut erhalten. Es stammt aus einer Zeit, wo man Häuser wirklich baute, und sorgfältig baute. Ziegel. Nicht diese Hohlsteine, sondern gediegene Arbeit, Doppelmauern. Auch zwischen den Zimmern Ziegelwände, die dann beworfen, getüncht und tapeziert wurden. Wohlig warm im Winter. Angenehm kühl im Sommer. Die Fenster klein, aber dafür hat man, bis auf das Putzen, keine Schererei mit ihnen. Und die Türen — ja nun, so wie eben Türen sein sollen. Dick und solide, werfen sich nie. Gutes, schweres Eichenholz. Und die Fußböden knallen nie, sind tadellos gelegt; und ich wachse und bürste sie, daß sie nur so glänzen. Vielleicht sind die Schränke klein; aber früher war man auf große Gaderobe nicht so versessen wie heute. Einen neuen Kohlenherd hab ich aufstellen lassen, vor zwanzig Jahren«, betonte Ami Logan stolz. »Heizt wunderbar und macht keinen Schmutz.«

Sie hob den Kopf höher. »Ursprünglich hatten wir auch einen hübschen Vorgarten, mit Rasen und Bäumen, bis zum Gehsteig. Aber dann hieß es, die Straße müsse verbreitert werden, für die Autos. Man hat die Bäume gefällt und den Asphalt fast bis zur Eingangstreppe ausgegossen. So können jetzt die Autofahrer rascher heimfahren, nur, damit sie ihre Drinks hinuntergießen und ihr gar nicht sehr schmackhaftes Abendessen verschlingen und dann kegelschieben oder fernsehen oder Karten spielen oder im Auto durch die Gegend flitzen können. Fernsehen und Herumsausen, das ist jetzt ihr Um und Auf. Und dabei scheint ihnen das nichts zu bieten. Gesichter machen sie, wie Leute, die am Verhungern sind. Und für sie fällt man die Bäume! Nur, damit sie rascher heimkommen, um nichts zu tun, und rascher wieder wegkommen, um auch nichts zu tun. Wissen Sie was? Niemand von diesen Leuten ist einen Baum wert. Keinen einzigen Baum. Wenn sie durch das Umschneiden eines Baums glücklicher würden, wäre alles in Ordnung. Aber das ist nicht der Fall. Sie merken überhaupt nichts davon, merken nicht einmal, daß sie leben. Oder daß sie angeblich leben; denn beschwören möchte ich das nicht.«

»Es heißt«, fuhr Ami Logan fort, »man wird alt, wenn man anfängt, von den guten alten Zeiten zu schwärmen. Mag sein. Aber mein Sohn Chris hat so einen Bungalow, so ein eingeschossiges Landhaus — ausschauen tun sie wie große, altmodische Schuppen oder riesige Hühnerställe —, und er hat es selber bauen lassen, erst vor fünf Jahren; und jeden Frühling muß er auf dem Dach eine Menge Schindeln auswechseln. Mein Haus hat feste Schieferplatten, und noch nie ist Regenwasser durchgesickert. Und die Fußböden in seinem Haus knarren; unter den Böden ist nichts Solides, kein großer, alter Keller, in den man Äpfelfässer stellen kann und die hausgemachten Essiggemüse und Marmeladen. Und Chris gibt wahrhaftig in einem Jahr mehr aus für die Erhaltung seines Riesenhühnerstalls, als ich seit Elis Tod für mein Haus ausgegeben habe! Überdies gehen alle Zimmer ineinander über, und man kann sich nirgendshin zurückziehen, wenn man schlecht aufgelegt ist oder lesen oder einfach allein sein will zum Nachdenken. Die Zimmer haben ›Trennhecken‹, wie sie es nennen: Holzkistchen, vollgepflanzt mit grünen Schlinggewächsen, so daß Chris' Frau, wie sie sagt, die ganze Familie ständig sieht und weiß, was jeder einzelne tut! Ist das, frage ich Sie, nicht schrecklich? Niemand kann von den anderen loskommen oder auch nur eine Tür schließen. Die Frau heißt Eva; sie ist ganz mager und immer geschäftig, und überall im Haus hört man ihre Stimme. Das nennt sie Gemeinschaftsleben oder so ähnlich. Kein Plätzchen, wo man allein sein und vielleicht ein bißchen beten kann. Warum macht es den Leuten solches Vergnügen, sich zusammenzudrängen wie ein Rudel verschreckter Schafe?«

»Vielleicht«, meinte Ami Logan, »kommt es daher, weil sie tatsächlich verschreckte Schafe sind. Und das ist kein Wunder, wo sie doch weit und breit nichts Echtes, Solides um sich herum haben. Sogar die Hauswände in dem Bungalow sind falscher Stein. Zuerst dachte ich, es wäre Holz; aber es ist nur Kunststoff, mit Holzmaserung bemalt. ›Wenn ihr euch Holz nicht leisten könnt‹, hab ich gesagt, ›so stellt nicht Sachen hin, die so aussehen wie Holz!‹ Und Eva hat ihr gewohntes überlegenes Lächeln aufgesetzt und geantwortet: ›Aber was fällt dir ein, Mutter Logan, das ist doch viel teurer als Holz!‹ Da komm ich nicht mit. Nachahmungen, die mehr kosten als das Echte! Vielleicht geht es mit allem so. Lauter viel zu kostspielige Nachahmungen.

Auch die Beschäftigung, der Chris nachgeht, kann ich nicht vernünftig und solide finden. Reklame für die große Eiskremfabrik hier in der Stadt, Kundenpflege. Wahrscheinlich kennen Sie die Firma? Barton. Wenn eine Eiskrem gut ist, wozu braucht man dann herumzugehen und den Leuten davon vorzureden? Sie werden auch so kaufen. Ich weiß nicht recht, was es mit dieser ›Kundenpflege‹ auf sich haben soll. Jedenfalls bekommt er dafür siebentausend Dollar im Jahr. Fast viermal so viel, wie unser Haus uns gekostet hat! Und er kann sich keinen Cent ersparen. Keinen einzigen Cent. Und ich lege mir immer etwas zurück, und wenn es auch nur zwei Dollar in der Woche sind. Bei siebentausend Dollar kann er nichts erübrigen!

Schön, er sagt, da sind die Abzahlungen auf die Hypothek und die Ausgaben für die zwei Kinder und die Steuern. Und die Tanzschule für das Mädel; und der Bub braucht eine Menge Sachen. Und diese Steuern! ›Für die öffentlichen Dienstleistungen‹, erläutert mir Chris, als wenn ich schwachsinnig wäre. ›Was für Leistungen?‹ frage ich ihn. ›Ich brauche keine öffentlichen Dienstleistungen. Natürlich ist es gut, wenn man eine große Armee hat und so, wegen Rußland. Aber warum mußte man Rußland so mächtig werden lassen?‹

Eine bekannte Dame hat mir gesagt, wir selber haben, mit unserem eigenen Geld, Rußland so stark gemacht. War das auch eine ›Dienstleistung‹ für die Allgemeinheit? Ich verlange von den öffentlichen Stellen nur eines: daß sie mir nicht ins Gehege kommen. Bloß die Stadtverwaltung nehme ich aus, weil man ja Polizei und Feuerwehr und Lehrer und Schulen haben muß und solche Dinge. ›Weil eben alle Leute ständig etwas brauchen und wünschen und fordern‹, erklärt Chris, der mit fünfzig älter ausschaut, als mein Großvater mit siebzig ausgesehen hat, ›muß das Geld dafür durch Steuern hereingebracht werden.‹

Also, Hochwürden, ich persönlich brauche nichts und wünsche nichts und fordere nichts, außer, daß niemand sich in meine Angelegenheiten mischt. Das ist wohl nicht zu viel verlangt, wie?

Übrigens hat Chris nicht nur keine Ersparnisse; er steckt die ganze Zeit in Schulden. Das kommt davon, weil das Geld so fadenscheinig ist. Man kriegt kaum mehr was dafür. Wir haben keine Banknoten, die in Gold oder Silber einlösbar wären; keine Goldwährung. Höchstens in der Bank kriegt man einmal für eine Dollarnote hundert Centstücke Wechselgeld. Diese Papierfetzen greifen sich nach nichts an — Sie verstehen schon, was ich meine. Genau so wie die anderen Kunststoffe. Manchmal geht mich das Grauen an, wenn ich mir überlege, in was für einer Welt wir jetzt leben.«

Sie lachte matt, hustete mühsam, lachte wieder.

»Und da ist Arnold. Einundfünfzig Jahre alt. In meiner Jugend hieß man das einen Buchhalter; aber jetzt nennen sie sich Vereidigte Wirtschaftsprüfer. Er verdient nicht so viel wie Chris; aber er hat nur ein Kind. Ein recht netter Junge, dieser Robert. Vernünftig. Erinnert mich an Eli: das gleiche braune, eckige Gesicht und die großen Hände. Manchmal besucht er mich, am Sonntag. Zwanzig Jahre alt. Bringt sich durch als Werkstudent, Universität.«

Ami Logan hielt inne, um nachzudenken. Und sie lächelte, und ihr runzliges Gesicht leuchtete ein wenig auf. »Er ist der einzige, der auf meiner Seite steht. Seine Mutter ist nicht so wie Eva. Sie hat es mit den Klubs; sie läßt ihre Leute zwar in Ruhe, aber ganz anders, als ich es mir vorstelle. Um den Mann und den Sohn kümmert sie sich kaum. Mit dieser ganzen Klubmeierei heben die Leute irgendwie ihr Selbstbewußtsein; Arnolds Frau sitzt sogar in den Klubleitungen. Wahrscheinlich täte sie besser, daheim zu bleiben und statt ihres Selbstbewußtseins verschiedene andere Dinge zu heben, zum Beispiel hie und da die Teppiche oder die Bettüberdecken, damit sie an den dicken Staub 'rankommt. Oder sie könnte ihre Marmeladen und Jams selber machen und dann die Gläser heben, nämlich auf die Regale. Aber bei ihr ist alles Aufmachung; sie nennt sich Lisbeth, obwohl sie wirklich Elsie heißt.

Ich habe sie und ihre Familie schon gekannt, bevor sie Arnold geheiratet hat. Schon als Mädel hat sie fortwährend die Nase in Sachen gesteckt, die sie nichts angingen. Und knauserig! Immerhin sind sie niemandem Geld schuldig und dürften sich hübsch viel auf die hohe Kante gelegt haben, weil Arnold auch ein Pfennigfuchser ist. Sie wohnen in einem protzigen Miethaus. Aber so winzig kleine Zimmer hab ich mein Lebtag nicht gesehen. Wie für Puppen. Arnold macht dem Hausherrn die Buchhaltung und hat dafür die Wohnung umsonst oder beinahe umsonst.

Schön, sie sind eben sparsam. Aber sie könnten irgendwo ein Haus haben wie das meine. Nein, das ist nicht mehr Sparsamkeit; sie leben wie die Hunde. Das Essen so schäbig, wie man sich's gar nicht vorstellen kann. Meine Eltern waren doch seinerzeit, als ich klein war, gewiß wirklich arm, bettelarm. Trotzdem hätte Mutti sich geschämt, so ein Essen aufzutischen, wie Elsie es tut. Schmeckt nach gar nichts. Aber es sind lauter Vitamine, sagt sie. Salatzeug.

Und Katherine. Dreiundfünfzig; gar keine Kinder, verwitwet. Tut nicht den Mund auf. Nie war von ihr zu erfahren, was der Mann ihr hinterlassen hat. Jedenfalls hat sie einen schönen Pelzmantel und ein eigenes Auto und wohnt besser als Arnold und macht Reisen. Fünfzehn Jahre lang ist sie schon Witwe, und ihr Mann war Grundstücksmakler. Sie hat Chris den Grund vermittelt, auf dem er sein Haus gebaut hat; und dabei hat sie kein schlechtes Geschäft gemacht, bei Gott nicht!«

Ami Logan seufzte und schüttelte traurig den Kopf. »Man hat Kinder und zieht sie auf, und man weiß kein bißchen von ihnen. Nein. Manchmal sage ich: ›Chris, erinnerst du dich an die Weihnachten, wo wir die Geschenke füreinander selber gemacht und genäht haben, weil wir es uns nicht leisten konnten, etwas zu kaufen? Und welchen Spaß wir mit den Basteleien hatten?‹ Und er schaut mich kühl an und antwortet: ›Nein, Mama. Wenn man solche Erinnerungen aufwärmt, so ist das ein Zeichen, daß man alt wird.‹

Na, kann sein. Aber irgendeine Freude im Leben muß man doch haben, nicht? Ich habe die Kinder aufgezogen. Ich habe, was mir vom Versicherungsgeld geblieben ist, in die Bank eingelegt und bin arbeiten gegangen — überall, wo man mich brauchen konnte. Kochen. Krankenpflege. Nähen, Reinemachen, Waschen. Manchmal an Samstagen hinter einem Ladentisch bedienen. Wenn es nur eine ehrliche Beschäftigung war bin ich nicht zimperlich gewesen. Und wir hatten unser kleines, aber eigenes Heim, und es war gemütlich, und ich hab meine Kinder gehabt. Und etliche Jahre nach Elis Tod ha ich wieder zu singen angefangen, weil ich mich freute, da ich meine Kinder hatte und mein Haus und daß ich gesun und kräftig war und arbeiten konnte. Was will der Mensc mehr?

Und das ist der Punkt, wo jetzt mein ganzer Kummer liegt.

Ami Logan rieb die schwieligen Handflächen an dem wei chen Samt, der die Armlehnen des Sessels überzog. Sie stric über die Polsterung, erst ganz mechanisch, dann mit Bedach »So etwas!« rief sie bewundernd. »Das ist ja echter Seiden samt! Richtig schön! Es macht einem wirkliche Freude, einma etwas Echtes zu finden.

Also, Hochwürden, ich raube Ihnen schrecklich viel Zeit Hoffentlich nehmen Sie mir's nicht gar zu übel. Ich werd mich kürzer fassen. Ich habe sechstausend Dollar auf de Bank und mein Haus. Und ich bin einundsiebzig. Im vergan genen Winter hab ich mich nicht recht wohl gefühlt und bi zu einem Doktor gegangen. Er ist auch ein alter Mann. Un er hat gesagt: ›Ami, Ihr Herz ist nicht in Ordnung. Si müssen Schluß machen mit dem Arbeiten. Schauen Sie sic Ihre Füße und Beine an! Ihr Herz und Ihre Beine sind ver braucht. Das kommt von den Kindern und von Ihrer Rak kerei, das ganze Leben lang.‹ Und ich antworte: ›Sie, Her Doktor, sind doch auch ganz abgerackert, und was mach Ihnen das aus?‹

Er gibt mir recht. Aber er kennt mich seit Elis Tod, und e ruft Chris an und redet mit ihm. Und auf einmal fallen si alle über mich her. Katherine sagt, sie schämt sich schon di ganzen Jahre, weil ich die Putzfrau mache und so. Wenn si es sich leisten könnte, hätte sie mir, sagte Katherine, Gel gegeben, damit ich zu Hause bleiben kann. Und Chris sagt er schämt sich auch, aber er hat eine Menge Schulden un kommt selber auf keinen grünen Zweig. Und Arnold sagt ich bringe Elsie in Verlegenheit.«

Ami Logan setzte sich ganz gerade auf, und ihre Wanger färbten sich rot. »Die Kinder schämen sich, weil ihre Mutte

174

arbeitet! Als ob Arbeit eine Schande wäre! Ja, schämen sollten sie sich, aber über sich selber! Ich habe mich für sie geschämt. Und ich habe gesagt: ›Warum macht ihr plötzlich
solche Geschichten meinetwegen? Bis jetzt habt ihr euch ja
nicht aufgeregt.‹ Und Chris sagt, der Doktor hat gesagt,
sie müssen sich um mich kümmern, oder er wendet sich an
die Behörden; und das wäre schrecklich. Also, ich kriege einen
Zorn auf diesen Doktor, und ich schaue meine Kinder an und
rede mir ein, daß sie um mich besorgt sind, und da kommen
mir die Tränen. Und ich sage: ›Schön. Ich werde dieses Haus
vermieten und mich der Reihe nach bei einem von euch Kindern einquartieren. Wer macht den Anfang?‹«

Nach einer Pause fuhr Ami mit leiser, zitternder Stimme
fort: »Also, Hochwürden, die Kinder haben sich gegenseitig
angeguckt; aber mich haben sie nicht angesehen. Dann sagt
Katherine: ›Ach, Mama, du weißt doch, wieviel wir alle zu
tun haben. Und wir haben eine Menge eigene Verpflichtungen. Auch ich. Meine Brüder haben Frau und Kinder. Aber
hör zu, Mama! Und mach nicht so ein böses Gesicht! Ich
kann dir dieses Haus im Handumdrehen verkaufen. Ich denke,
daß ich mindestens siebentausend Dollar dafür kriege. Eine
Tankstelle interessiert sich für das Haus, weil es ein Eck-
grundstück ist.‹

Und ich sage: ›Niederreißen lassen wollt ihr dieses Haus?
Das Haus, das Papi gekauft hat? Mein Haus? Das Haus, wo
ihr alle geboren seid und für das euer Vater abgezahlt hat?‹
Ich konnte es nicht glauben.

Da sagt Arnold: ›Wir wollen doch nicht sentimental sein.‹
Wenn jemand Ansichten hat, die Arnold nicht teilt, so sind
sie sentimental oder albern oder lächerlich. Er sagt, mit meinen sechstausend Dollar in der Bank und den siebentausend
für das Haus kann ich ins Methodistenheim in Valley Hill
gehen. Elsie ist in der Heimleitung. Ein hübsches Haus, auf
dem Lande, reden sie mir zu, mit anderen alten Leuten wie
ich, und ich werde Gesellschaft haben. Und die Verpflegung,
und ein Zimmer zusammen mit irgendeiner adretten alten
Dame. Und die Leute haben dort allerhand Vergnügungen
und Spiele und Ausflüge.

Wenn ich daran denke, was sie mir da vorgeflunkert ha-

ben, wird mir jetzt noch ganz übel. Dreizehntausend Dolla
— die hätte ich allerdings. Aber keinen Platz, wo ich der
Kopf hinlegen kann, kein eigenes Heim. Und nie allein. Leute
wie Elsie, die immerfort hinter einem her schnüffeln und
schnüffeln. Keine Kammer, wohin man sich zurückziehen kann
wenn man von den Menschen loskommen will. Nur immer
schnattern und durch lange Gänge wandern und in Gesell
schaftsräumen herumsitzen und warten, bis der Tod komm
und einem auf die Schulter klopft. Bloß auf den Tod war
ten. Sonst nichts.

Das halte ich einfach nicht aus, Hochwürden. Ich will wei
terarbeiten, bis ich sterbe, frei sein in meinem eigenen Haus
will nach Belieben die Haustür zusperren, mich schlafen le
gen und dann wieder aufstehen und arbeiten gehen oder viel
leicht, wenn das Wetter schön ist, einen Tag zu Hause blei
ben.

Aber das Ärgste daran ist, daß meine Kinder mich nich
nach Gottes Gebot ehren, wie ich meine Eltern und sie wiede
ihre Eltern geehrt haben. Ich bin bloß ein ›Problem‹ für sie
eine Verlegenheit, eine Schande. In ihren Häusern findet sich
kein Zimmer für mich. Ihre Kinder mögen mich nicht, vor
Robert abgesehen. Sie haben nur den Wunsch, daß ich ihner
aus den Augen komme und ihnen nicht mehr Schande mache
und in so eine Art Greisenasyl gehe. Ich bin ein Greisenasyl
Ja, dreizehntausend Dollar würde ich einzahlen; aber das Gelo
ist jetzt so fadenscheinig, daß dreizehntausend Dollar heut
zutage nichts ausmachen.

Und ich hätte keinen Platz, wo ich den Kopf hinleger
könnte. Und dazu das Bewußtsein, daß die Kinder mich nich
ehren! Das ist das Aller-, Allerärgste. Vielleicht hab ich es
nicht richtig angestellt. Ich weiß nicht. Ich habe mein Bestes
getan; aber vielleicht war es nicht gut genug. Doch ich wüßte
nicht, wie ich es anders hätte machen sollen. Wissen Sie es?
Ich hatte keine Ahnung, daß die Kinder sich meiner schämen
Erst jetzt denke ich mir, das wird der Grund sein, warum sie,
wenn ich — oft ist es ja nicht gewesen — bei ihnen auf Be
such war, allen Leuten gesagt haben, ich bin Krankenpflege
rin.«

Ihre Stimme hatte sich so hoch erhoben, wie nur grenzenlose Verzweiflung eine Stimme heben kann. Mühsam stand Ami auf, humpelte auf schmerzenden Füßen über den Marmorboden und betrachtete mit ernster Miene den Vorhang. Plötzlich spürte sie in der Brust einen starken, tief einschneidenden Schmerz; sie beachtete ihn nicht.

»Ich habe niemanden auf der ganzen Welt, der sich um mich kümmert«, klagte sie. »Und das weiß ich erst seit ein paar Tagen.« Sie faltete die Hände. »Was soll ich tun, Hochwürden?«

Sie erblickte den Knopf, starrte ängstlich durch ihre angelaufenen Brillengläser auf das Täfelchen und las es mühsam. Sie biß sich auf die Lippen. Dann streckte sie die Hand aus und drückte den Knopf.

Langsam, lautlos teilten sich die Vorhänge; und das Licht flutete hervor und ergoß sich über die Frau und hielt sie umfangen. Sie blickte den im Lichte Stehenden an. Sie hob die Hände zum Mund und preßte sie fest an die Lippen. »Oh!« murmelte sie. »Ach ja, das hätte ich mir denken sollen.« Sie hielt den Atem an. Der Schmerz war zermalmend, würgend.

Schwerfällig wankte sie zurück, tastete nach dem Sessel, setzte sich und schaute auf den Mann in der Nische. Lange begegneten sich Blick und Blick.

»Ich erinnere mich«, flüsterte sie und lächelte unter Tränen. »Auch Du hattest keine Stätte, wo Du Dein Haupt hättest hinlegen können, nicht wahr? Kein eigenes Heim. Wenigstens nicht von der Zeit an, als Du ein erwachsener Mann wurdest und in der fremden Welt zu wirken anfingst. Für Leute wie mich. Du hast mich nicht vergessen. Und auch ich habe an Dich gedacht, immer, alle Tage meines Lebens. An keinem einzigen Tage meines Lebens habe ich Dich vergessen! Du warst das Beste, das ich hatte, und bist es noch.«

»Ich sinne bloß nach«, sagte sie nach einer Weile mit traumverlorener Stimme, und ihr Lächeln war ebenso jugendlich wie traurig. »Wahrscheinlich denkst Du über die heutige Welt genau so wie ich. Als Kind hast Du es friedlich gehabt, nicht wahr? Daheim bei der Mutter warst Du, und hast ihr geholfen, nicht wahr? Du und ich — wir haben vieles gemeinsam.«

Ihre Lider schlossen sich. Für ein paar Augenblicke verfiel sie in leichtes Dösen. Dann erwachte sie, ohne aufzuschrekken. »Oh, ich danke Dir«, flüsterte sie. »Oder ist es nur ein Traum gewesen? Mir war, als hättest Du zu mir gesprochen. Und ich habe Deine Stimme gehört. Sie klang genau so, wie ich sie mir vorgestellt habe. Friedlich. ›Ein Friede, der alles Begreifen übersteigt.‹

Ich hätte nicht so hart über meine Kinder urteilen sollen. Sie sind in diese schreckliche Welt gesetzt worden und müssen darin leben — wer weiß, wie lange noch. Vielleicht geht auch sie das Grauen an, wenn sie die Welt betrachten und sich fragen, wie sie wohl so geworden sein mag. Vielleicht haben sie Angst wegen ihrer eigenen Kinder. Vielleicht wissen sie, daß ihre Kinder sie auch nicht ehren werden.

Heutzutage hat kein Mensch Ehrfurcht, vor niemandem und vor nichts. Meiner Treu, arm ist die Welt daran. Und auch meine Kinder sind arm daran. Sie haben selber keine Stätte, wo sie den Kopf hinlegen können, keinen Platz, den sie ihr Heim nennen könnten. Sie mögen noch so hart arbeiten, nie werden sie sich ein wirkliches Heim schaffen können. Ich habe es gehabt. Und ich bin dankbar. Ja, ich bin dankbar. Sogar für alle die schwere Arbeit, die ich tun mußte; ich bin froh, daß ich sie leisten konnte. Es war eine andere Zeit. Und ich glaube nicht, daß sie wiederkommt. Meine armen Kinder! Sie haben nicht Dich, wie ich Dich hatte. Sie suchen Dich nicht einmal. Das ist ein wirklich schlimmes Zeichen, wenn man Dich nicht einmal mehr vermißt.«

Sie nickte wieder ein. Der Mann schritt zu ihr hin und streckte ihr die Hände entgegen. Und sie nahm sie und sagte: »Ja. O ja!«

Ami Logan war der erste Mensch, der in dem weißen Marmorsaal starb. Als man sie auffand, lächelte sie, und ihr Antlitz war voll Freude.

Sie hatte Geld und Haus ihrem Enkel Robert Logan vermacht. Als er davon erfuhr, dachte er: Sorge dich nicht, Großmama! Ich behalte alles im Gedächtnis, was du mir an so vielen Sonntagen erzählt hast, von der friedlichen Welt, in der du lebtest. Ich werde es nicht vergessen. Eines Tages will ich da etwas unternehmen — dir zu Ehren.

XIII

Der Richter

Weh euch, ihr Schriftgelehrten und Pharisäer,
ihr Heuchler! Ihr gebt den Zehnten
von Minze, Dill und Kümmel, und stellt,
was schwerer wieget im Gesetze, hintenan:
Gerechtigkeit, Barmherzigkeit und Treue.
Man kann das eine tun,
und braucht das andre nicht zu lassen.
Ihr blinden Wegeweiser, die ihr die Mücke seiht
und das Kamel hinunterschluckt!   Mt 23, 23—24

Es war eine sehr kalte, regnerische Nacht. Der Wind trieb und wirbelte Regenfluten gegen Fenster und Türen und gegen alle Straßenpassanten. Dröhnend stürzten mächtige Wassermassen aus dem schwarzen Himmel, prasselten auf die Dachrinnen und trommelten an die Hauswände. Auf den Gehsteigen rannen Gießbäche.

Der Mann, der die Böschung zu dem grellweißen Gebäude emporstieg, zog sich den Hut ins Gesicht und versuchte, den flatternden Mantel an den Körper zu drücken. Er fluchte leise. Bis jetzt hatte Helen, seine Frau, nie die Nerven verloren, nicht einmal damals, als einer der Jungen noch als Kind von einem Auto überfahren worden war. Nun aber schien sie außer Rand und Band geraten; und je mehr er räsonierte oder schalt, desto aufgeregter wurde sie und desto heftiger schluchzte und weinte sie. Man hätte meinen können, John Hathaway wäre ihr Bruder und Alice Hathaway ihre Nichte. Es war nicht nur bestürzend; es war höchst ärgerlich. Ja, noch mehr: es gefährdete sein Ansehen und bedrohte seine Grundsätze. »Richtet nicht, damit ihr nicht gerichtet werdet!« hatte Helen weinend gemahnt und ihn dadurch in Zorn und Verwirrung gebracht. Denn er stand als Richter im Rufe strengster Unparteilichkeit und Gesetzestreue.

Später hatte sie ihn, zu seiner hellen Empörung, aufgefordert, die Sache dem »Zuhörer« vorzutragen. Zuerst dachte er, sie meine es nicht im Ernst, sei nur etwas überreizt. Als seine

Tochter Ruth ihr beipflichtete, redete er mit beiden tagelang kein Wort. Dann jedoch traten bei Helen beunruhigende Anzeichen einer Wiederkehr ihrer nervösen Zerrüttung auf; und so entschloß er sich wütend, »mit diesem verdammten Klagemauer-Narren auf dem Hügel droben« wenigstens zu reden. »Nur, damit ihr Ruhe gebt«, fügte er ungewöhnlich erbost hinzu. Was wußten seine Leute von dem Druck, unter dem er, besonders im Hathaway-Fall, stand, dem beklemmenden, unausgesprochenen Druck?

Ja, der verwünschte, ständige Druck der Tatsache, daß man Richter ist! Das Mißverstandenwerden, das Gehaßtwerden. Was wußte ein Laie von dem präzis abgefaßten Gesetz, an dem nicht zu drehen und zu deuteln war? Ach, es gab allerdings Richter, die das Gesetz lässig auslegten und dadurch Verbrecher von neuem auf die Gemeinschaft losließen — zum Plündern, Morden und Stehlen. Solche laxe Richter, ebenso beeinflußbar wie jene Leute, denen sie ihre Wahl verdankten, wurden zu den eigentlichen Verbrechern. Und noch ärger als die Richter waren die Geschworenen. Das angelsächsische Rechtssystem war ausgezeichnet, vorausgesetzt, daß man es wirklich mit »ebenbürtigen Geschworenen« zu tun hatte. Ebenbürtig! Diese Herdentiere!

Vom Regenwasser gelockerter Kies knirschte unter den ungeduldigen Schritten des Richters. Er vergaß fast, wohin er unterwegs war. Wenn etwas ihn für John Ellis Hathaway hätte einnehmen können, so wäre es die nach tagelangen zermürbenden Ablehnungen durch Verteidiger und Staatsanwalt zustande gekommene Geschworenenbank gewesen. War diese Jury dem Angeklagten »ebenbürtig«, der nicht nur ein hervorragender Geschäftsmann war, sondern auch ein hochgebildeter Akademiker, aus einer alten, angesehenen Familie, die dem Lande Richter, Geistliche, zwei Gouverneure, drei Senatoren und, während der Amtszeit Präsident Hayes', ein Kabinettsmitglied geschenkt hatte? Unter den Geschworenen befanden sich einige Krämer, drei Handwerker, zwei redselige junge Hausfrauen, die sich für Doppelgängerinnen der gerade beliebtesten Filmstars hielten, ein mit zwei altersschwachen Lastwagen frachtender Spediteur, ein Tankstellenwart. Und so durch die Bank. Das war die dem Angeklagten

»ebenbürtige« Jury! Er, der Richter, hatte bemerkt, wie diese Geschworenen immer wieder Hathaway verstohlen anlächelten — mit einem giftigen Lächeln voll Neid und niedriger, gehässiger Schadenfreude darüber, daß ein solcher Mann ihnen auf Gnade und Ungnade ausgeliefert war. Jawohl, nur diese Jury hätte den Richter für Hathaway einnehmen können!

»Hol's der Teufel!«, sagte er schlicht und blieb stehen. Er stand vor dem doppelflügeligen Bronzetor des weißen Gebäudes mit seiner Bogeninschrift, die einen »Zuhörer« verhieß. Der Wind stürzte sich auf ihn und warf ihn fast zu Boden, obwohl er ein hochgewachsener, sehniger Mann von etwa fünfzig Jahren war, ein wetterfester Jäger und Fischer und Zeltler. Diffuses Licht übergoß anheimelnd die Bronzeflügel.

»Nein!« sagte sich der Richter. Aber seine Hand streckte sich vor und drehte den Knauf. Behutsam spähte er hinein. Wenn auch nur ein einziger Besucher drinnen war, mußte er sich zurückziehen, aus Angst vor dem Gerede, Seine Gnaden der Richter Meredith Hazlitt sei allen Ernstes ratsuchend hierhergekommen. Und wie würden die Zeitungen diesen Vorfall im Verlauf des Sensationsprozesses ausschroten! Morgen mußte er den Geschworenen die Rechtsbelehrung erteilen, und jetzt war schon Mitternacht.

Rasch trat er in den leeren Warteraum. Noch rascher schloß er das Tor hinter sich. Er stellte sich mitten in den Raum. Seine klaren, haselnußbraunen Augen musterten alles; die scharfumrandeten Nasenlöcher dehnten sich ein wenig, die schwarzen Brauen zogen sich zusammen. Sein Vater hatte den alten John Godfrey gut gekannt und sehr geschätzt. Dennoch empfand er einen Besuch in diesem Gebäude als töricht und »rührselig« und, für einen Mann wie ihn, als gefährlich. Allerdings gab es nur wenige Aufnahmen von ihm; ein einziges Mal, vor acht Jahren, war in den Zeitungen ein Porträt von ihm erschienen. Er hielt es für unerwünscht, daß Richter dem Pöbel zu vertrauten Erscheinungen werden sollten. Aus dem gleichen Grunde gehörte er nur ganz wenigen Klubs an und suchte sie selten auf. Einmal hatte seine Frau ihm gesagt, er sei, genaugenommen, in Amerika fehl am Ort; sein passendes Milieu wäre, so meinte sie, England gewesen, wo die Richter sich abgesondert hielten und in ihrer Allonge-perücken-Würde im Schatten des Thrones lebten.

Oft hatte er sich und andere verwundert gefragt, warum man eigentlich gerade ihn, einen nicht volkstümlichen Mann mit nur wenigen Freunden, gewählt hatte. Er machte eine spöttische Miene, wenn seine Frau, die beiden Söhne und die Tochter ihm liebevoll versicherten, die Ursache sei seine Recht-schaffenheit gewesen. Ließen solche Leute wie die durchschnitt-lichen Geschworenen sich von Rechtschaffenheit beeindrucken? Unsinn! Ihnen ging es nur um eine vage, altväterliche Ab-straktion, die sie »Sicherheit« nannten, und um ihr tägliches Glas Bier und ihren Fernsehapparat und ihre kleinen, heim-lichen Laster. Von Kind auf hatte der Richter Hazlitt die Welt der Menschen angesehen und sie weder sehr gut noch sehr gerecht gefunden.

Er blickte auf die Eichentür. Wie, wenn der »Zuhörer« selbst ein Richter war, oder ein Anwalt? Eine nette Bescherung! Trotz aller umlaufenden und auch ihm bekanntgewordenen Beteuerungen, es sei nie ein hier preisgegebenes Geheimnis durchgesickert, traute er, von seiner engsten Familie abge-sehen, niemandem vollkommen. Er ärgerte sich über Helen; bei all ihrer Feinsinnigkeit konnte sie manchmal alberne Ein-fälle haben. Er machte kehrt und wandte sich zum Gehen, als er das leise Glockenzeichen hörte. Er blickte über die Schul-ter auf die Tür. Nun gut, er hatte noch nie ein Versprechen gebrochen. Aber er wollte sehr vorsichtig sein! Er lachte in-nerlich über sich selbst und trat in den weißen Saal.

Von diesem Raum hatte er schon Bilder gesehen und war daher nicht erstaunt über das kühle, stille Licht auf den Ma-morwänden und dem Fußboden. Er faßte die blauen Vorhänge ins Auge und ging gemessenen Schrittes auf sie zu. Er ver-suchte, sie zu öffnen; trotz ihrer weichen Oberfläche hatten sie die Festigkeit von Eisen. Konnte man durch sie hindurch-sehen? Er drückte fast die Nase auf den Samtstoff, sah aber nichts. Wenn das ruchbar wird, dachte er, bin ich erledigt! Er ging zu dem Marmorsessel, setzte sich und starrte die ver-hängte Nische feindselig an.

»Sind Sie ein Richter?« fragte er mit seiner kräftigen, klang-vollen Stimme.

Niemand antwortete ihm. »In vielen Fällen«, bemerkte er mit einer Grimasse, »gilt Schweigen als Zustimmung. Kenne ich Sie?«

Aber niemand antwortete ihm. Er hielt seinen triefenden Hut an die Knie. Er war die drei Kilometer hierher im Regen zu Fuß gegangen, weil er vorsichtshalber nicht einmal das Auto benützen wollte. Helen würde erschrecken, wenn er, bis auf die Haut naß, heimkam. Aber alles in allem verdiente sie diesen Schreck.

»Ich bin Richter«, sagte er. »Ich habe gehört, daß Sie gelegentlich zu Ihren Besuchern sprechen. Stimmt das? Ich weiß es nicht genau. Manchmal sehen die Leute Sie, manchmal nicht. Sie können versichert sein, geschätzter Kollege, daß ich den berühmten Knopf neben dem Vorhang nicht drücken werde.«

Dann fiel ihm ein, daß niemand recht wußte, wer dieser Zuhörer war, und daß man nicht nur auf einen Richter tippte, sondern auch auf einen Psychotherapeuten, einen Lehrer, einen Fürsorger, einen Geistlichen. Irgendwer hatte sogar gesagt, es sei ein Arzt. Eines stand wohl fest: Zu den Geschworenen im Hathaway-Prozeß gehörte der Mann hinter dem Vorhang nicht!

Von Natur aus war Hazlitt, durch seine körperliche Konstitution und sein insgeheim heftiges Gemüt, fast immer in Spannung auf der Hut, in kühler Abwehrbereitschaft. Jetzt aber, so wie übrigens stets nach raschem Gehen, fühlte er sich entspannt. Ihn fröstelte nicht mehr; es wurde ihm wohlig warm. Dazu kam noch etwas Merkwürdiges, etwas bisher nie Empfundenes: er spürte einen Hauch freundlicher Vertraulichkeit und geduldigen Wartens und brüderlicher Verbundenheit. Das alles schien dem Manne hinter den Vorhängen zuentströmen. Plötzlich war er überzeugt davon, daß ihm hier kein Verrat drohte. Diese Gewißheit erstaunte ihn, und er setzte sich gerade auf. Als Kind und Junge und Erwachsener war er stets zurückhaltend gewesen, hatte sich selten jemandem eröffnet, nicht einmal den Eltern oder der Gattin.

Und nun hörte er sich, zu seiner Verwunderung, laut sprechen: »Nicht, als hätte mich jemals irgendwer in einer wichtigen Sache hintergangen! Nein. Aber ich habe es erlebt, wie andere hineingelegt wurden. Allerdings hätte mich das keineswegs beeinflussen dürfen, nicht wahr? Und ich kannte ja nicht die näheren Umstände dieser Fälle.« Er hielt inne und überdachte die ihm unwillkürlich entschlüpften Worte und wunderte sich mehr denn je. Er hatte wahrhaftig zugegeben, manchmal »die näheren Umstände« nicht gekannt zu haben! Heiße Scham über diese Selbstdemütigung überkam ihn.

Der Raum wartete, und mit ihm der Mann hinter dem Vorhang. Hazlitt runzelte die Stirn. Ein Richter, dachte er, muß immer über die »näheren Umstände« unterrichtet sein, auch in seinem Privatleben, und muß sie berücksichtigen. War es möglich, daß er sehr selten dieser Forderung Rechnung trug? Aber das Gesetz trug ihr nie Rechnung — zumindest nicht, wenn man es buchstabengetreu anwandte.

»Für mich«, sagte der Richter, »ist das Gesetz etwas Heiliges. Es ist die angesammelte Weisheit der Jahrhunderte. Gewiß hat es auch schlechte Gesetze gegeben. Ich könnte da etwa an gewisse Zusätze zu unserer eigenen Verfassungsurkunde denken, die für unser Volk ausgesprochen abträglich und verhängnisvoll sind oder es bis zu ihrer Aufhebung waren. Besonders an einen Zusatz, der raschest beseitigt werden sollte, wenn wir als Nation überleben wollen, denke ich in diesem Augenblick. Aber zu viele Hunderttausende Bürokraten-Maden haben ein angestammtes Interesse an dieser Bestimmung und werden sich — auf unsere Kosten und schreckliche Gefahr — so lange daran mästen, bis das Volk sich zur Aufhebung dieses Zusatzes entschließt.«

Hazlitt räusperte sich. »Doch, im ganzen gesehen, ist das Gesetz der Rückhalt einer Nation. Unser Volk vertraut darauf, daß es vom Gesetz beherrscht wird und nicht von Menschen — obwohl ich kürzlich sachkundige und schlüssige Meinungsäußerungen gelesen habe, wonach bei uns die Herrschaft der Menschen jene des Gesetzes zu überwiegen beginnt, was stets zum Despotismus führt ... Langweile ich Sie?« fragte er unvermittelt.

Er war nicht mit besonderer Einbildungskraft ausgestattet; aber er glaubte fast, ein verneinendes Murmeln gehört zu haben. Oder war es ein Seufzer gewesen? Oder das Rascheln eines spätherbstlichen Baumes?

»Deshalb stütze ich mich in meiner Eigenschaft als Richter ausschließlich auf den Wortlaut des Gesetzes und weiche von ihm nicht ab. Wiederholt hat die Presse angedeutet, ich sei herzlos. Das stimmt nicht. Ich habe das Gesetz nicht geschaffen; aber ich bin verpflichtet, es anzuwenden.«

Er zögerte und wartete auf irgendeinen, noch so schwachen Laut. Es blieb still. Ihm war, als wäre er in eine weiße, schimmernde Gruft gesperrt.

»Ich bin nur meiner Frau zuliebe gekommen«, erklärte er nach einer Weile widerwillig. »Helen ist in vielen Beziehungen ein ganz hervorragender Mensch, außerordentlich gescheit und folgerichtig und ausgeglichen. Sie weiß, daß sie als Gattin meine Prozesse nicht mit mir besprechen, nicht einmal mir gegenüber erwähnen darf. Wir sind sechsundzwanzig Jahre verheiratet. Ich wurde gerade zum Anwaltsberuf zugelassen, als wir die Ehe schlossen. Mein Vater war ein wohlhabender Rechtsanwalt. Helen und ich brauchten nicht zu warten, bis ich eine Kanzlei eröffnete. Eine Woche, nachdem Helen das College absolviert hatte, heirateten wir.«

Seine finstere Miene hellte sich auf, als er an die junge, erst zwanzigjährige Helen dachte, in ihrem weißen, selbstgeschneiderten Brautkleid. Ihr alter Narr von Vater hatte sein ganzes Vermögen vertan und glich dann seine Dummheit dadurch aus, daß er sich erschoß. Er hinterließ gerade noch so viel Geld, daß Helen ihr letztes Collegejahr machen konnte; und sie hatte das Studium tapfer und standhaft fortgesetzt, allem boshaften Getuschel zum Trotz. Auch als ihre Mutter, ein seelisch schwacher Mensch, starb — diesen März waren es sechsundzwanzig Jahre her —, ließ Helen sich nicht unterkriegen oder aus der Bahn werfen. Sie besaß besonderen Mut, gepaart mit Güte, und harte Ausdauer, gepaart mit Anschmiegsamkeit. Er hatte sich in Helen gleich verliebt, nachdem er sie als siebzehnjähriges Mädchen kennenlernte. Sie war nicht hübsch gewesen; das einzige Anziehende an ihr waren ihre großen dunklen Augen und wahrscheinlich ihr Gesichtsausdruck, der Seelenstärke mit Frauenhaftigkeit verschmolz. Aber sie war eher klein, etwas untersetzt. Merkwürdigerweise hatte sie damals viele Verehrer, wo doch junge Männer bekanntermaßen nur auf Schönheit aus waren. Sogar Mädchen zeigten sich ihr zugetan.

»Ich glaube«, meinte der Richter nachdenklich, »das lag an Helens Charakter. Und ich glaube auch, daß ich eigentlich Helens wegen gewählt wurde und nicht auf Grund irgendwelcher eigener Vorzüge!« Er lachte wieder sein kurzes Lachen. »Alle Leute«, fügte er hinzu, »haben Helen gern. Sie is eine sehr kluge Frau, und sehr freundlich und verständig. Deshalb kann ich nicht verstehen . . .«

Er unterbrach sich. »Aber ich bin nicht hergekommen, um über meine Familie zu reden. Nebenbei bemerkt, ich habe zwei Söhne, die beide in Harvard studieren — brave Jungen haben Helens Augen —, und eine Tochter.« Er hielt wieder inne; und jetzt spielte um seine Lippen etwas wie Weichheit und Feierlichkeit. »Ruth ist dreiundzwanzig. Ich gebe ohne weiteres zu, daß sie mein Lieblingskind ist. Aber die Väter bevorzugen fast immer ihre Töchter; diese Erfahrung habe ich gemacht.«

Abwartend blickte er auf die Vorhänge; sie regten sich nicht. Es war nun schon lange nach Mitternacht. Vielleicht saß überhaupt niemand in der Nische, obwohl es doch hieß, der Mann harre die ganze Nacht aus? Unsinn! Zweifellos wurde der »Zuhörer« abgelöst. Hazlitt lächelte. Nicht einmal die Richter konnten ununterbrochen auf ihrem Posten sein, obwohl die Welt sie, weiß Gott, dringend brauchte!

»Ruth«, hob er wieder an, ohne daran zu denken, daß er nicht zur Schilderung seiner Familienverhältnisse hier erschienen war. Übrigens sprach er sonst nie über dieses Thema und konnte sich nicht genug darüber wundern, daß er es nun tat. »Ruth ist jetzt wieder in Ordnung gekommen. Sie war mit einem Schurken verheiratet, mit einem der jungen Sheltons. Gute Familie. Nicht sehr reich, aber solide. Robert ist das einzige schwarze Schaf gewesen. Ein Lügner. Ein Dieb. Ausgezeichnete Hochschulbildung, jedoch ein fauler Kerl. Das alles wußte ich nicht, als Ruth uns mit zwanzig ihre Heiratsabsichten mitteilte.

Den alten Bob, seinen Vater, habe ich gekannt. Einer meiner besten Freunde. Jammerschade, daß er inzwischen gestorben ist. Robert hat keinen besonders guten Eindruck auf mich gemacht, und Ruths Wahl bedeutete eine Enttäuschung für mich. Er war ein Flunkerer, ein Charmeur. Das sind verteufelt üble

Eigenschaften für einen Mann, nicht wahr? Außer, er wird Hochstapler, Geschäftsreisender oder Politiker. Jetzt ist Robert übrigens wirklich in der Politik. Und dort wird er es« — meinte der Richter verbittert — »sicher weit bringen. Vielleicht sogar bis zum Gouverneur oder zum Senator. Das würde mich gar nicht überraschen. Heutzutage fliegen die Leute auf Charme und schätzen ein breites Lächeln und einen kräftigen Händedruck höher als Ehrenhaftigkeit und Klugheit. Kein Wunder, daß unser Land . . .« Kopfschüttelnd unterbrach er sich.

Dann fuhr er mit harter Stimme fort: »Als der alte Bob starb, hinterließ er jedem seiner drei Söhne zehntausend Dollar. Das war sein ganzes Vermögen, und er ist Witwer gewesen. Die beiden älteren Söhne haben das Geld in ihren Beruf oder ihr Geschäft gesteckt und kommen gut aus und haben glänzend geheiratet. Robert hat mir gesagt, er besitze die zehntausend Dollar noch — in sicheren Anlagewerten. Welchen Grund hatte ich, ihm zu mißtrauen? Keinen. Wir gaben Ruth achttausend Dollar Mitgift, und ich habe ihnen ihr Haus gekauft. Helen hat es möbliert und eingerichtet. Alles ließ sich strahlend und glücklich und jugendfrisch an«, sagte der Richter und erhob die Stimme, die jetzt noch verbitterter klang. »Schon damals hatte Robert undurchsichtige politische Beziehungen. Angeblich bezog er etwa neuntausend Dollar Jahresgehalt.

In Wirklichkeit war hinter dem allen nichts. Er hatte Ruth wegen ihres gesellschaftlichen Milieus und wegen der einmal zu erwartenden Erbschaft geheiratet — meine liebe Ruth! Als er feststellte, daß ich weder Ruths reichliches Monatsgeld weiterzuzahlen noch ihn zu alimentieren gedachte, war die Ehe zu Ende, lange, bevor Helen und ich davon erfuhren. Wir bemerkten nur, daß Ruth blaß und mager und auffallend still wurde; sie war immer ein lebhaftes Ding gewesen. Anfangs dachten wir, sie wäre vielleicht schwanger. Erst nach und nach bekam ich heraus, daß Robert schon vor seiner Heirat das väterliche Erbteil durchgebracht hatte. Er nahm Ruths Geld für sich in Beschlag.

Zwei Jahre dauerte es, bis ich entdeckte, daß er auf das ihnen von mir gekaufte Haus eine Hypothek aufgenommen hatte. Ich kam an dem Tag darauf, als Ruth ins Spital gebracht wurde. Sie blieb lange krank. Nervenzusammenbruch und Kräfteverfall, sagten die Ärzte. Und das war kein Wunder. Sie hatte dieses Schwein bis zuletzt geliebt. Furchtbare Zeiten waren das, Sie können es mir glauben. Wir fürchteten schon Ruth zu verlieren; sie brachte nicht viel Lebenswillen auf. Schließlich mußten wir einen Psychotherapeuten beiziehen. Dann nahmen wir Ruth zu uns.

Bald darauf erkrankte Helen: nervöse Zerrüttung durch die vielen Sorgen. Dieses Jahr werde ich mein ganzes Leben lang nicht vergessen. Ruths Ehe war natürlich unhaltbar geworden, obwohl ich im allgemeinen nichts von Scheidung halte und ihr keineswegs das Wort rede. Ruth erlangte eine Aufhebung der Ehe. Darnach gab es höchst unliebsames Aufsehen: Robert mußte Konkurs anmelden. Er besaß keinen Groschen. Alles hatte er ausgegeben; sein eigenes Geld, Ruths Geld, das Hypothekengeld — wo und wie, erfuhren wir nie. Ich hätte den Kerl ins Gefängnis bringen können!« rief der Richter aus. Sein angespanntes Gesicht war von der wieder erwachten Wut rot geworden. Seine Hände hielten krampfhaft die Armlehnen des Sessels umfaßt.

»Aber das hätte Ruth noch mehr gekränkt. Es wurde schon genug böser Klatsch herumgetragen. Ich hielt es für besser, Gras über die ganze Sache wachsen zu lassen. Ruth hatte ihn geliebt, er sie nie; das war das Ärgste daran. Und jetzt ist er Politiker geworden!«

»Nun«, sagte der Richter mit erloschener Stimme, »das ist alles. Ruth beginnt, sich wieder für das Leben zu interessieren. Sie geht aus, und manchmal hören wir sie sogar lachen. Schließlich ist sie erst dreiundzwanzig.«

Der Raum wartete. »Alle Zeit der Welt«! Wer hatte ihm nur gesagt, der »Zuhörer« hätte »alle Zeit der Welt«? Ich habe sie nicht, dachte der Richter ergrimmt. Es ist fast ein Uhr.

Wieder wandte er sich zu den unbewegten Vorhängen. »Ich weiß nicht, weshalb ich Ihnen das alles erzählt habe. Das ist sonst keineswegs meine Art. Nicht einmal mit Helen habe ich über die arme Ruth jemals so ausführlich gesprochen. Ich bin doch nicht hierher gekommen, um Ihnen wie ein rührseliger Tropf von meinen Familienangelegenheiten vorzuschwatzen. Was kann Sie das schon interessieren? Ich wollte mit Ihnen über einen Angeklagten reden, der wegen Mordes vor meinem Gericht steht. Vielleicht haben Sie von dem Hathaway-Fall gelesen? Wissen Sie etwas von der Sache?«

Es war seltsam; aber der schweigende Saal schien die Frage irgendwie bejaht zu haben. Der Richter seufzte.

»Ich kenne John Hathaway seit vielen Jahren. Ein Mann in meinem Alter. Sein Vater war lange, bis zu seinem Tode, Professor in Yale. John und ich hatten wenige Berührungspunkte. Er ist zwar ein sehr tüchtiger Geschäftsmann, war mir aber ein bißchen eingezogen und gelehrtenhaft. Wir sahen uns nicht sehr oft, obwohl seine und meine Frau alte Freundinnen sind. Ein kühler, auf Förmlichkeiten versessener Pedant. Aber jedenfalls nicht der Mensch, dem man einen genau vorbedachten Mord zutrauen würde. Unter keinen Umständen. Auch nicht unter den besonderen Umständen dieses Falles.«

Hazlitt verstummte. Seine Miene wurde starr und eisig. Lange sah er schweigend die Vorhänge an. Dann fuhr er fort:

»Unter den besonderen Umständen, die denen bei mir — und bei Ruth — ähnelten. Er hat ein einziges Kind, eine Tochter, fast mit Ruth gleichaltrig. Alice. Ein stilles Ding. Ich erinnere mich, wie sie als Kind Ruth besuchen kam. Nicht so hübsch wie sie. Hoch aufgeschossen, mager, etwas ungelenk; aber gescheit, wie ihr Vater. Und sie hat eine ›gute Partie‹ gemacht. Ich war für die Eldridges nie sehr eingenommen; doch das tut nichts zur Sache. Ihnen gehören alle diese Sägewerke am Fluß. Alice hat Dick Eldridge geheiratet, einen wesentlich älteren Mann, ziemlich tüchtig, aber griesgrämig und mürrisch. Ich habe ihn manchmal im Klub getroffen. Er soll im Geschäft die rechte Hand seines Vaters sein. Sein Gehaben verriet Jähzorn. Als er einmal beim Golfspiel verlor, gab er Jack Moley mit dem Golfschläger eins auf den Kopf. Dafür wäre er fast ausgestoßen worden; aber schließlich hielt er sich — durch Familienintervention und durch Geld. Ich selbst habe für den Ausschluß gestimmt.

Aber das gehört nicht hierher. Vor zwei Monaten jedoch lud John Hathaway seelenruhig eine Pistole, die er gekauft hatte, und fuhr in die Wohnung seiner Tochter. Er wußte, daß sie nicht zu Hause war; sie hielt sich gerade bei ihre Mutter auf. Darauf komme ich sofort zurück. Aber er tra kaltblütig in die Wohnung, fand Dick Eldridge, der mit ve drossener Miene las, schoß wortlos auf ihn und tötete ihr Dann rief er sofort die Polizei an und stellte sich selbst.«

Der Richter spürte, wie ihm der Schweiß von der Stirn rann. Er zog sein feuchtes Taschentuch hervor und wischt sich das Gesicht. Verdutzt betrachtete er seine Hände: si zitterten. Er räusperte sich ein paarmal, ehe er weiterspreche konnte.

»Es liegt natürlich qualifizierter Mord vor. Er hätte einfac seine Tochter veranlassen können, Eldridge zu verlassen un heimzukommen; er hätte die Dinge so ordnen können wi ich. Aber da ist noch ein besonderer Umstand, der allerding — mögen auch die Verteidiger das Gegenteil behaupten — nac dem Gesetz an der Strafbarkeit der Tat nichts ändert. Die Ver teidiger haben, in Gegenwart des Staatsanwalts, bei mir vor gesprochen, um mir vertraulich etwas mitzuteilen, was si nicht publik machen wollen. Vorläufig nicht.

Es scheint, daß Alice und Eldridge noch keine drei Monat verheiratet waren, als er anfing, sie zu mißhandeln. Ich mu Robert Shelton zugute halten, daß er zu leichtlebig und viel leicht auch zu gutmütig ist, als daß er je Ruth mißhandel hätte. Weshalb diese dumme Gans, diese Alice, ihn nicht ver ließ, ist mir schleierhaft. Wahrscheinlich hat sie ihn trotz al lem gern gehabt. Frauen können sich in solchen Dingen lä cherlich verhalten. Manchmal sind mir sogar Helen und Rut unverständlich.

Wie immer das sein mag, jedenfalls haben die Verteidige mir mitgeteilt, Alice sei vier Monate vor der Mordtat schwan ger geworden. Darüber, so erzählten sie mir, war Eldridg höchst erbost. Er wollte keine Kinder; er haßte Kinder; e verabscheute sie. Er zwang Alice zu einer Schwangerschafts unterbrechung; das war etwa fünf Wochen vor dem Mord Eine schreckliche Sache, zugegeben. Aber ich kann den Vertei digern nicht beipflichten, daß die Tötung einer Leibesfruch ganz in die gleiche Kategorie gehört wie die Tat eines Man nes, der eine Pistole nimmt und kaltblütig einen Mitmen schen umbringt. Einen erwachsenen Mann.

Natürlich ist die Abtreibungssache verpfuscht worden; das passiert diesem . . . Lumpenpack ja öfters. Und die junge Frau wäre fast daran zugrunde gegangen. Einen Monat lang war sie im Spital. Sepsis. Ja, schrecklich! Dann ist Alice zu ihren Eltern heimgekommen, noch krank; bis jetzt hat sie sich nicht erholt. Die Verteidiger — man kennt ja ihre Vorliebe für dramatische Gesten — haben mir Aufnahmen der jungen Frau im Bett gezeigt. Wie ein Leichnam sieht sie darauf aus. Ein armes Ding!«

»Irgendwie kann ich die Sache begreifen«, meinte der Richter nach einigem Zögern. »Hathaway hatte den Kopf verloren. Aber er hat den Mord mit Bedacht geplant. Nach seinem eigenen Geständnis hat er sich vergewissert, daß Eldridge zu Hause war. Er hatte den Wohnungsschlüssel seiner Tochter mitgenommen, um unbemerkt einzudringen und den Mann zu überrumpeln. Er behauptet nicht, in Notwehr gehandelt zu haben. In der Voruntersuchung hat er die Tötungsabsicht zugegeben.

Übrigens wurde festgestellt, daß Alice nicht nur abortiert hatte, sondern bei der Einlieferung ins Krankenhaus voll blauer Flecke war. Die Bedauernswerte! Entsetzlich! Aber selbst das rechtfertigt nicht einen kaltblütigen Mord. In diesem Punkt ist das Gesetz ganz scharf formuliert. Notwehr und Nothilfe in unmittelbarer Todesgefahr, Notstand: das sind gesetzlich zulässige Entschuldigungsgründe. In der Mehrzahl solcher Fälle geht der Angeklagte frei; schlimmstenfalls bekommt er ein oder zwei Jahre Gefängnis wegen Totschlags, oder es erfolgt bedingte Verurteilung.

Hathaway kann keine der genannten Gründe für sich in Anspruch nehmen. Seine Tochter ist eine junge Frau in Ruths Alter; aber sie wurde sicherlich nicht mit Gewalt zum Abtreiber geschleppt. Wenn sie auch widerstrebend gegangen sein mochte, ging sie doch auf beiden Beinen hin. Sie ist zwar noch immer sehr krank und seelisch gebrochen. Das ist ein Jammer, gewiß. Aber sie hätte Eldridge verlassen können, wie Ruth sich schließlich von Shelton losgesagt hat. Sie hätte sich scheiden lassen können. Allerdings behaupten die Verteidiger, daß sie bis zur Abtreibung den Schuft trotz allem geliebt hat. Ich verstehe die Frauen einfach nicht, muß ich sagen. Und

ich begreife auch nicht, warum Hathaway nicht so vernünfti
war, seine Tochter zu sich zu nehmen und ihr im Scheidungs
verfahren zu helfen und es dabei bewenden zu lassen. E
brauchte doch Eldridge nicht umzubringen.«

Immer wieder schüttelte Hazlitt den Kopf. »Ich habe da
den Anwälten klargelegt. Ich stellte ihnen anheim, die Miß
handlungen und die Abtreibung vor Gericht geltend zu ma
chen; aber ich ließ ihnen keinen Zweifel daran, daß solch
Umstände allein einen qualifizierten Mord nicht rechtferti
gen. Als die Anwälte sich daraufhin an Alices Vater wandter
verbot er ihnen ausdrücklich, diese Dinge vorzubringen. Ich
kann ihm daraus keinen Vorwurf machen. Schließlich hat di
junge Frau ihr Leben zu leben.

Morgen muß ich den Geschworenen die Rechtsbelehrun
erteilen. Ich muß sie genauestens über die Gesetzeslage in
formieren. Vorbedachte und geplante, kaltblütige Tötung ei
nes Menschen, wie John Hathaway sie gestanden hat, ist qua
lifizierter Mord. So lautet das Gesetz. Um das kommt ma
nicht herum. So lautet das Gesetz. Berechtigte Empörung al
Motiv entschuldigt nicht; sonstige mildernde Umstände sin
nicht vorhanden. Wenn die Jury auf qualifizierten Mord er
kennt, wird Hathaway wahrscheinlich hingerichtet werden
Übrigens scheint ihm das nichts auszumachen. Er sitzt nu
neben seinen Anwälten und blickt so abweisend und küh
drein wie immer — was nicht dazu angetan ist, die Geschwo
renen für ihn einzunehmen. Im Gegenteil, diese Geschwore
nen sind eine ›Hänge-Jury‹, wie sie im Buche steht.

Hathaway tut mir leid. Aber so ist nun einmal das Gesetz
Zum Teufel, warum hat er nicht so viel Selbstbeherrschun
aufgebracht wie ich? Ich war ja sozusagen im gleichen Falle
Und jetzt hat Ruth sich, mit meiner und Helens Hilfe, au
dem Ungemach, in das sie geraten war, herausgearbeitet.«

Der Richter hielt inne. »Ich erwähnte schon, daß Hatha
ways Frau eine alte Freundin Helens ist. Natürlich habe ich
sobald ich wußte, daß der Prozeß mir anfallen sollte — nie
mand zweifelte im geringsten daran, daß ich nach dem Buch
staben des Gesetzes vorgehen würde —, Helen eingeschärft
sie dürfe sich mit Margaret Hathaway nicht mehr zu dem
allwöchentlichen Lunch treffen. Sie verstand. Anfangs. Dann

machte Margaret etwas unter den bestehenden Umständen ganz Unverzeihliches. Sie rief Helen eines Nachts in hysterischer Aufregung an und erzählte ihr von den Mißhandlungen und der Abtreibung und bat sie, mich zugunsten ihres Gatten zu beeinflussen. Natürlich ist die arme Margaret jetzt halb von Sinnen, mit der kranken Tochter und dem unter Mordanklage stehenden Mann; aber sie hätte sich doch besser beherrschen sollen.«

»Und auch Helen«, fügte der Richter zornig hinzu, »könnte zurückhaltender sein. Sie weiß, daß sie nie von meinen Prozessen zu mir sprechen, geschweige denn mit mir darüber diskutieren darf. Und jetzt liegt sie mir seit mehr als einer Woche in den Ohren, ich möge Hathaway helfen, und weint mich verzweifelt an. Wenn ich sage ›verzweifelt‹, so meine ich es wörtlich. Ich habe Helen nie in einer solchen Verfassung gesehen, außer damals, als Ruth ihren körperlichen Zusammenbruch hatte und fast daran starb . . .«

Ganz langsam erblaßte Hazlitts starres Gesicht, bis seine Lippen totenbleich wurden und sogar die Nasenspitze sich völlig entfärbte. Ganz langsam richtete er sich in dem Marmorsessel auf. Sogar der Atem schien ihm zu stocken.

Er flüsterte: »Von Natur aus neige ich zur Heftigkeit — Helen weiß es. Ich übe Selbstbeherrschung; doch nur Gott allein weiß, welche Anstrengung es mich oft kostet, die Ruhe zu bewahren. Auch ich habe schon den Drang verspürt, jemanden umzubringen. Einigemal im Leben. Aber ich tat es natürlich nicht.«

Plötzlich wurde seine Kehle hart und trocken, und er konnte nicht schlucken.

Dann stieß er mit heiserer Stimme hervor: »Ruth!«

Er dachte an die Krankheit seiner Tochter. Ihm fiel ein, daß er sich über ihre Ärzte sehr geärgert hatte. Sie gebrauchten damals Ausflüchte; er konnte sie nicht dazu bringen, klar zu sagen, was mit seiner Tochter los war. »Nervenzusammenbruch und Kräfteverfall.« Die Ärzte waren alte Freunde. Wahrscheinlich wollten sie ihm verheimlichen . . .

»Ruth!« rief Hazlitt wieder.

Seine Tochter war beinahe gestorben. An »Nervenzusammenbruch und Kräfteverfall« stirbt heutzutage niemand mehr, wenn rings um ihn Ärzte sind. So unerträglich ist eine seelische Belastung für niemanden mehr. Besonders für Ruth nicht. Sie hatte von ihrer Ehe einen Schock erlitten; aber in der heutigen Zeiten geht niemand an einem solchen Schock zu grunde. »Die Menschen sind gestorben, und die Würmer haben sie verzehrt, aber nicht aus Liebe.« Nein. Und das Fieber! Das brennende, rasende Fieber, das wochenlang seine Tochter schüttelte. Infektion. Das halbe Delirium, das Stöhnen, das Murmeln, das unruhige Liegen. Die Antibiotika! Er hatte es nicht recht beachtet. Man hatte ihr Antibiotika gegeben. Sepsis. Die Wochen der Erholung, der unsichere Gang, die schmerzverzogenen Mienen, das plötzliche stille Weinen, das Kopfschütteln, wenn man sie etwas fragte; das stumme Dahinbrüten. Sie wollte mit ihrem Vater nicht reden.

Ruth und Helen hatten ihm nichts gesagt. Sie wußten, daß er im Zorn mit kühlem Kopf gewalttätig werden konnte. Sie wußten, daß er dann zu einem Morde fähig war.

Der Richter erhob sich. Steif und starr aufgerichtet stand er da, und sein Gesichtsausdruck war furchterregend.

Er blickte auf die Vorhänge. »Ich hätte ihn umgebracht«, flüsterte er. »Hoffentlich tritt er mir nie mehr vor die Augen. Ich könnte meine Selbstbeherrschung verlieren. Ruth!«

Er faßte die Rücklehne des Marmorsessels, um sich aufrechtzuerhalten. »Das Gesetz«, murmelte er mit dumpfer Stimme.

Wer einen vorbedachten, kaltblütigen Mord beging, mußte im allgemeinen eine Verbrechernatur sein. War er das nicht, so hatte er in vorübergehender Sinnesverwirrung, entgegen allen seinen moralischen und geistigen Hemmungen, gehandelt. Ein Mann wie Hathaway war keine Verbrechernatur. Ihn hatte eine Macht getrieben, die stärker war als seine angelernte Gesittung, eine Empörung, die seine Widerstandskraft überstieg. Er hatte getötet, weil der andere selbst einen Mord vollbracht hatte; und Abtreibung war schließlich wirklich ein Mord. Er hatte getötet, um diesen Mord und die Qualen seiner Tochter zu rächen. Auf die tiefsten und maßgeblichsten Beweggründe menschlichen Handelns zurückgeführt, war die Tat eine Vergeltung für den Anschlag auf das Leben zweier unschuldiger Wesen — eines, das vernichtet worden war, und ein zweites, das fast vernichtet worden wäre.

Ohne es zu wollen, ging der Richter unsicheren Schrittes auf die Nische zu. Er streckte die Hand dem Knopf entgegen. Er flüsterte: »Sie müssen mir sagen, was ich tun soll. Da ist das Gesetz . . .« Die Vorhänge glitten zur Seite.

Der Richter prallte zurück, als er das Licht sah und den im Lichte Stehenden. Und dann blickte er lange in die ihm gütig zugewandten Augen.

Schließlich sagte er: »Ja, ich erinnere mich. Es ist der Buchstabe des Gesetzes, der tötet, nicht wahr? Lange ist es her, seit ich das zum erstenmal gehört habe. Und es ist der Geist, der lebendig macht. Ich hatte das vergessen. Ich war wie diese Pharisäer. Eine Gesetzesverletzung war für mich eine Gesetzesverletzung. Da gab es keine Berücksichtigung besonderer Tatumstände. Keine Gnade. Jetzt erinnere ich mich, was Du gesagt hast.«

Er setzte sich, weil ihm die Knie schlotterten. »Ich war ein schlechter Richter«, fuhr er fort. »Ich habe mich an den Buchstaben des Gesetzes geklammert: und in diesem Sinne habe ich immer meine Rechtsbelehrungen erteilt. Viele Geschworene haben sich, Gott sie Dank, darüber hinweggesetzt. Gott sei Dank!

Ich werde anordnen, daß Margaret Hathaway in den Zeugenstand tritt und die Geschichte ihrer Tochter den Geschworenen erzählt. Es sind schlichte Leute. Ich bedaure, daß ich so gering von ihnen dachte. Sie verabscheuen die Ermordung unschuldiger Wesen. Unter ihnen sind drei junge Frauen, Mütter. Jeden Einspruch der Staatsanwaltschaft gegen meine Anordnung werde ich zurückweisen. Margaret, das sagt mir mein Gefühl, wünscht selbst vor Gericht zu erscheinen und die Hintergründe der Mordtat darzulegen. Das Leben ihres Gatten steht auf dem Spiel. Und Alice — sie wird nicht wollen, daß ihr Vater stirbt, bloß, um ihren ›Namen‹ zu retten. Kein Wunder, daß sie so krank ist und nicht gesund werden kann! Hathaway ist einfach ein törichter Mensch — so töricht, wie ich es auch gewesen wäre, wenn mir die gleichen Umstände früher bekanntgeworden wären!

Falls es nötig ist und die Geschworenen es verlangen, werden wir uns zu Alice begeben. Sie wird sprechen. Ja, sie wird sprechen.«

Er stand auf, noch immer totenblaß, aber entschlossen. »Die Schlichtheit einfacher Menschen ist viel klüger als jedes Buchwissen. Ihr Einfühlungsvermögen reagiert rasch und unbeirrbar; ihr Mitleid kennt kein Zögern. Ja. Die Geschworenen und ich — wir werden gemeinsam John Hathaway retten.«

Er lächelte leise. »Jetzt muß ich nach Hause, zu Helen. Sie war es ja, die mich bat, hier vorzusprechen. Sie wußte schon Bescheid. Hat sie mir nicht gesagt, daß Ruths Gesundheitszustand sich erst zu bessern begann, nachdem auch sie hierhergekommen war? Ob sie wohl Dein Gesicht gesehen hat? Das gnadenvolle Erbarmen in Deinem Gesicht.«

XIV

Der Zerstörer

In immer weitern Schleifen kreist und kreist
Der Falke, kann den Falkner nicht mehr hören.
Der Schwerpunkt schwankt; ein jeglich Ding zerfällt.
Das Chaos wird auf diese Welt gestürzt
Als blutgetrübte Flut; und überall
Erstickt der Unschuld frommer Dienst im Schlamm.
Die Besten werden irr, indes den Sinn
Der Ärgsten wilde Selbstgewißheit füllt.

W. B. Yeats: Die Zweite Ankunft

Dr. Atino Kadimo blickte durch das Fenster des Düsenflug-
zeugs und sah tief unter sich die Rocky Mountains — Die Große
Wasserscheide. Auch jetzt noch waren die Rockies für Propel-
lermaschinen nicht etwas, was man leichten Sinnes überflog
und nur mit einem flüchtigen Blick streifte; die Piloten und
Navigatoren blieben sehr auf ihrer Hut, wegen der gewaltigen
Aufwinde und Fallböen. Ganz anders verhielt es sich in einem
Düsenflugzeug, wie Dr. Kadimo mit großem Interesse feststellte. Er war neunundfünfzig Jahre alt, hatte indes noch
keineswegs seine Fähigkeit zu tiefem Staunen, zu ehrfürch-
tigem Staunen über alle Dinge verloren. Das Gebirge bot
sich seinem Blick als lange Reihe von Ameisenhaufen, die
mit winzigen, scheinbar kaum handtellergroßen Schneeklum-
pen gekrönt waren. Die mächtigen roten Zeugenberge, deren
Anblick ihn vor Jahren auf einer Autofahrt überwältigt hatte,
schienen nun nichts als rostige Eisenkeile, auf eine Schicht
gelblicher Wüstenerde verstreut; von seinem Blickpunkt aus
waren sie kaum mehr als zollhoch.

Zwei Stunden lang schwebte er jetzt schon, fast lautlos, über
der braunen, gelben, roten oder lohfarbenen Erde. Alles war
zusammengeschrumpft, plattgedrückt, gestaltlos. Selbst die gelegentlich auftauchenden kleinen Städte glichen bloß vorbeihuschenden Pünktchen. Die Flüsse und Ströme waren entweder ganz versandet oder bildeten nur wandernde Bodenspalten.
Straßen ließen sich natürlich überhaupt nicht erkennen. Der
Mensch hatte alles verzwergt, hatte allem die scharf umrissene

Körperhaftigkeit, die Aufböschung und Abtalung, die Hebung und Senkung genommen. Es war etwas Beklemmendes an dieser Verzwergung, an dieser Wandlung von Berg und Hügel, Strom und Stadt und Feld in eine flache, trostlose Eintönigkeit.

Manche Staaten, besonders Nazideutschland und Sowjetrußland hatten versucht, diese Verflachung und Verödung auch den Menschen aufzuzwingen. Und selbst in Amerika war jetzt eine starke, lebensfeindliche Bewegung im Gange, mit dem Ziele, den Menschen zu verzwergen, ihm die Umrisse der Persönlichkeit, die Vielfalt der Farben zu nehmen und ihn, wie man es mit seiner Erde tat, zu einer grauenhaften Anonymität herabzudrücken, zu einer Daseinsform, in der alle befruchtenden Ströme seines Gemütes versanden, die Seele nicht mehr vom Körper zu unterscheiden ist, seine Leidenschaften eins werden mit der gelblichen Wüste, seine Strebungen nur Ameisenhaufen sind, sein Gemüt ein unscheinbarer Bodenspalt wird, der nirgends hinführt oder sich an einem Steinwall totläuft, und die strahlenden Städte seines Geistes kaum zu matt vorbeihuschenden Lichtpünktchen in der endlosen Einöde werden.

Wo waren jetzt — sei es auf der Erde, von diesem hohen Blickpunkt im Flugzeug aus, sei es in der Seele des Menschen — die Wälder, die grünen, lebenden Wälder: wundersame Pfade und überraschende Ausblicke, plötzlich in Lichtungen auftauchende schimmernde Weiher, ein erschrockener oder brünstiger Tierschrei, geheimnisvolles, unschuldiges Jubeln und Singen, Offenbarung des Unbetretenen? Dr. Kadimo sah durch sein kleines, abgedichtetes Fenster keine Wälder, nicht einmal einen Hauch von Grün; alles war ausgedörrt, verflacht, hatte die Farbe toter Dünen, die auf ein lebloses Meer starrten.

In dem Augenblick, als der Mensch die Erde verließ, dachte Dr. Kadimo, hat er in Wirklichkeit sich selbst aufgegeben ...

Lächelnd kam die Stewardeß mit einem Tablett voll Champagnergläsern. Dr. Kadimo nahm ein Glas, lächelte freundlich zurück und nippte. Ja, das war herrlich! Wie es auf der Zunge prickelte! Mit Feuer und Eis getränkte Trauben! Er sah die Weinberge Europas vor sich; er spürte die prallen, warmen Beeren in der Hand, opalfarben, weiß, hellrosa, von starkem

Safte schwellend. Er lehnte sich in seinem raffiniert bequemen Sessel zurück und schmunzelte, fast glücklich. Solange der Mensch in solche Glaskelche goldenes Feuer zaubern konnte, war er nicht verzwergt — noch nicht. Seine Seele war nicht verflacht — noch nicht. Irgendwo auf der Welt, sogar in den Betonstädten, nicht nur in den Weingärten und Wäldern und Feldern, lebten Menschen voll Leidenschaft, Freude, Gebetseifer. Voll edlen Zornes.

Diese Menschen mußten gerettet werden. Jetzt begannen die um Kadimos Herz gekrallten Finger ständiger Qual ihren Griff zu lockern. Etwas drang klar und scharf zu ihm — wie das Schmettern einer Trompete von Festungszinnen her, wie ein Ruf auf einsamer See, wie das Glimmen der Asche eines Lagerplatzes in der Wüste. Nicht bloß in Amerika wohnten solche Menschen; sie lebten auf Inseln in Europa, sogar in Rußland, und auf den entferntesten, hoffnungslosesten Vorposten der Welt. Sie bewahrten sich ihre kostbaren Sehnsüchte, ihre Träume, ihre dichterische Daseinsfreude, ihre Seelen, die manchmal, für einen seltenen Augenblick, Gott erfassen mochten. Sie hüteten das alles sorgsam, wie ein Goldschmied seine Schätze hütet oder eine Löwin ihre Jungen oder der Speisekelch die Hostie. Sie hatten, auch wenn alle Altäre verboten wurden, Altäre in ihren Herzen; sie hatten Heiligtümer der Seele, denen keine zerstörerische Faust etwas anhaben konnte. Für diese überall verstreuten Menschen mußte Dr. Kadimo — das wurde ihm zwischen zwei Schlucken Champagner klar — eine Möglichkeit finden, damit sie das von ihnen so eifersüchtig und so ehrfurchtsvoll gehütete Gut retten und bewahren könnten. Er wußte nicht, wie er das bewerkstelligen sollte. Er wußte nur, daß er es tun mußte.

Jetzt blieb vor seinem Sessel die junge Stewardeß, die nun ein Speisentablett trug, unschlüssig stehen. Sie war dazu geschult worden, ihre Fluggäste nicht als Nummern, sondern als menschliche Wesen zu betrachten, die dem Schmerz, der Angst, der Schrullenhaftigkeit und sogar gefährlichen Impulsen unterworfen waren. Dr. Atino Kadimo — so hieß dieser Mann hier. Ein Gelehrter. Er war in Los Angeles eingestiegen. Dabei hatte er krank und grau ausgesehen, obwohl er höflich lächelte, seinen Namen sorgsam Silbe für Silbe mit leicht fremdländischem Akzent nannte und sich mit jugendlicher Spannkraft bewegte. Sie erinnerte sich, daß er auffallend hochgewachsen war, was durch seine Hagerkeit noch betont wurde. Doch er hatte sehr große blaue Augen, die wie abwesend und doch durchdringend blickten, als sinne er über irgend etwas Fernes nach, hätte aber einen Wachtposten aufgestellt, der notfalls nach Feldruf und Losung fragen oder seinen Vorgesetzten alarmieren sollte. Der Mann hatte sich gesetzt und den Mitreisenden auf der anderen Seite des Tisches zwischen den Sitzen nicht angesprochen. Die meiste Zeit hatte er zum Fenster hinausgesehen. Es mußte sein erster Jet-Flug sein. Die Stewardeß hatte einen Blick dafür.

Und während er hinaussah, war er immer leidender, grauer, älter geworden. Sie hatte ihm Champagner serviert, und er hatte ihr gedankt. Das taten die wenigsten — besonders nicht diese albernen, anmaßenden Hollywoodstars, die ständig prüfend umherspähten oder aufstanden und durch den Mittelgang schritten, weil sie von den minder Prominenten erkannt sein wollten, mit anmaßenden Blicken erkannt zu werden verlangten. Einige Dummköpfe erwiesen ihnen durch aufgeregtes Geflüster die heißbegehrte Ehrerbietung; und die Stars waren befriedigt. Im nächsten Moment aber schnitten sie ihre Bewunderer, als wären es dreiste Bauerntölpel. Die besonders Blasierten oder besonders Arrivierten gaben sich den Anschein, das niedrige Volk überhaupt nicht zu bemerken. Die Opfer dieser Geringschätzung ließen ihren Groll an den Stewardessen aus; dabei wurden die Schauspielerinnen womöglich noch launenhafter als ihre männlichen Kollegen.

Dr. Kadimo war eingeschlafen. Sein Gesicht sah jetzt jünger aus, frischer, entspannter. Eine Wandlung hatte sich an ihm vollzogen. Deshalb zögerte die Stewardeß mit dem Tablett. Ausgezeichnetes Rinderfilet mit Pilzen, Crème Vichy, guter Salat. Aber der Herr schlief. Aus irgendeinem Grunde wollte die Stewardeß ihn nicht wecken, obwohl das Flugzeug in weniger als anderthalb Stunden in Chikago landen würde. Nach der Vorschrift sollten Fluggäste, die zur Essenszeit schliefen, durch eine sanfte Berührung geweckt werden.

»Ich übernehme das Essen«, sagte der Mann, der dem Schlummernden, durch den Tisch getrennt, gegenübersaß.

»Der Alte scheint den Schlaf nötiger zu haben.«

Die Stewardeß reichte ihm das Tablett, und er begann sofort gierig zu schlingen, völlig in seiner Tätigkeit aufgehend, als wäre das seine letzte Mahlzeit auf Erden. Weshalb futterten viele Leute so hastig? Man mußte sich irgendwie für sie schämen. Statt sich das gute Essen schmecken zu lassen und jeden Bissen zu genießen, taten sie, als wären sie halbverhungert, was gewiß nicht zutraf. Der Mann hier war sogar dick und fett; er quoll sozusagen noch aus dem breiten Sessel über.

»Allerhand Leute gibt es«, flüsterte die Stewardeß ihrer Kollegin zu. »Ich denke, ich lasse den alten Herrn bis fünfundvierzig Minuten vor der Landung schlafen und gebe ihm dann seinen Lunch.«

»Glaubst du, daß ihm übel ist?« fragte besorgt die Kollegin, die sehr bedachtsam war. »Vielleicht braucht er Sauerstoff.«

»Na, beim Einsteigen hat er ja tatsächlich elend ausgesehen. Aber jetzt scheint es ihm besser zu gehen. Ich lasse ihn ein bißchen länger schlafen. Er dürfte es wirklich nötig haben. Macht den Eindruck, als wenn er lange nicht geschlafen hätte.«

Dr. Kadimo träumte. Er war wieder ein Junge in seinem osteuropäischen Lande. Sein Vater war Anwalt und auch Bürgermeister des kleinen Marktfleckens; er war mit dem Ortsgeistlichen befreundet. Gemeinsam nahmen sie sich der Notleidenden an. Im Zimmer war alles aus Holz: die Wände, der Fußboden und sogar die Decke. Draußen herrschte weißer Winter, heulender Sturm. Ein gelbliches Bärenfell lag vor dem Kamin, und über dem Feuer begann ein Kessel zu summen. Da und dort verbreitete eine Öllampe schwachen Schein. Ledersessel und polierte Holzstühle verteilten sich über den blankgescheuerten Fußboden. Auf dem steinernen Kaminsims stand eine Ikone. Der Bronzegrund schimmerte wie altes Gold. Ein Hund winselte schläfrig beim Feuer. Gerüche von dicker, seimiger Suppe drangen aus der Küche. Der Sturm rüttelte an den schmalen, niedrigen Fenstern, an den festen Eichentüren. Jetzt wallte der Kupferkessel; das dünne, hohe Singen übertönte den Wind. Der Hund schob sich unruhig hin und her; seine lange Schnauze schnupperte zur Küche hin. Draußen krachten die Bäume im Frost; das Krachen peitschte durch die Luft wie Pistolenschüsse. Dunkelheit drängte sich an die Fenster — wie ein unabschüttelbares Lasten, wie ein böser Spuk, wie ein gewaltiges Drohen. Das Zimmer war ein Vorposten, ein Bollwerk gegen Winter und Finsternis.

Der Knabe, Atino, saß bescheiden, abseits des Feuers an einem breiten, polierten Tisch, über seinen Schulbüchern. Er war zwölf Jahre alt. Er wurde schläfrig. Die Scheite knisterten; und er spürte die Flutwellen von Wärme, und er sah die Flammenbündel zum Schornstein emporzüngeln, durch den die Windstöße orgelten. Er roch die herrlichen Fettdünste aus der Küche, Kohlsuppe und Schweinebraten, und den süßen, würzigen Duft schmorender Äpfel. In der Luft schwebte auch das Aroma des Kaffees, den der Vater und der Geistliche vor dem Kamin tranken.

Der Pope hatte seinen hohen Hut, der einer schwarzen Röhre glich, aus der Stirn geschoben; das hinten am Hut befestigte Hülltuch hing über Nacken und Schultern. Er hatte die Schöße seines Talars hochgeschlagen, um die alten, kräftigen Beine in ihren langen schwarzen Wollstrümpfen zu wärmen. Er war durch Schnee gewatet; und nun verbreitete sich im Zimmer ein neuer Geruch: nach trocknender Wolle, nach feuchtem Leder und Filz. Der Pope war nicht von hohem Wuchs, aber stämmig; gebieterisch und gütig zugleich; ein Gottesmann.

Atino rieb sich die Schläfrigkeit aus den Augen und blickte Ehrwürden Alexis Rozniak mit frommer Scheu an. Der Pope konnte gemütlich und gedankenvoll dahinbrummeln, wie er es jetzt tat. Er konnte auch seine Stimme mächtig erheben, und dann umdröhnte ihn Donner. Er konnte wütend werden, und seine Hand traf schwer. Wenn er in der Kirche psalmodierte, schienen selbst die Gipsengel zu lauschen; das klangvolle, andächtige Responsorium schwebte zwischen den Pfeilern empor, zu der byzantinischen Decke mit ihren goldenen Blattornamenten und ihren Heiligenköpfen. Im Anhauch dieses mächtigen Gesanges flackerten die Kerzen; und die kalte Wintersonne fiel schräg durch hohe Buntglasfenster, in vielfarbigen Strahlenbündeln. Der Geistliche war das Herz der Gemeinde — unverwüstlich, beharrend, alterslos trotz des grauen Bartes, mit Lidern, die sich über den schönen, schwarzen Augen wie alte Seide kräuselten.

Der Pope und der Bürgermeister, Atinos Vater, führten jetzt mit sehr ernsthaften Mienen ein Gespräch; und wenn Männer — so hatte Atino beobachtet — sich derart angelegentlich miteinander unterhielten, ging es meist um etwas Langweiliges. Ihre Stimmen tönten leise. Aber vielleicht war es die Klangfarbe ihrer Wechselrede, die den Knaben aufhorchen ließ.

»Glaube mir, lieber Jozef«, sagte der Pope, »ich schlage nicht blinden Lärm. Es liegt ein Brodem in der Luft, eine Ausdünstung von Gewalt und Terror. Ich bin ein Mann vom Lande; auch du weißt, wie es ist, wenn wir die Luft beschnuppern, sie tief in die Nase einziehen. Lange, bevor das Gewitter losbricht oder der erste Blitzstrahl über den Himmel zuckt oder der erste Windstoß in den Bäumen pfeift oder der erste Donner grollt, weiß der Landmann, was sich zusammenbraut. Ist es nicht so? Ja. Und bevor die ersten Schneefälle einsetzen, riecht der Bauer die reine, trockene, nach frischgestärkter Wäsche duftende Schneeluft. Du mußt mit deiner Familie nach Amerika gehen. Und zwar sofort. Du bist ein vermögender, vielseitig gebildeter Mann, ein Lehrer, ein Rechtskundiger. Man wird dich einwandern lassen. Aber warte nicht! Das Unwetter ist fast schon über uns.«

Es war Ende Februar 1914. Jozef Kadimo lächelte, klopfte mit einem Finger auf seine Pfeife, paffte und wurde wieder ernst. Atino setzte sich auf und spitzte die Ohren. Amerika? Dieses so weite, so geheimnisvolle, so unbekannte Land? Weshalb sollten sie dorthin gehen? Die Männer vor dem Kamin sprachen noch leiser und steckten die Köpfe noch enger zusammen und blickten einander in die Augen. Atino gähnte.

Er wurde plötzlich wieder hellwach, als er das süße Singen von Vaters Geige hörte. Jozef stand auf dem Bärenfell, mit festgeschlossenen Augen, ein Lächeln auf den derben Lippen, und spielte. Ah, Chopin! Polonaise. Vaters Lieblingsstück. Er verstand es, der Geige Töne zu entlocken, die gebieterisch riefen, rasend tanzten, dumpf wurden wie Trommelwirbel, wie Marschschritte dröhnten, weinten, lachten, kündeten. Jetzt hörte der Schläfer sie als leidenschaftliche Stimme, die ihn

rief, und erwachte jäh in dem Düsenflugzeug, mit dem Gei
genklang im Ohr.

Die Maschine sauste, dem Sonnenlauf entgegen, in di
nächtliche Finsternis. Aber am purpurroten Himmelssaum sa
Dr. Kadimo blinzelnden Auges den helleren Purpurschim
mer des von mattem Feuer gefärbten Erdsaums. Die schöne
herrlich schöne Erde!

Die Stewardeß trat zu ihm. Doch er schüttelte den Kop
und sagte: »Kaffee, bitte! Nur Kaffee.« Er nippte von der Tas
se. Die Düsenmotoren schrillten leise; aber über diesem Ge
räusch hörte er Vaters Geige singen, eindringlich, wie ei
Gebet. Er legte die mageren Finger über das Gesicht und rie
sich die Augen und seufzte. Ein Entschluß baute sich in seinen
Herzen auf, gleich einem Pfeiler aus unzerstörbarem Stein
Dr. Kadimo sah nicht klar — noch nicht. Aber mit Gottes Hilfe
so hoffte er, würde ihm die Erleuchtung kommen, was e
zu tun und zu sagen hatte.

Stampfend senkte sich das mächtige Flugzeug; und di
Stewardessen liefen eilends durch den Mittelgang, um sich z
vergewissern, ob ihre Schutzbefohlenen die Sicherheitsgurt
umgeschnallt hatten.

»Schon so früh?« fragte Dr. Kadimo seine Betreuerin. Si
war ein hübsches junges Ding, mit einem frischen Gesicht
wie eine sonnenwarme Septemberbirne.

»Über Chicago ist Schneesturm«, sagte sie und fügte beru
higend hinzu: »Nur eben schlechtes Wetter. Und vielleicht ei
bißchen böig. Wir landen in etwa fünfunddreißig Minuten.«

Im Flugzeug flammten, als es vom Abenddunkel verschlun
gen wurde, die Lichter auf. Furchtbar, diese Geschwindigkeit
dachte der Gelehrte. Mitten am heißen Tage habe ich Kali
fornien verlassen; und nach dieser kleinen Weile bin ich im
Finstern, und in Chikago ist es Winter. Welch gewaltige Kräft
der Mensch beherrscht! Doch die gewaltigste aller Kräfte be
herrscht er nicht: sein eigenes Herz. Seine Fortbewegung kann
er, um die Wette mit dem Tageslauf der Sonne, beschleuni
gen; aber er kann nicht Barmherzigkeit oder Gerechtigkei
oder den Frieden beschleunigen, weil er dazu nicht das Zeu
in sich hat. Das mitternächtige Dunkel kann er bannen, nich
aber die schwarze Bosheit seiner eigenen Seele. Den Himme

kann er erhellen, nicht aber seinen Geist. In die oberste Stratosphäre kann er sich heben und den Mond als Reiseziel ins Auge fassen; aber den Düngerhaufen eigener Sündhaftigkeit und des Frevels von Mensch gegen Mensch vermag er nicht zu übersteigen. Die Atome kann er — wie schrecklich! — zertrümmern, ihre Kerne spalten und verschmelzen; aber die Schlechtigkeit von seinem Herzen abzuspalten oder es mit Gott zu verschmelzen vermag er nicht.

Der Mensch neige zum Bösen, sagte die Kirche. »Die Menschen lieben die Finsternis mehr als das Licht.« Aber die westliche Ethik erklärte, der Mensch sei von Natur aus gut und nur durch die ihn umgebenden Einrichtungen irregeleitet und verderbt worden. Welche Torheit! Der Mensch, und er allein, hatte seine Einrichtungen geschaffen und wurde dann von ihnen seiner Freiheit beraubt. Wurde von ihnen gefoltert und gemordet. Er selbst hatte aus dem grünen Garten der Welt eine Hölle gemacht, hatte sie mit Teufeln seines eigenen Schlages bevölkert. Und jetzt . . .

Aber noch standen — auf einsamen Vorposten im Kampf gegen den schaurigen Greuel, zu dem der Mensch seinen Planeten gemacht hatte, auf hoffnungslos verlorenen Posten in der Nacht — gütige und barmherzige Menschen, die »des Weines pflogen und auch der Musik«, die insgeheim ihre Andacht verrichteten, die liebten, die für ihre heiligen Güter zu sterben bereit waren.

Als die ganze Welt zu dem Blutbad in Ungarn verlegen schwieg und kein einziger Staatsmann seine Stimme in Zorn und Wut erhob, da hatten ein paar blutjunge russische Soldaten in ihren Panzerwagen sich geweigert, auf Männer und Frauen und kleine Kinder in Budapest zu schießen. Junge Burschen, die ihr Leben lang Luzifers Litanei gelernt hatten, die nichts kannten als Fanatismus und Draufgängertum! Und doch ließen diese wenigen, diese unbeholfenen Burschen sich lieber erschießen, als daß sie etwas Grauenhaftes getan hätten. Ich grüße euch! rief Dr. Kadimo ihnen im Geiste zu. Um euretwillen werde ich einen Ausweg suchen. Selbst die Hölle konnte eurem plötzlichen, heiligen Mitleid nichts anhaben, konnte es nicht in ihren Flammen verzehren. Ihr habt während eures kurzen Lebens nie etwas von Güte erfahren und habt sie in

euren Herzen neu erschaffen. Ich grüße euch, tapfere Kinder
Gott sei mit euch!

Die Stewardeß — es war die bedachtsame — brachte ihm
seinen Mantel. Sie machte sich Gedanken, weil der Mantel so
leicht war. In Chikago herrschte elendes Wetter, ein heftiger
eiskalter Blizzard. Sie sagte: »Draußen ist es bitterkalt, Dr.
Kadimo. Und dieser Mantel . . .«

»Ich wohne schon lange in Kalifornien und in der Wüste«,
erwiderte der Gelehrte, gerührt über so viel freundliche Fürsorglichkeit, die vom Herzen kam, sichtlich frei von Trink-
geldhoffnungen. »Sehr lange. Früher habe ich den Osten gewöhnlich im Sommer besucht. Aber machen Sie sich keine
Sorge, bitte! Ich weiß, was Winter ist. Schauen Sie, ich habe
gerade vorhin einen warmen Pullover angezogen.«

Er fühlte sich versucht, sie auf die Wange zu küssen, wie
er seine junge Tochter auf die Wange geküßt hatte, die, als
sie an Kinderlähmung starb, so alt wie dieses Mädchen hier
gewesen war. Stella hatte ihn, als sie nach dem Tode der Mutter mit ihm allein blieb, immer umhegt. Er trauerte nicht
mehr um sie. Sie war jung und unschuldig dahingegangen,
ehe noch die Menschheit ihren Wahnwitz vertausendfacht hatte. Am Vortag des Abwurfes der Atombomben auf wehrlose
japanische Städte war Stella gestorben. Gott verzeihe
mir! dachte Dr. Kadimo, während die Stewardeß ihm in den
Mantel half. Wenn Du kannst, Herr, so verzeih mir! Wenn
Du es nicht kannst, so laß mich, aus dem Gefühl meiner ent-
setzlichen Schuld heraus, ungeschehen oder wenigstens un-
wiederholbar machen, was ich angerichtet habe!

Die Schneeböen zerrten an seinen Kleidern. Er trug wenig
Gepäck. Er senkte den Kopf und eilte in das hell erleuchtete
Flughafengebäude, wo aufgeregte Menschenscharen sich an
den Schaltern der Fluggesellschaften drängten, nur, um zu erfahren, daß fast alle Ost- und Westflüge eingestellt worden
waren. Er ging zu seinem Schalter.

»Dr. Kadimo?« fragte der vielgeplagte Angestellte. »Ihr
Flugzeug nach Washington fällt leider aus. In etwa einer hal-
ben Stunde geht aber ein einziges Flugzeug ab, nach N., auf
halbem Wege. Wir können Ihnen einen direkten Flugschein
nach Washington ausstellen, obwohl Sie erst morgen früh von

N. weiterfliegen. Dort ist gleich neben dem Flughafen ein gutes Hotel, wo sie übernachten könnten.«

»Und ich kann nicht die Nacht über in Chikago bleiben und dann von hier aus direkt nach Washington fliegen?«

»Das bedeutet ein Risiko für Sie, Sir. Laut Wetterbericht fängt der Sturm erst richtig an und soll morgen noch stärker werden. Jetzt ist eine ungünstige Jahreszeit.«

Dr. Kadimo fröstelte. Sein graues Gesicht war starr vor Kälte. Er fühlte sich sehr müde. Vielleicht tat er am besten, in Chikago zu bleiben und notfalls sogar zwei Tage zu warten. Morgen konnte er Washington anrufen. Er sehnte sich nach einem warmen Hotelzimmer, wo er sich auskleiden, ein leichtes Abendessen mit Wein nehmen und zu Bett gehen konnte. Sein ganzer Körper schmerzte vor Ruhebedürfnis. »Ich glaube . . .«, begann er und hielt erschrocken inne.

Der Beamte blickte ihn fragend an. »Ja, Sir?«

Den Gelehrten hatte plötzlich eine ganz merkwürdige Anwandlung überkommen, über die er nur staunen konnte. Diese drängende Anwandlung verlangte, er solle die bald abfliegende Maschine nach N., einer ihm ganz unbekannten Stadt, nehmen. Damit würde er doch mindestens eine weitere Stunde in einem Flugzeug verbringen müssen. Er schüttelte den Kopf.

»Sir?« mahnte der Beamte.

Das Drängen wurde wie eine laute Stimme in Dr. Kadimo. Er sagte rasch: »Ich glaube, ich fliege nach N. Dort bin ich noch nicht gewesen.«

Der Angestellte nickte zustimmend und fertigte den neuen Flugschein aus.

Ich bin ein Narr! sagte der Gelehrte zu sich. Warum habe ich das getan? Wenn ich hier in einem Hotel abgestiegen wäre, hätte ich mich ausruhen und nachdenken und mir zurechtlegen können, was ich tun soll. Jetzt werde ich ganz erschöpft ankommen. Er wollte die Hand heben und den geschäftigen Beamten in seiner Arbeit unterbrechen; aber die Hand war schlaff und wie gelähmt.

Und dann fiel ihm etwas sehr Seltsames ein. Als zwölf Jahre alter Knabe war er, knapp ehe seine Familie ihn nach Amerika brachte, mit seinem Hund spazierengegangen. Die Schneedecke war tief und dicht. Aber er hatte Schneeschuhe, und dem Hund machte der weiße Teppich Spaß. Sie wanderten miteinander in die leuchtende Marmorstille; er pfiff der Hund bellte. Das Elternhaus stand am Ende des kleiner Ortes, und ringsum waren Felder und Wälder. Atino stapfte auf ein Waldstück zu.

Plötzlich blieb der Hund stehen und winselte. »Vorwärts du alter Jauler!« rief der Knabe. Doch der Hund winselte Der Junge zuckte mit den Achseln und ging ohne seinen Gefährten weiter. Da setzte der Hund ihm wie besessen nach schnappte seinen Mantel und hielt ihn fest. Seine Augen funkelten verzweifelt. Sein Rücken krümmte sich — so angestreng versuchte er, seinen Herrn zurückzuhalten. In der Kehle saß ihm ein wütendes Knurren.

»Na schön!« rief Atino ungeduldig. »Kehren wir um! Di ist kalt, was?«

Der Hund war klein, aber lebhaft. Nun rannte er in mächtigen Sätzen vor Atino her, als wollte er ihn zur Eile mahnen; und so schlug der Knabe, um ihm den Willen zu tun, ein schärferes Tempo ein. Sie hatten gerade den Fahrweg erreicht, als Atino sich umblickte. Am Waldrande stand eine große, graue Tiergestalt, vor Hunger abgemagert, stand da wie der Tod. Sogar aus dieser Entfernung sah man die Fänge glitzern. Ein Wolf.

»Ein Wolf. Ja«, sagte der Gelehrte.

»Wie bitte, Sir?« fragte der Mann hinter dem Schaltertisch verdutzt.

»Ach, nichts. Mir ist nur etwas eingefallen ... Wo ist der Zugang zu meinem Flugzeug?«

Ich bin abergläubisch, dachte der Gelehrte, während er zu der ihm angegebenen Tür eilte. Was hat der Wolf meiner Kindheitserinnerung mit der jetzigen Verzögerung, mit der unvorhergesehenen Zwischenlandung zu tun? Es ist doch klar, daß diese Hemmnisse keinem besonderem Zweck dienen können! Ich bin Wissenschaftler, und ich befasse mich mit Tatsachen, nicht mit nebelhaftem Mystizismus. Gleichzeitig mit mir fliegt jetzt ein Dutzend Leute, die auch alle nach Washington wollten. Was hat sie zurückgehalten oder umgelenkt? Nichts.

Aber er hatte der Regung eines uralten Bluterbes nachgegeben. Er stieg ins Flugzeug und zerbrach sich nicht weiter den Kopf. Unruhig durchdöste er den Flug. Vor der Landung mußte man ihn wecken. Das Hotel war bequem, das Essen gut, der Wein ausgezeichnet. Der Gelehrte sank ins Bett und versuchte nachzudenken. Doch eine warme Wolke senkte sich über seinen Geist, und er schlief sofort ein.

Ausgeruht wachte er auf. Aber sein furchtbares Dilemma stand weiter vor ihm, ungelöst. Und das Schlechtwetter hatte sich anscheinend hierher in diese Stadt verzogen. Der Himmel war bedeckt und lichtlos; an den Fenstern trieb der Schnee in langen weißen Fahnen vorbei, von einem tobenden Sturm gepeitscht.

Dr. Kadimo rief den Flughafen an. Alle Flüge waren eingestellt. Bei einer Änderung würde man ihn aber gleich verständigen. So stand er hier wieder ohne Flugverbindung nach Washington da.

Nun rief er den Offizier an, den er im Pentagon kannte.

»Sie hätten in Chikago bleiben sollen«, meinte der Offizier, und durch die tiefe Hochachtung in seinem Ton schlug Gereiztheit durch. »Dort hat sich der Blizzard gegen Morgen gelegt. Wir haben Sie für heute zwei Uhr Nachmittag erwartet. Jetzt sitzen Sie also dort fest, wie?«

»Ja. Hier ist ganz elendes Wetter. Es tut mir leid, daß ich Ihnen allen solche Ungelegenheiten bereite.« Er ärgerte sich über sich selber. »Vielleicht kann ich abends mit dem Zug nach Washington fahren. Ich habe mich schon erkundigt; aber augenblicklich ist kein einziger Sitzplatz frei. Hochbetrieb in Washington, was? Na, vielleicht wird eine Reservierung storniert. In diesem Falle rufe ich Sie an.«

»Und alle die hohen Herren warten auf Sie«, bemerkte der Offizier vorwurfsvoll.

»Ich weiß, ich weiß. Ich werde mein möglichstes tun. Es war sinnlos, hierher zu fliegen. Aber man hat es mir so dringend angeraten. Ich bitte um Entschuldigung.«

Ja, er hätte in Chikago bleiben sollen. Dann wäre er inzwischen schon auf dem Wege nach Washington gewesen. Er dachte nicht mit freundlichen Gefühlen an den Schalterbeamten der Fluglinie. Aber andererseits wußte er noch immer keine Lösung für sein Problem. Hätte er heute im Pentagon vorgesprochen, so wären seine Gedankengänge verworren un[d] ungeklärt gewesen. Hier in diesem warmen, stillen Zimme[r] konnte er wenigstens überlegen. Was sollte er tun?

Der Raum gab auf seine Frage keine Antwort. Dr. Kadi[-] mo betete; aber in seiner Seele erhoben sich Widerstände[.] Verwundert wurde er der Tatsache inne, daß er schon lang[e] nicht gebetet hatte und seit Jahren nicht in der Kirche gewe[-] sen war. Wann hatte er zuletzt gebeichtet? Vor Stellas Tod[.] Vor dem Bombenabwurf auf Japan. Warum ging er seitdem nicht mehr zur Beichte? Weil er selbst an Tod und Greue[l] und Verwüstung Schuld trug. Er wußte es im Herzen. E[r] wußte allerdings auch, daß er schmählich hintergangen wor[-] den war. Später hatte er mit einem General darüber gespro[-] chen. Nach dieser Unterredung hätte sein Schuldbewußtsei[n] weniger drückend werden können; doch dem war nicht so[.] Man hatte ihn wohl überlistet; aber das änderte nichts a[n] seiner Schuld. Wochenlang war er vor Verzweiflung und Em[-] pörung fast von Sinnen gewesen. Vergebens beteuerten sein[e] Mitarbeiter ihm, auch ohne ihn hätten die Dinge den gleichen Lauf genommen. Er hatte — allerdings selbst irregeführt — sein Teil zu diesem Laufe beigetragen.

»Wenn Sie Ihrer Wege gegangen wären, hätte man Si[e] einen Verräter geheißen«, sagte ihm damals ein Mitarbeiter[.]

»Besser, als Verräter zu gelten, als zu wissen, daß man ei[n] Mörder ist«, hatte der Gelehrte entgegnet.

»Aber die Japs waren unsere Feinde.«

»Glauben Sie, daß man Ihnen allein die ganze Verantwor[-] tung zuschieben darf? Nein, wir alle tragen sie.«

Der Mitarbeiter, ein guter Freund, hatte diese Äußerung nicht weitererzählt. Auch er fühlte sich schuldig, angewider[t] und entsetzt.

Das Hotelzimmer war lautlos still. Draußen tobte weite[r] der Sturm. Dr. Kadimo versuchte, ein Buch, das er auf die Reise mitgenommen hatte, zu lesen, konnte es aber nicht[.] Er fing an, ziellos in dem Zimmer umherzugehen.

Seine Gedankengänge waren immer präzis gewesen. Ei[n] Wissenschaftler konnte nicht anders denken, von Natur aus, von Berufs wegen. Er begann, über sich selbst und seine Fach[-] genossen nachzusinnen. In der Weltgeschichte hatte es ein[e]

Zeit gegeben — viele alte Menschen waren noch in ihr aufgewachsen —, da standen die Wissenschaftler über den politischen Mächten. Sie arbeiteten in ihren besonderen Abwandlungen des Elfenbeintums, in Laboratorien, in Observatorien. Sie hatten ein sehr einfaches, ja naives Berufsethos: sie erforschten die Wahrheit, die Natur des Weltalls, die Natur des Menschen; Politik ging sie nichts an. Mit dem Unendlichen beschäftigt, wußten sie vom Endlichen wenig und betrachteten es noch weniger.

Aber an einem bestimmten Zeitpunkt ihrer jüngsten Tätigkeit war ihr Genie von den Staatsgewalten in Beschlag genommen worden — nicht zur Erforschung der Wahrheit, des Wesens von Gott und Mensch, sondern zur Zerstörung. Warum hatten die Gelehrten, überall in der Welt, sich so widerstandslos mißbrauchen lassen? Weshalb war die mit Wahrheit und Einsicht bewaffnete Wissenschaft zur Dirne geworden? Aus Patriotismus? Ach, jeder einzelne von jenen blutjungen Russen, den aus ihren Schulzimmern geschleppten und auf Panzerwagen gesetzten Kindern, war großherziger gewesen als alle modernen Wissenschaftler der ganzen Welt. Diese Kinder hatten unversehens die Wahrheit erkannt und sich kurzerhand geweigert, der Unterdrückung, dem Wahnwitz zu dienen.

Gleiches konnte man keineswegs von den Wissenschaftlern sagen, die ihre Geistesgaben nicht dazu genutzt hatten, den Menschen zu fördern, die Wahrheit voranzutreiben, hinter dem sichtbaren Weltall das unsichtbare, alles lenkende Gesetz zu suchen. Hatten sie sich aus purer Todesangst prostituiert? Nein. Sie waren plötzlich von der modernsten Seuche angesteckt worden, einer tödlichen Seuche: dem Verlangen, umworben zu sein, in der Welt eine Rolle zu spielen. Dabei waren sie, weiß Gott, nicht auf Geld aus, und es gelüstete sie nicht nach Wohlstand. Umworben sein; eine Rolle spielen; überall sofort Beachtung finden: die Wunschträume einer Buhlerin.

Auf der Jagd nach solchem eitlen Tand, solchem Flitterwerk, solchen armseligen Straßjuwelen waren einige dieser Wissenschaftler zu Kommunisten geworden, nicht eigentlich aus Überzeugung, sondern aus Geltungstrieb. Wenn der posierende Schauspieler, wenn der politisierende Demagoge durch bloßes Geschwätz, durch dramatische Gesten, durch Lügen und wohltönenden Unsinn, in den Zeitungen Schlagzeilen machen und in der Öffentlichkeit gewaltiges Echo finden konnten, warum sollte dann der Gelehrte sich demütig in den Schatten drücken?

Auf diese Art war der Wissenschaftler in die älteste aller Fallen gegangen, und in die übelste: das Machtstreben. Er wollte nicht wirklich Macht ausüben; er wollte nur wissen, daß er sie hatte. Außerdem — und das war, wenn man es sich recht überlegte, ausgesprochen kläglich — suchte er den billigen Beifall des Pöbels, jenes Pöbels, der seine Propheten und Könige umgebracht, der auf stinkenden Marktplätzen die Wahrheit gesteinigt, der immer wieder zur Stillung seiner wilden Haßgelüste Galgen und Guillotinen aufgerichtet, der zur Krönung aller Übeltaten seinen Erlöser ans Kreuz geschlagen hatte. Um dieser feilen Macht, um dieses schändlichen Beifalls willen waren überall einzelne Wissenschaftler Kommunisten geworden. Wenn je ein frevelnder Mensch eher Mitleid als Zorn verdiente, so traf es hier zu. Diese Gelehrten waren zu bedauern, weil sie sich zu albernen Götzendienern herabwürdigten, statt Priester am Altar der Wahrheit zu bleiben.

Er, Dr. Kadimo, selbst hatte zu einem dieser unseligen, einer Gefühlsverwirrung erlegenen Männer, der sich am nächsten Tag vor einem Kongreßausschuß verantworten sollte, gesagt: »Weshalb haben Sie das getan? Weshalb, um Gottes willen?«

Und der Wissenschaftler hatte ihn verstört angeblickt und geantwortet: »Weshalb? Also, offen gestanden, ich weiß es nicht. Diese Leute ... haben interessant ausgesehen. Und es gibt so wenige interessante Menschen auf der Welt, nicht wahr? Weniger als je zuvor in der Weltgeschichte, nicht? Von ihrer Ideologie wußte ich eigentlich nichts. Die Leute sind mir bloß ... mit solcher Hochachtung begegnet.« Und er war rot geworden und hatte den Blick gesenkt.

»Was konnte es Ihnen schon ausmachen, ob so ein Mensch oder überhaupt irgendwer unsereinem Hochachtung bezeugt?«

Das Gesicht des armen Mannes hatte ausgesehen, als

würde es kläglich in Stücke gehen. »Es hätte mir nichts ausmachen sollen, was? Es hat uns nie etwas bedeutet. Aber irgendwie fühlt man das starke Bedürfnis, Ansehen zu genießen, nicht? Schließlich sind wir doch alle Menschen, nicht?«

»Eben das ist der Jammer«, hatte Dr. Kadimo betrübt entgegnet.

Wie war er selbst dieser krankhaften Sucht entgangen? Erstens und vor allem hatte er Kindheit und Jugend in strenger seelischer Zucht verbracht. Zweitens entstammte er einem alten und sehr skeptischen Menschenschlag, der nie glaubte, was die Leute sagten. Drittens war sein Volk jahrhundertelang ständig von Rußland bedrängt worden.

Kommunismus — dem Ursprung nach die Anarchie und der Wahnwitz des Westens! Merkwürdig, daß die Russen als Nation des Ostens von diesem Bazillus angesteckt wurden! Waren sie empfänglicher für ihn gewesen, weil sie bisher nie mit ihm in Berührung kamen, während das ihm wiederholt ausgesetzte Westeuropa gegen ihn immun wurde? Sogar Amerika hatte sich in gewissen Epochen seiner Geschichte mit dem Kommunismus auseinanderzusetzen — mit dieser Seuche des Westens, diesem Frevel des Westens. Für Rußlands jetziges Elend müßten wir Westler, dachte Dr. Kadimo, unsere Schuld eingestehen und um Absolution bitten. Ehe wir sterben.

Sollte Rußland, im Fieberwahn seiner von außen her eingeschleppten Krankheit, Tod und Verderben über die ganze Erde bringen, so würde die westliche Hemisphäre nichts Besseres verdienen. Um den Dingen etwas näher an den Leib zu rücken: Wer hatte die ersten Atombomben auf die Menschheit geschleudert? Welches Volk war überhaupt das einzige gewesen, das je so etwas getan hatte? Mea maxima culpa! dachte Dr. Kadimo: Wir haben keine Tugend, keinen Glauben, keine echte Kraft, keine Tapferkeit, keinen Gerechtigkeitssinn, keine Lauterkeit, keine Ehrenhaftigkeit. Wir haben nur die Furcht des Kaninchens — die jämmerliche, schlotternde Angst, selber das erleiden zu müssen, was wir anderen zugefügt haben.

Jetzt fielen ihm ein paar Verse eines Gedichtes — war es von Kipling? — ein, das er im ersten amerikanischen Schuljahr gelernt hatte.

Das Toben und der Lärm verklingt;
Soldat und Fürst ziehn heimatwärts.
Es bleibt, was opfernd Dir sich bringt,
Ein demutvoll zerknirschtes Herz.
Gib, Herr, daß wir dies zu vergessen
Uns nie vermessen — nie vermessen!

Der Wintersturm dröhnte am Hotelfenster. Und aus dem
Dröhnen heraus hörte Dr. Kadimo auch seines Vaters Geige
singen. ». . . dies zu vergessen uns nie vermessen — nie ver
messen!«

Seine Ratlosigkeit wuchs. Ihm war, als verschwendete er
während eine ungeheure Aufgabe auf ihn wartete, seine Zeit
als stünde vor der Tür ein Wesen von überwältigender Be
deutsamkeit. Aber er wußte nicht, was er tun sollte. Unwill
kürlich öffnete er eine Lade seiner leeren Kommode. Eine Bi
bel lag darin. Er nahm sie heraus und schlug sie auf. Das
hatte wohl noch keiner seiner Vorgänger getan! Dann fiel ihm
ein, daß, einem Aberglauben — war es ein solcher? — zufolge
ein bedrängter oder ein gläubiger Mensch die Bibel aufs Ge
ratewohl öffnen konnte und eine Stelle fand, die ihm unmit
telbar zustatten kam. Dr. Kadimo lächelte flüchtig, hielt die
Bibel mit beiden Händen und ließ sie aufklappen.

»Dann wird sich Volk wider Volk erheben und Reich wider
Reich. Erdbeben werden geschehen hier und dort. Hungers
nöte werden sein. Dies ist der Anfang der Wehen . . . Denn
jene Tage werden sein eine Drangsal, wie es keine solche ge
geben hat seit dem Anfang der Welt, die Gott erschaffen hat
bis jetzt, und auch keine mehr geben wird. Und wenn der
Herr jene Tage nicht verkürzt hätte, würde kein Sterblicher
heil davonkommen. Aber um der Auserwählten willen, die
er sich erkor, hat er jene Tage verkürzt.«

Atino Kadimo starrte vor sich hin. Hier wurde auf die
Drangsal, die schon der Prophet Daniel geweissagt hatte, Be-
zug genommen. Sie stand vor den Toren der Welt, die vom
Frevel der Menschen heraufbeschworene Drangsal.

Aber noch harrten einsame Männer auf hoffnungslosem
Vorposten der Welt aus.

Sehr behutsam legte der Gelehrte die Bibel zurück. Er hatte
düsteren Bescheid erhalten. Ihm war etwas gesagt worden

was er schon wußte. Doch die Frage, was er tun sollte, blieb unbeantwortet. Seine hageren Finger glitten über die Platte der Kommode und stießen auf eine kleine, weiße Broschüre. Ganz unbewußt nahm er sie zur Hand. »Der Zuhörer.«

Einigermaßen verblüfft schlug er die Broschüre auf, nachdem er auf dem Umschlag die Aufnahme eines weißen Marmorbaus von strenger Schönheit wohlgefällig betrachtet hatte.

»Wenn Sie in Schwierigkeiten sind und nicht wissen, wie Sie eine schwere Daseinsfrage lösen sollen, sind Sie eingeladen, Ihr Problem dem Zuhörer vorzutragen. Tausende sind in den vergangenen Jahren gekommen und haben Trost und Hoffnung gefunden. Der Zuhörer verrät nie ein ihm anvertrautes Geheimnis. Er hat es nie getan und wird es nie tun.«

Gelehrte seines Faches mußten behutsam sein, heutzutage mehr denn je! Atino spürte, wie er instinktiv zurückschreckte. Dann lachte er leise: Niemand wußte, daß er hier war ... Aber halt! Dachte er denn überhaupt daran, diesen »Zuhörer« aufzusuchen? Unsinn! Er war ein Mann der Wissenschaft und hütete ein furchtbares Geheimnis, von dem außer ihm auf der ganzen Welt nur sieben Menschen wußten. Er war kein schwangeres Mädchen, kein beschäftigungsloser Arbeiter, keine unbekannte Witwe, kein überschuldeter Beamter. Er war ein Wissenschaftler, der nach Washington, zum Pentagon, reiste.

Du bist auch nur ein Mensch! mahnte eine innere Stimme. So deutlich war diese Stimme, daß er jäh auffuhr und sich im Zimmer umblickte.

Es wurde rasch dunkel. Wild und mißmutig rüttelte der Wind an den Fenstern. Der Schnee fiel dichter. Aber hier im Zimmer war es still, allzu still.

Wer mochte dieser »Zuhörer« sein? Der Gelehrte setzte wieder ein gezwungenes Lächeln auf und blätterte in der Broschüre. Da stand, daß niemand den Mann kannte. Man hielt ihn für einen Psychotherapeuten, einen Arzt, einen Anwalt, einen Lehrer. Tausende hatten ihn gesehen. Vielen war es lieber gewesen, ihn nicht zu erblicken. Niemand hatte je etwas über ihn erzählt.

Wie geistesabwesend legte Atino die Broschüre beiseite. Aber in ihm wuchs ein Drängen, wurde zu einer mächtigen Anziehung, dem Magnetismus oder der Schwerkraft ähnlich.

Sein Herz schlug heftig. Er hörte in den Ohren das Dröhnen der Pulse. Eine wirkliche Übelkeit befiel ihn. Was bedeutete das alles? Er starrte die Broschüre an und konnte nicht den Blick von ihr wenden. Er hatte die Empfindung, als müßte er ersticken.

Aberglaube! Wer wußte übrigens, was eigentlich dahintersteckte? Vielleicht war der geheimnisvolle Zuhörer gar ein Kommunist, der versteckt auf der Lauer lag und lauschte. Was würde das Pentagon zu einem solchen Vertrauensbruch sagen? Was würden seine Teamgefährten, die Männer von der »Forschungsgemeinschaft für physikalische Kräfte«, dazu sagen? Wenn nur ein einziges Wort ... Er konnte angezeigt, konnte der öffentlichen Verachtung preisgegeben werden, als Hochverräter! Sogar für einen Kommunisten konnte er gehalten werden — falls in dem weißen Marmorbau ein Kommunist von dem Gebrauch machte, was er etwa sagen würde.

Aber ich kann doch einfach mein Geheimnis bei mir behalten, dachte er. Weshalb erwäge ich denn überhaupt, mich dieser rührseligen, ausgefallenen Einrichtung zu bedienen, dieser Mischung von Romantik und Kitsch? Ich habe mich schon für einen hundertprozentigen Amerikaner gehalten; doch in mir regt sich mein Erbgut, mein angestammtes Blut. Der Wolf am Waldesrand. Der Schneesturm in Chikago, der mich hierher verweht hat, bloß, damit ich hier wieder einen Schneesturm vorfinde und festsitze. Wie auf einer unbewohnten Insel ausgesetzt, mit mir allein, mundtot gemacht, verschollen, den eigenen Schreckgedanken überlassen. Ja noch ärger: ohne das drängende Problem gelöst zu haben, trotz der völligen Ungestörtheit.

Doch all das war — er wollte es beweisen — nur Unsinn! Er rief den Flughafen an. Alle Flüge natürlich eingestellt, auf unbestimmte Zeit. Das Unwetter habe erst richtig begonnen. Er rief den Bahnhof an. Leider, alle Plätze vorgemerkt; für Absagen gab es schon eine lange Warteliste. Er rief die Bus-Station an; auch wenn um Mitternacht ein Bus ging, wollte er ihn nehmen. Für zwei Tage alles ausverkauft. Auf sich allein angewiesen, war er hier festgebannt. Konnte einem seelisch schwer bedrängten Menschen Ärgeres zustoßen? Er nahm die letzte Entschlußkraft zusammen und rief die beiden Mietauto-Firmen an. Leider, erst morgen am späten Nachmittag.

Schließlich könnte ich ja zu Fuß gehen, sagte er sich mit grimmigem Humor. Es sind kaum vierhundert Kilometer!

»Der Zuhörer.« Atino blickte sich im Zimmer um. Wie ein Fieber schüttelte ihn die Ratlosigkeit, und das Drängen in ihm verstärkte sich immer mehr. Verwundert bemerkte er, daß er in den Mantel schlüpfte. Natürlich wollte er seinen Namen nicht nennen. Gefahr! Gefahr! Er konnte sich das Gesicht mit dem Taschentuch verdecken. Gefahr!

Der Wissenschaftler in ihm, so machte er sich vor, habe einfach das Bedürfnis, diese alberne Einrichtung zu erforschen.

»Die Drangsal.« Der Wolf am Waldesrand. Deutlich sah er den Wolf vor sich — riesengroß, die Beine zu einem Schritt gespreizt, der über die ganze Erdkugel reichte, die Fänge gierig gebleckt, die wilden Augen von Raserei erfüllt. Atino lief aus dem Zimmer, die kleine Aktenmappe, die er keinen Augenblick lang zurücklassen durfte, unter dem Arm.

Im Foyer hielt man ihn an. Ungeduldig sagte er: »Dr. Atino Kadimo . . . Meine Aktenmappe? Enthält nur Schriftstücke . . . Wenn Sie wollen, zahle ich gleich die Rechnung. Aber ich komme wieder. Hier sind meine Ausweispapiere . . . Besten Dank! . . . Nein, Sie brauchen sich nicht zu entschuldigen. Ich verstehe vollkommen.«

Reuig ging der Geschäftsführer selbst mit in den Schneesturm und rief ein Taxi für den Gast herbei. Bald saß Atino, die Mappe auf den Knien, in warmer, sich bewegender Dunkelheit.

»Zum Bau vom alten John Godfrey wollen Sie, wie?« begann der Chauffeur ein Gespräch.

»Allerdings. Lohnt es sich?«

»Also, ich glaub schon«, erwiderte der Chauffeur. »Ich sag Ihnen was. Vor zwei Jahren bin ich selber dort draußen gewesen. Verheiratet, zwei Kinder. Immer fest gesoffen. Und dann hat mich der Schnapsteufel untergekriegt, verstehen Sie? Immer auf Wirtshausbummel. Und ein paarmal schon vor Gericht, Unterhaltsklage. Dann bin ich zu diesem Zuhörer gegangen. Hab ihm alles von mir erzählt. Und nachher hab ich nie mehr getrunken. Nein, mein Herr.«

»Wirklich? Da muß er Sie ja ausgezeichnet beraten haben.«

Der Chauffeur schwieg eine Weile. »Na, wissen Sie, wenn ich mir's recht überlege — ich kann mich gar nicht erinnern, ob er zu mir geredet hat oder nicht. Vielleicht ja, vielleicht nein. Es gibt einen Knopf dort, verstehen Sie? Wenn man will, kann man darauf drücken, und der Vorhang geht auf. Ich hab's nicht gemacht. Hab mich irgendwie geschämt, nach dem, was ich ausgepackt hab über . . . über alles. Ich kann nur sagen, daß ich seitdem kein einziges Mal mehr getrunken hab. Jawohl, mein Herr. Kein einziges Mal. Und ich reiß mich gar nicht darum. Jetzt ist alles wieder in Butter.«

Dr. Kadimo wartete auf die unvermeidliche, neugierige Frage: »Fehlt's bei Ihnen auch irgendwo?« Aber der Chauffeur stellte die Frage nicht. Statt dessen sagte er: »Ich fahre viele Leute hin. Meistens auswärtige. Heute allein hab ich schon fünf Personen aus Ihrem Hotel hingebracht.«

»Alle Menschen haben ihre Sorgen«, meinte der Gelehrte mit vorsichtiger Unverbindlichkeit.

»Da haben Sie wohl recht, lieber Herr!« bestätigte der Chauffeur eifrig. »Mit allen diesen A-Bomben und H-Bomben, die nur darauf warten, die Welt in die Luft zu sprengen! Und verdienen täte sie's, nebenbei bemerkt. Manchmal wundere ich mich über die Burschen, die sich das alles ausdenken — diese Wissenschaftler, verstehen Sie? Als Bub hab ich Filme gesehen über einen ›irrsinnigen Gelehrten‹. Da sind einem die Haare zu Berge gestanden. Und dabei waren diese Kerle in den Filmen Waisenknaben gegen die heutigen Gelehrten! So einem Burschen würde ich liebend gern mit dem Schraubenschlüssel eine herunterhauen, dorthin, wo's am wohlsten tut. Haben Sie in Ihrem Leben öfter mit diesen Brüdern, diesen Studierten, zu tun gehabt?«

»Mit ein paar schon, seinerzeit«, sagte Atino. Er fühlte sich elend. »In der Schule. Meine Lehrer.«

»Ich bin froh, daß ich nicht in die Mittelschule gegangen bin. Vielleicht wäre ich selber auf Ideen gekommen, wie man Menschen in die Luft sprengt. Manchmal schaue ich meine Kinder an. Brave Kinder. Keine solchen Halbstarken. Gehen mindestens dreimal in der Woche zur Messe. Regina sagt, sie möchte geistliche Schwester werden. Na, wir werden sehen. Und Jimmie. Der will später einmal Volksschullehrer sein.

Also, lieber Herr, ich schau meine Kinder an, und dann . . .«

Hier war einer jener Männer, die auf verlorenem Posten einen vorgeschobenen Stützpunkt dieser Welt besetzt hielten. Kein Zusammenbrauer berauschender Getränke, kein Dichter, Philosoph, Komponist, oder bildender Künstler — nur ein Vater mit Kindern. Der Stützpunkt, den er hielt, war der allerhoffnungsloseste.

»Also, da wären wir«, sagte der Chauffeur. »Diesen Weg müssen Sie hinaufgehen. Sehen Sie dort oben das Haus?« Anerkennend fügte er hinzu: »Zehn Zentimeter Neuschnee spielen hier keine Rolle. Im Handumdrehen sind die Wege gereinigt. Für den nächsten Besucher.«

Es war erst drei Uhr; aber über den Himmel breitete sich tiefe Dunkelheit.

»Merkwürdig!« sagte der Chauffeur, während er Kleingeld herausgab. »Heute ist der ärgste Sturm seit fünfundzwanzig Jahren. So sagt das Radio. Der ärgste Sturm. Hab selber nie so was erlebt.«

Atino schwieg betroffen und fragte dann: »Noch nie?«

»Nicht, daß ich wüßte«, antwortete der Chauffeur aufgeräumt. »Ein Mordssturm, was? Meines Wissen ist's auch das erstemal, daß Flugzeuge hier Startverbot kriegen.«

Aberglaube. Atino klemmte die Aktenmappe fest unter den Arm und ging den Pfad hinauf. Er blickte zu dem finster dräuenden Himmel empor und spürte, wie sein Gesicht vom peitschenden Blizzard brannte. Das erinnerte ihn an die alte Heimat. Wieder sah er Ehrwürden Rozniak vor sich. ». . . ein Brodem . . . von Gewalt und Terror!« Woran war der Pope mitten im Wüten des ersten Weltkrieges gestorben? An Hunger? An einem Bajonettstich? An schutzlos erduldeten Unbilden? Er hatte alles kommen sehen und war um sich selber nie besorgt gewesen. Nur um sein Volk. Auch er hatte einen vorgeschobenen Stützpunkt verteidigt und dem Wolfe getrotzt. Er war nicht davongelaufen. Kein Gottesstreiter lief davon. Auch Kardinal Mindszenty hatte es nicht getan. Um ihre Gläubigen zu ermutigen, waren die christlichen Priester, ebenso wie die jüdischen Rabbiner, geblieben, obwohl diese Gläubigen bereit waren, ihnen unter Einsatz des Lebens zur Flucht zu verhelfen. Sie blieben. Der Hirte läßt nicht angesichts des Wolfs die Herde im Stich.

Aber die Wissenschaftler riefen den Wolf herbei. Mea maxima culpa.

Der Warteraum war warm und anheimelnd. Atino traf niemanden an. Er legte die Aktenmappe für einen Augenblick hin und sah sich wohlgefällig um. Dann fielen ihm die Warnungen ein, die man ihm oft erteilt hatte. Sorgfältig untersuchte er die Möbel, die Unterseiten der Tische. An verschiedenen Stellen hob er den Teppich. Er befühlte die Wände. Er betastete alles. Aber weshalb sollte jemand in dieses Gebäude, wohin nur ganz gewöhnliche Leute in ihrer Verzweiflung kamen, geheime Abhöranlagen einbauen? Doch sein gewohnheitsmäßiges Mißtrauen wurde man schwer los. Er kam sich ein wenig albern vor.

Ein Glockenzeichen ertönte. Er fuhr auf und blickte die feste Eichentür an. Er faßte seine Mappe und trat in den hellen Marmorsaal mit den geschlossenen Vorhängen und dem Marmorsessel.

Argwöhnisch betrachtete der Gelehrte die Vorhänge. Dann trat er auf sie zu und versuchte, sie zu öffnen. Sie rührten sich nicht. Er sah den Knopf und las das Täfelchen darüber. Er drückte den Knopf. Die Vorhänge blieben geschlossen. Alles auf Geheimtuerei und Spannung berechnet! Er setzte sich in den Stuhl. Er zog sein Taschentuch hervor und bedeckte sich das Gesicht. Dann kam ihm zu Bewußtsein, daß man ihn, falls jemand Wert darauf legte, inzwischen schon gesehen hatte. Er steckte das Taschentuch wieder ein.

Von neuem faßte er die Vorhänge ins Auge. Eine Wendung, die er in der Broschüre gelesen hatte, fiel ihm ein: ». . . alle Zeit der Welt«. Er sagte zu sich selber: Aber der Welt ist nur mehr sehr wenig Zeit geblieben!

Er setzte sich zurecht und wartete. Hier war kein Sturm zu hören, kein Verkehrslärm, kein Stimmengewirr, kein Öffnen und Schließen von Türen. Falls der Mann in der Nische wirklich »alle Zeit der Welt« hatte, so hatte er, Atino, sie auch. Er war entschlossen, auszuharren und zu sehen, wem von ihnen beiden zuerst die Geduld riß. Innerlich lachte er sich aus, weil er hierhergekommen war. Doch der Geistliche hinter dem

Vorhang sollte in seinem Besucher einen Mann von unbegrenzter Geduld finden! Aber war denn überhaupt jemand anwesend?

Atino beugte sich mit seitwärts geneigtem Kopfe vor. Lange horchte er. Nichts regte sich. Plötzlich jedoch wußte er mit überwältigender Deutlichkeit, daß wirklich jemand anwesend war und ihm sein Ohr lieh. Der Zuhörer.

Auf einmal vernahm Atino seine eigene Stimme, die laut sagte: »Ich entstamme einem alten Lande.«

Er wartete, ärgerlich darüber, daß er zuerst gesprochen hatte. Er wartete. Dann richtete er jählings den Oberkörper auf. Hatte er tatsächlich eine Antwort gehört? Hatte jemand gesagt: »Auch ich«?

Atino sprang auf und betastete wiederum die Marmorwände. Woher kam dieses Licht? Sehr interessant! Er redete rasch zu sich selber, um ein heftiges Herzklopfen zu bezwingen. Er beklopfte die Wände. Keine Hohlräume. Hier konnte nichts verborgen sein. Dennoch ängstigte er sich.

»Was seid ihr verzagt, ihr Kleingläubigen?«

Unvermittelt drehte Atino sich um und starrte die Vorhänge an. »Ich habe Ihre Stimme gehört«, rief er. »Wer sind Sie?« Er setzte sich wieder.

Der Raum lag schweigend da. Mir scheint, ich werde verrückt, dachte Atino. Ich habe ja gar niemanden reden hören! Das war nur eine innere Stimme. Oder?

»Draußen tobt ein furchtbarer Sturm«, murmelte er aufs Geratewohl in seiner Verwirrung.

»Ja. Ein ganz furchtbarer Sturm. Er fängt erst richtig an.«

»Er fängt erst richtig an«, pflichtete Atino bei. Dann setzte er sich auf, steif und hoch, bebend. Wieder jemandes Stimme? Oder nur Einbildung? Er versuchte, sich den Klang der Stimme zu vergegenwärtigen. Sie war stark gewesen, volltönend und traurig. Nein. Er hatte keine Stimme gehört. Alles entsprang nur seiner Phantasie. Und doch . . .

Dann fiel ihm wiederum eine Gedichtstelle ein. Seltsam, daß er heute einen Zitatentag hatte! Von wem war das? Ach ja, von Francis Thompson, nicht? »Der Jagdhund des Himmels.«

Zur Ernte — braucht Dein Weizenfeld
Verwesung, Tod als Dung?

Nicht Du wolltest es so, o Herr! dachte Atino. Nur wir. Nur wir. Wir haben Dein Weizenfeld verwüstet. Wir haben es mit Tod und Verwesung gedüngt. Wir sind im Begriff, es wieder zu tun.

»Und deshalb bin ich gekommen«, sprach er zu den Vorhängen. »Ich muß eine Antwort finden. Sagen Sie mir, was ich tun soll!«

Die Stille wartete.

»Ich habe nie jemanden gehaßt«, erklärte Atino. »Ich habe . . . Wir haben etwas entdeckt. Wie man . . .« Wie man Atomkerne spaltet und verschmilzt, ergänzte er im Geiste. Das war eine wunderbare Entdeckung. Wir haben eines von Gottes Geheimnissen enthüllt. Oder hat Er das Geheimnis uns offenbart? Zu welchem Zweck? Zur Bereicherung unseres Wissens, unserer Liebe, unserer Fertigkeiten, unserer inneren Schau?

»Ja«, pflichtete die tiefe, volltönende Stimme bei.

»Was?« rief Atino. »Hat jemand geantwortet? Oder verliere ich tatsächlich den Verstand?«

Verzweifelt blickte er sich nach allen Seiten um. Er hörte nur den Widerhall seiner eigenen Worte. Der Schweiß trat ihm auf die Stirn. »Ich bin ein Mensch in schwerer seelischer Not«, sagte er unwillkürlich.

Der Raum wartete, und das Licht wurde heller, wie zur Ermunterung.

»Ich bin sehr religiös erzogen worden«, fuhr Atino fort. »In Gottesfurcht. Aber das war im alten Lande. Jetzt gibt es nur mehr wenig gottesfürchtige Menschen. Vielleicht gar keine.«

Stille.

»Ich liebe das Leben«, betonte Atino. »Ich liebe jegliches Leben. Weil Gott es erschaffen hat. Ich bin Vegetarier. Man lacht mich deshalb aus. Aber ich wollte jede Zerstörung von Leben vermeiden. Obwohl Gott bekanntlich die Tiere des Waldes dem Menschen zur Jagd und zur Nahrung bestimmt hat, konnte ich es nicht über mich bringen, Leben zu zerstören.« Er hielt inne und fügte dann hinzu: »Dennoch habe ich

Leben zerstört. Nicht absichtlich. Man hat das, was wir zur Bereicherung des Lebens zu bieten hatten, genommen und zur Tötung verwendet. Zu sinnlosem Meuchelmord. Ohne Not. Ein General hat mir bestätigt, daß es nicht nötig war. Wir wurden betrogen und verraten. Sind auch Sie einmal verraten worden?«

»Ja«, erwiderte die Stimme.

Atino starrte die Vorhänge an. »Haben Sie mir geantwortet?« fragte er. »Oder bilde ich mir es nur ein?«

Schweigen.

»Das wichtigste Gebot«, sagte Atino, »lautet doch: ›Du sollst nicht töten!‹«

Er schlug die Hände vors Gesicht. »›Du sollst nicht töten!‹ Vor allen Dingen darf man nicht töten. Hier liegt mein Problem. Ich weiß nicht, was ich tun soll. Wenn ich das, was wir acht Männer entdeckt haben, den . . . den betreffenden Leuten mitteile, wird es noch mehr Grauen auf der Welt geben, noch mehr Tod. Man wird uns vorhalten: ›Aber falls wir das nicht herstellen, und die anderen uns damit zuvorkommen, werden wir zugrunde gehen.‹ Und wenn ich erkläre . . . Wenn wir erklären, die Sache dürfe nicht zur Tötung verwendet werden, wird man uns in Acht und Bann tun. Wird uns Verräter schelten. Verräter woran? An dem Gesetz des Tötens um des Tötens willen?«

»Bei Gott!« rief Atino. »Ich bin kein Mörder. Raten Sie mir! Wenn ich keinen Ausweg finde, fällt die Welt dem Tode anheim. Die bewußten Leute haben schon von unseren Forschungen und Entdeckungen gehört. Deshalb bin ich unterwegs zu ihnen. Wenn ich keinen Ausweg finde, wird Gottes schöne Welt, wird Gottes Garten zerstört werden. Meine Mitarbeiter haben mir — ich weiß nicht, warum — alle Vollmachten gegeben, auch für sie zu sprechen.«

Mit qualvollem Blick sah er die Vorhänge an.

»Wissen Sie, daß einst zwischen Mars und Jupiter ein großer Weltkörper war, ein Planet wie der unsere, ein Planet mit Leben irgendwelcher Art darauf? Gott hat ja nie Lebloses geschaffen. Er konnte es nicht, weil Er selbst Leben ist. Aber dieser Planet ist in Trümmer zerfallen. Wirklich von selbst zerfallen? Oder hat es dort Lebewesen gegeben, den irdischen

Menschen ähnlich, mit Mordlust und Haß und Frevel und Krieg in ihrem schwarzen Herzen?

Gewiß, viele Astronomen behaupten, auf einem solchen Planeten zwischen Mars und Jupiter seien die Temperaturen zu niedrig für Lebewesen. Die Atmosphäre eines solchen Himmelskörpers mag von der unseren verschieden gewesen sein. Aber muß jedes Leben dem auf der Erde gleichen? Kann nicht der Sauerstoff, den wir atmen, auf andere Organismen tödlich wirken? Umgekehrt mag das Methan der Saturnmonde für die dortigen Geschöpfe lebensnotwendig sein. Sauerstoff ist gewiß nicht die einzige Möglichkeit für Leben. Wir denken da zu beschränkt. Wir versteifen uns darauf, das Leben überhaupt in unser eigenes dürftiges Schema zu pressen. Was unseren irdischen Lungen zuträglich ist, muß, so meinen wir, schon deshalb auch anderen Organismen zuträglich sein. Unser Temperatur-Optimum muß notwendigerweise auch für alle übrigen Geschöpfe gelten.

Welcher Unsinn! Welche Albernheit! Muß denn alles so eingerichtet sein, wie wir es brauchen, wie wir es verlangen? Muß im ganzen Universum alles nach den Bedürfnissen des Menschen geordnet, gestaltet, abgestimmt, temperiert sein? Kann es nicht andere Lebewesen geben mit ganz abweichenden, von Gott so geschaffenen Bedürfnissen? Gott hat Grenzen zwischen den Welten abgesteckt. Vielleicht will er durch andersartige Atmosphären, durch abweichende Temperaturverhältnisse verhindern, daß ein Übel von einer Welt auf die andere übergreift. Vielleicht wollte er überall die betreffenden Lebewesen in Schranken halten, überall den Mord in Schranken halten, im eigenen Kerker gefangensetzen.«

Atino neigte sich, die Hände krampfhaft aneinandergepreßt, zu den Vorhängen. Er hatte seine Behutsamkeit, hatte alles vergessen — nur nicht, daß er ein Mensch und eine Seele war.

»Der Raum zwischen Mars und Jupiter ist von unzähligen großen und kleinen Bruchstücken erfüllt. Bruchstücken einer Welt. Haben vielleicht die Bewohner selbst ihre Welt zerstört?«

Die Stille antwortete ihm.

»Und ebenso«, fuhr Atino fort, »können auch wir unsere Welt zerstören und werden es wahrscheinlich tun. Helfen Sie mir! Ich bin bloß ein Mensch und habe Angst. Ich bin nicht hier im Lande geboren und sehe mich deshalb der Verdächtigung ausgesetzt. Wer mich verdächtigen wird? Die Hinterwäldler, jene Menschen, die den Sachverhalt nicht verstehen oder sich — aus persönlichen, unlauteren Beweggründen — so stellen werden, als verstünden sie ihn nicht.«

Er beugte sich noch weiter vor und blickte die Vorhänge flehentlich an.

»Herrscht Rechtschaffenheit nur auf einem bestimmten Kontinent unserer Erde, nur in einem bestimmten Lande? Liegen alle anderen Länder jenseits der Grenzen höherer Gesittung? Wer hat einem einzelnen Lande die ›Menschheitsführung‹ zuerkannt? Gott bestimmt nicht. Bloß die Selbstliebe, der Hochmut, die Narrheit, Albernheit und Niedrigkeit, der Haß eines solchen einzelnen Landes. Sind wir nicht alle Menschen, Kinder Gottes? Wo ist da Raum zu einer derartigen Führerschaft — außer für Gott? Aber Gott darf man heutzutage nicht erwähnen. Tut man es, so begegnet man hämischen Grimassen, zwinkernden Augen und ironischen Seitenblicken, die einem bescheinigen, daß man nicht ganz bei Troste ist.«

Er seufzte. »›Auf Gott vertrauen wir.‹ So steht es auf unseren Münzen. Und wir Menschen in Amerika rühmen uns dieses Gottvertrauens. Zu Unrecht. In Wirklichkeit setzen wir unser Vertrauen nur in Waffen und Bestechungsgelder und Verträge und Abschreckung — genau so, wie unser Gegner es tut. Es ist die alte, ewig gleiche Geschichte, die Historie vom Tod. Wann hat sich je ein Mann auf dem Schlachtfelde erhoben und hat gerufen: ›Du sollst nicht töten!‹? Nie, in der ganzen Weltgeschichte. Töten ist unsere Lebensmaxime. Wir alle, überall in der Welt, sind schuld. ›Niemand ist gut als Gott allein.‹«

In ungestümer Gebärde faltete er die Hände und streckte sie der Nische entgegen. »Die Vereinten Nationen. O Gott! Was haben sie getan, um das Morden zu verhindern? Um Gerechtigkeit, Freiheit, Liebe, Gottesfurcht zu fördern? Nichts! Eine Versammlung von Zänkern, in der selbstsüchtige Interessen vertreten und die Menschen guten Willens insgeheim betrogen werden. Zu den Greueln der Welt hat diese Versammlung geschwiegen. Wenn an sie eine Angelegenheit von höchster Bedeutung herangetragen wird, befassen diese Leute sich damit, die Anzahl der Katzen auf der Erde zu ermitteln! Bei Gott, das ist wirklich wahr. Buchstäblich wahr. O Gott! Gütiger Gott! Sie wollen nicht einmal zulassen, daß Dein Name in ihrer Mitte genannt wird. Er könnte bei irgendwem Anstoß erregen!«

Heftig zitternd erhob er sich. Er ging auf die Vorhänge zu. »Hören Sie mich? Darf ich Sie sehen? Wollen Sie mir antworten?«

Er drückte den Knopf. Rasch öffneten sich die Vorhänge.

Er sah eine große Nische, an die vier Meter hoch, an die zwei Meter breit, zu einer schützenden, geheiligten Grotte gewölbt, von Licht erfüllt.

In dieser Nische erblickte er ein mächtiges Kreuz aus roh zubehauenem Holz, breit und ausladend.

An das Kreuz genagelt war der Sohn Gottes, der Menschensohn, wahrer Gott, wahrer Mensch, aus Elfenbein geschnitzt, oder vielleicht aus feinstem weißen Holz. Trotz der überlebensgroßen Abmessungen schien er aus lebendem, pulsendem Fleische geformt, in wunderbarer Tönung, voll erhabener Würde.

Es war nicht die Gestalt des toten, sondern die des lebenden Christus. Der Kopf hob sich, streckte sich vor, in angestrengtem Lauschen, leidend, aber zuhörend, voll gespannter Aufmerksamkeit trotz tödlichen Schmerzes. Die lebhaften Augen waren auf Atino gerichtet, Augen eines Horchenden. Über die heldenmütige Stirn ragte eine Dornenkrone, und Blutstropfen sickerten herab. Die Hände bluteten und ebenso die verkrampften Füße.

Die glühenden, besorgten, selbstvergessenen, liebevollen, aufmerksamen Augen — die Augen, die alles wußten, alles sahen, alles verstanden! Die vollbrachte Selbstaufopferung! Für den Menschen. Für den bösen, ränkevollen, heimtückischen, arglistigen, gehässigen Menschen. Für den Mörder. Den Räuber. Den Verräter. Den Zerstörer.

Mitleid und Erbarmen leuchteten aus den machtvollen Zügen, und verzeihende Gnade. Mitleid und Erbarmen und Gnade galten nicht nur den Erdenmenschen, sondern allen

Welten, die Er geschaffen hatte. Allen Welten, die Er noch schaffen mochte.

Das Licht schimmerte auf dem geschnitzten Leibe, auf Schenkeln und ausgereckten Armen, auf Brustkorb und Kinn, auf Knien und blutenden Füßen, so daß sich dem Betrachter kein Abbild darzubieten schien, sondern das Leben selbst, leidend und der Fleischlichkeit vergessend und liebevoll, und in alle Ewigkeit während.

»Ja!« rief Atino. »Ja! Ich hätte es wissen sollen! Der Zuhörer! Du hast den Menschen nie Dein Ohr verschlossen. Du hörst sie an, in alle Ewigkeit. Gütiger Gott! Gütiger Gott!«

Er war schwach, einer Ohnmacht nahe. Er sank neben dem Kreuze hin und legte den Kopf an die Füße des Gekreuzigten. Augenblicklich durchdrang ihn ein starkes Gefühl völliger Geborgenheit, einer tröstenden, liebevollen, gütigen, verstehenden Gegenwart. Er brauchte — das war ihm nun klar — gar nicht laut zu sprechen. Jeder seiner Gedanken wurde gehört. Das wuchtige Kreuz und der Gekreuzigte standen über ihm — eine feste Burg, ein Fels, den die Pforten der Hölle nicht überwältigen konnten.

Wir acht Männer haben etwas entdeckt, sagte Atino im Geiste, die Wange an die durchbohrten Füße geschmiegt. Im Laufe unserer geheimen Laboratoriumsversuche haben wir entdeckt, wie man sich die Sonne dienstbar machen kann, ihre riesenhafte Energie, ihren ungeheuren Kräftevorrat. Ohne darauf aus zu sein, entdeckten wir es plötzlich durch Zufall. Entgeistert standen wir da und sahen uns gegenseitig an. Wir verfügten über die Sonnenkraft! Meine Mitarbeiter und ich.

Atino blickte zu dem mächtigen, dornengekrönten Haupt empor. Es schien sich ein wenig zu ihm hinabgebeugt zu haben. Er sah die großen, lebensvollen Augen, die überirdisch leuchtenden Augen des Lauschenden.

Wir wußten, fuhr Atino fort, was das bedeutete. Im Vergleich zu dem, was wir nun entdeckt hatten, waren die Atom- und Wasserstoff- und Kobaltbomben nichts. Armselige Feuerwerkskörper. Wir hatten das Geheimnis der Sternenwelt entdeckt. Hast Du es uns geschenkt?

Die Augen schienen sich in bejahender Geste auf ihn zu richten.

Ja, ja, sagte Atino im Geiste, als Dein Geschenk fiel es uns in den Schoß. Im Grunde war es so einfach. Alles, was D[u] geschaffen hast, ist ja einfach. Erst der Mensch hat — durc[h] seine von Natur aus böse Veranlagung — die Dinge verwirr[t,] sie dunkel und vieldeutig gemacht, labyrinthisch, abwegig.

Wir hatten die Kräfte entdeckt, die im Weltall wirken. Wie[-] derum waren wir, wie einst die ersten Menschen, nur um we[-] niges geringer als die Engel. Ich kann nicht schildern, wi[e] wir frohlockten und bald darauf erschraken und dann all[-] mählich die volle Reichweite unseres neuen Wissens erahnten[.]

Was sollten wir mit dieser Ungeheuerlichkeit beginnen, mi[t] dieser furchteinflößenden Entdeckung? fragten wir einande[r.] Durften wir wagen, sie der Welt bekanntzugeben? Durften wi[r] es, angesichts dessen, was geschehen war? Wurden wir nich[t] zu Verrätern an Dir und an unseren Mitmenschen, wenn wi[r] das Geheimnis preisgaben?

Wir schlossen uns vollkommen ab, für Tage, für Nächte[,] für Wochen. Während dieser Zeit schliefen und aßen wi[r] kaum. Wir steckten die Köpfe zusammen und flüsterten mit[-] einander, wechselten hilfesuchende Blicke, fragten, fragten.

Washington erfuhr, daß wir an etwas arbeiteten, aber nicht[,] was es war. Hatten wir — einer von uns! — ihnen irgendwann[,] unabsichtlich einen Hinweis gegeben? Oder hatten vielleich[t] unsere Mienen uns den Beobachtern verraten? Oder war je[-] mand durch unsere verschlossenen Türen aufmerksam gewor[-] den, und durch unser Schweigen?

Wir hatten entdeckt, wie man zwischen zwei Atemzüge[n] die Erde zu zerstören, ihre riesigen Bruchstücke in den Welt[-] raum zu schleudern, die Menschheit und alle ihre Werke z[u] vernichten vermochte.

Oder wir konnten die neuen Kräfte zähmen und nach Belie[-] ben über sie verfügen, sie gegen jedes fremde Land lenken[,] während unser eigenes Land, von unsichtbaren Schranke[n] umschlossen, heil blieb. Im Besitze dieses Geheimnisses kann[n] ein Volk die ganze übrige Menschheit beherrschen. Das ist Terror!

Der Gelehrte hob den Kopf zu dem Antlitz, das sich ihm entgegenbeugte. Blitzte aus Seinen Augen eine furchtbare Warnung oder gar göttlicher Zorn?

Atino hatte jeden Gedanken an »Aberglauben« verbannt. Die mächtige Gestalt am Kreuze war für ihn nicht Holz oder Elfenbein. Mit ihren ausgebreiteten Armen schien sie, zwischen Fingerspitzen, das ganze Weltall zu umfassen, zu halten, zu erhalten. Mit einer Kraft, die über alle Sterne und Sternbilder und Milchstraßensysteme hinausreichte. »Gütiger Gott!« flüsterte er und drückte mit gesenktem Kopf die Lippen auf die durchbohrten Füße.

Nach einer Weile fing er von neuem an, im Geiste zu sprechen:

Ein Volk, das dieses Geheimnis besitzt, kann die Welt beherrschen und alle anderen Völker zu winselnden Sklaven machen, kann Deine Welt schänden, kann zerstören, was Du geschaffen und geschenkt hast. Es kann Deinen Kindern die Freiheit und Wesenhaftigkeit rauben, die Du ihnen verliehen hast.

Wir trauen niemandem. Ist Amerika rechtschaffener als irgendein anderes Land? Nein. Wir können keiner Regierung trauen, weil sie sich aus Menschen zusammensetzt, und der Mensch von Natur aus böse ist.

Andererseits aber wissen wir: Unsere Entdeckung Deines großen Wunderwerks, Deines tiefen Geheimnisses könnte aus dieser Erde wieder ein Paradies machen — voll Frohsinn, frei von Hunger und Wohnungssorgen, frei von Furcht und Qual und Haß. Sie könnte Mühsal und Krankheit bannen. Sie könnte dem Menschen die Weiten des Weltraums eröffnen. Sie könnte ihm schließlich Dein Antlitz enthüllen, Dein heiliges Antlitz.

Atino weinte jetzt wie ein Kind. Das Licht um ihn schien stärker zu werden, als wäre es Licht der Sonne selbst. Es wärmte seine Erstarrung, befriedete sein Herz.

Wir können den Menschen nicht trauen, fuhr er fort. Wir können uns nicht darauf verlassen, daß eine Regierung diese Kraft zum allgemeinen Wohle nutzen wird. Nein. Wie soll ich also zu den Männern in Washington sprechen, wenn ich hinkomme? Sag mir, was ich tun soll! Damit es in Deinem Sinne sei und zum Frommen meiner Mitmenschen.

Sag mir, was ich tun soll!

Er setzte sich hin und saß lange, auf eine Antwort wartend,

da. Er blickte zu dem Haupte empor, zu dem Schnitzwerk, das in seiner Verbindung von Blässe und Röte wie lebend aussah, von Todesqual gekrönt. Zuhörend. Und redend, lautlos und doch in gewaltiger Schallfülle, wie Donnergrollen im Traum.

Dann rief Atino im Geiste aus: Ja! Ja, natürlich! Das muß ich den Männern in Washington, die mich gerufen haben, vorschlagen. Ich hatte die Absicht, ihnen überhaupt nichts zu sagen, den Tapferen zuliebe, die auf verlorenen Posten die vorgeschobenen Stützpunkt dieser Welt halten.

Jetzt horchte er selbst, mit verhaltenem Atem. Nur in kurzen Stößen schöpfte er Luft. Er nickte, hob gespannt den Kopf, nickte wieder, verschränkte krampfhaft die Hände. Und horchte.

Ja, ja, mit Deiner Hilfe wird es so leicht sein, das Richtige zu tun! Nach dem, was Du mir jetzt gesagt und eingegeben hast, wird alles ganz einfach sein. Sehr, sehr einfach! Wenn sie auf meine Forderungen nicht eingehen, erfahren sie nichts. Dann mag der ganze Erdkreis uns Verräter nennen und uns verfolgen; es wird nichts nützen. Wir können nicht an Dir und Deiner Schöpfung Verrat üben.

Eine höchst einfache Lösung! Ich werde den Herren in Washington mitteilen, sie können unser Geheimnis erlangen. Aber nur unter der Bedingung, daß es gleichzeitig auch allen anderen Völkern der Erde zugänglich wird. Und nur unter der weiteren Bedingung, daß mir gestattet wird, den Vereinten Nationen zugleich mit meiner Entdeckung eine bestimmte Vorrichtung darzulegen. Und nur unter der dritten Bedingung, daß man dieses — mir jetzt von Dir eingegebene — Überwachungsgerät vorher aufstellt. Vorher!

So einfach! Ich werde den Herren sagen, daß ich ihnen das Geheimnis erst zur Verfügung stelle, wenn die Apparatur zuvor im Pazifik und im Atlantik, in der Arktis und der Antarktis aufgestellt wird. Die Pläne dazu kann ich in wenigen Stunden ausarbeiten, noch in der heutigen Nacht!

Die an diesen vier Plätzen aufgestellten Instrumente werden von Schiffen aller Nationen bewacht werden, so daß niemand sich unbefugt an die tief in Meerwasser oder Eis gesenkten, aber trotzdem sehr empfindlichen Vorrichtungen heranmachen kann.

Falls die Kräfte, die ich da zur Verfügung stelle, mißbraucht, etwa in einem Sprengkopf verwendet und heimlich erprobt werden sollten, dann werden die Apparaturen alle Arsenale der Welt, alle Lager von Atom- und Wasserstoffbomben einschließlich der neuen Sonnenenergiespeicher in die Luft sprengen. Wo immer diese Lager und Speicher verborgen sein mögen, die von den vier Überwachungspunkten ausstrahlenden Wellen werden sie finden, an Land, auf See, auf Inseln, und werden sie alle sprengen. In einem Nu wird die ganze Erde zerbersten. Dann gibt es weder Sieger noch Besiegte. Dann bleibt nichts außer Trümmern, die zwischen Venus und Mars dort kreisen, wo wir einst unseren Planeten und unser Leben hatten. Die ganze Menschheit wird ausgestorben sein. Es wird keine Erde mehr geben.

Leben oder Tod. Diese Wahl hat der Mensch schon einmal gehabt, und er hat den Tod gewählt. Wird er es wieder tun? Nur Du kannst das wissen. Nur Du. Wird die Menschheit sich dafür entscheiden. Dein Antlitz sehen zu wollen, oder dafür, in einem einzigen Augenblick vernichtet zu werden? Nur Du kannst es wissen. Ich setze mein Vertrauen ausschließlich in Dich.

Ja, ja, ganz klar steht jetzt die Lösung vor meinem geistigen Auge.

Was kann man mir anhaben? Wir waren sehr vorsichtig, meine Mitarbeiter und ich. Wir acht Männer. Jeder von uns hat nur ein Achtel des Formelsystems, ein Achtel des Rechenwerks, seinem Gedächtnis eingeprägt. Du siehst, wir haben einander, für den Fall der Anwendung von Druckmitteln, nicht einmal gegenseitig vertraut. Es sind keine schriftlichen Aufzeichnungen vorhanden; wir haben sie, als jeder seinen Anteil auswendig wußte, vernichtet.

Wenn ich von hier weggehe, rufe ich sofort meinen besten Freund an. Aber nicht vom Hotel aus. Ich werde ihm sagen, daß die Mitarbeiter schleunigst verreisen müssen, jeder in ein anderes Land, damit wir nicht alle zugleich ergriffen und zum Sprechen gezwungen werden können. Unsere Pässe sind vorbereitet. Wir werden fliehen. Nicht um unserer Sicherheit willen, sondern im Interesse der Welt, im Interesse der Männer auf den vorgeschobenen Stützpunkten.

Dann erst fahre ich nach Washington. Dieses Unwetter Sogar den Zerstörern hat es das Leben gerettet, weil auch sie Menschen sind.

Atino Kadimo stand auf, neubelebt, stark, voll Jugendkraft und Entschlußfähigkeit.

Er hob die Hand und legte sie sachte an die Lanzenwunde. »Du hast mir den Weg gewiesen«, sagte er. Er beugte das Knie und küßte die durchbohrten Füße. »So wird der Mensch, selbst gegen seinen Willen, vor dem Wolf am Waldesrande beschützt.«

Er blickte in die tiefen, großen Augen, und sie schienen ihm zuzulächeln.

»Du bist auf die Erde herabgekommen, um die Menschheit zu erlösen. Gütiger Gott! Du kamst als das Heil der Welt. Wie groß ist doch Deine Liebe!

Durch den Sturm hast Du mich zu Dir geführt, auf daß die Worte Deiner Heilsbotschaft nochmals verkündet würden.

Zum letzten Male. Zum allerletzten Male.«